KB134349

【침묵의 마녀】
모니카 에버렛
사상 최연소로 리디르 왕국 칠현인으로 선발된 천재. 인간이 마력을 다룰 때 꼭 필요하다는 영창을 생략할 수 있는 유일무이한 마녀다. 앞에 나서는 일이 거의 없어 그 정체는 베일에 싸여 있다.
사일런트 위치
침묵의 마녀의 비밀
Secrets of the Silent Witch

「변함없이 재능을
마구 낭비하는군요?
동기님.」

산처럼 쌓인 서류가 팔랑팔랑 날아올라
의자에서 책상 위로 이동했다.
마술로 서류 한 장 한 장을 지정해 장소를 이동시키려면
섬세한 마력 조작 기술이 필요하다.
그걸 마치 당연하다는 듯이――
게다가 무영창으로 해결한 모니카를 보고
루이스는 가느다란 눈썹을 꿈틀 움직였다.

이 정도 마술을 혼자서 구사한 거라면……
괴물이나 마찬가지다.

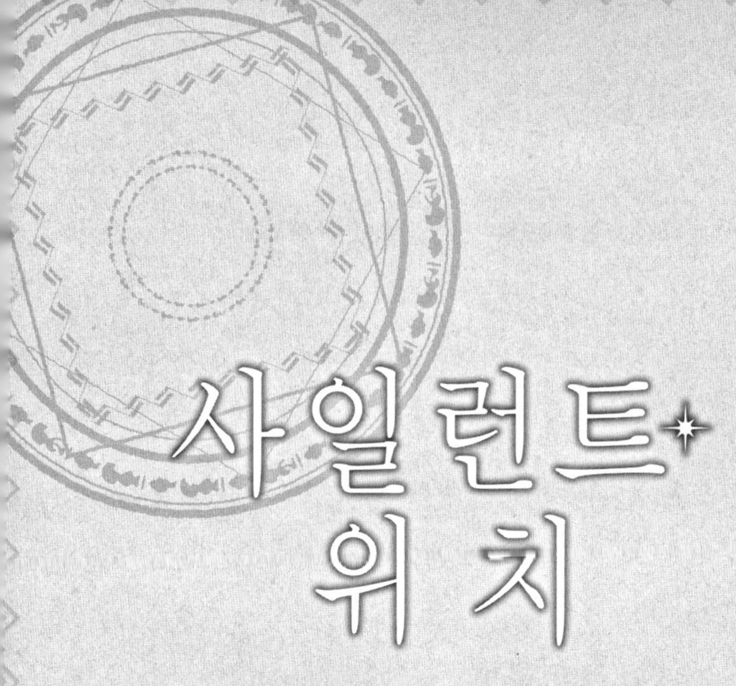

사일런트 위치

침묵의 마녀의 비밀

Secrets of the Silent Witch

이소라 마츠리
Illust
후지미 난나

Contents

Secrets of the Silent Witch

프롤로그 워건의 흑룡

——케르벡 백작령 워건 산맥에 흑룡이 나타났다.

그 보고는 케르벡 백작령만이 아니라 리디르 왕국 전체를 뒤흔들고 사람들을 공포의 도가니로 몰아넣었다.

용은 재해와 같다. 가축과 사람을 덮치고 때로는 도시 하나를 괴멸하기도 한다. 그중에서도 흑룡은 리디르 왕국 역사상 두 번밖에 나타나지 않은 전설의 대재해였다.

흑룡의 불꽃은 지상의 온갖 것들을 불태우는 명부의 불꽃이다.

아무리 온 나라의 마술사가 뭉쳐 방어 결계를 펼쳐도, 그 불꽃은 결계와 함께 마술사를 불태우고 토지를 초토화한다.

흑룡이 출몰했다는 과거 두 번의 기록에서는 몇몇 도시가 사라지고 왕국이 반파 상태가 되었다고 한다.

"이젠 저택도 위험합니다. 외갓집으로 피난 가셔야 합니다."

시녀인 애거서가 말하자, 케르벡 백작 영애 이자벨 노튼은 진지한 표정으로 고개를 내저었다.

"아니요. 저는 마지막까지 이 저택을 떠나지 않겠어요."

이자벨은 이제 막 열다섯 살이 된 소녀다.

하지만 의연히 정면을 응시하는 옆모습에서 대대로 이 토지를 지켜온 백작가 사람의 긍지가 보였다.

리디르 왕국에서 가장 용 재해가 잦은 동부 지방에서 오랜 세월 용과 대치해온 일족. 그것이 케르벡 백작가다.

케르벡 백작가의 역사는 용과 싸워온 역사와 마찬가지다.

지금까지 이자벨도 몇 번이고 재해를 목격했고 참극을 몸으로 실감했다.

백작가를 따르는 영민들이 기른 작물이 죽어 버리고, 건물이 부서지고, 때로는 사람이나 가축이 희생되는 모습을 몇 번이고 몇 번이고 몇 번이고 몇 번이고 그 눈으로 봐 왔다.

"기사들이 최전선에서 싸우고 있어요. 게다가 아버님도 현장에서 지휘하고 계시죠. 딸인 제가 백성을 버리고 도망치다니, 있어서는 안 되는 일이에요."

이자벨은 단호하게 말하고는 가련한 얼굴에 조금 슬픈 듯한 미소를 띠며 시녀를 바라봤다.

"애거서. 오랜 시간 우리 가문을 섬겨줘서 고마워요. 당신에게는 휴가를 줄게요."

"아니요, 아니요, 아가씨…… 저도 끝까지 함께하겠습니다."

용 재해를 견뎌 온 것은 백작가 사람만이 아니다. 이 땅에 사는 모든 백성이 백작가와 함께 용과 싸워 왔다.

이자벨을 섬기는 애거서 역시 젊은 나이지만 배짱은 두둑했다.

결의에 찬 애거서를 본 이자벨은 울 것 같은 얼굴로 "고마워요."라고 감사를 표했다.

언젠가 흑룡이 기사단을 돌파하면 케르백 백작가는 초토화되리라. 하나 이자벨은 최후의 최후까지 저택을 지킬 작정이었다.

아버님이 부재중인 지금 저택을 지키는 게 자신의 사명이니까.

"이자벨 님……! 애거서 누나, 큰일이야……!"

노크도 없이 문을 열고 방으로 뛰어든 사람은 애거서의 동생이자 마부인 앨런이었다.

이자벨과 애거서는 최악의 소식을 각오했지만, 앨런은 상기된 얼굴로 말했다.

"왕도에서 온 마술사가…… 흑룡을 격퇴했어!"

이자벨은 앨런의 말을 듣고 자기 귀를 의심했다.

용 퇴치에 뛰어난 용기사단이 왕도에서 도와주러 온 사실은 알았다. 그리고 그 용기사단에 마술사 한 명이 동행했다는 것도.

용기사단과 동행한 것은, 리디르 왕국 마술사의 정점에 선 칠현자 중 한 명. 그 이름은…….

" '침묵의 마녀' 야! '침묵의 마녀' 가 혼자 흑룡을 격퇴했대!"

앨런이 흥분을 못 감추자, 애거서가 눈살을 찌푸리며 달랬다.

"앨런, 그건 너무 과장된 것 아니니? 아무리 뛰어난 마술사라고 해도, 혼자서 흑룡을 무찌르다니……."

"정말이라니까! '침묵의 마녀' 는 용기사단도 안 대동하고 혼자 워건 산맥에 들어가서 흑룡을 격퇴했어!"

용의 비늘은 매우 단단하고 마력 내성도 높다. 그렇기에 어지간한 마술은 간단히 튕겨내 버린다고 한다.

용을 퇴치하려면 비늘이 얇은 미간이나 안구를 노려야 한다.

하나 나는 용을 상대로 그게 얼마나 힘든진 말할 필요도 없다.
실전에 뛰어난 용기사단도 퇴치에 상당히 고전한다고 들었다.
(그걸…… 혼자서?)
이자벨은 좀처럼 믿기 어려운 심경으로 앨런에게 물었다.
"……우리 쪽 피해는 어느 정도야?"
"사상자가 없어요!"
이자벨이 사랑하는 영민이 누구 한 명 희생되지 않고 역사적인 재해를 피하게 되었다. 이걸 기적이라 안 부르면 뭐라 부를까.
이자벨이 "아아." 하고 감격한 목소리를 낸 그때, 애거서가 고개를 홱 들더니 창밖을 응시했다.
"잠깐만요, 저건……!"
애거서의 시선을 눈으로 좇자, 하늘에 검은 무언가가 보였다.
처음에는 새 떼처럼 보인 그것은, 이윽고 점점 커졌다.
그 윤곽이 선명해졌을 때, 이자벨은 온몸의 핏기가 가셨다.
이자벨은 창문을 열고 발코니로 뛰쳐나갔다.
그리고 애거서가 말리는 것도 무시한 채, 난간에서 몸을 내밀며 하늘을 올려다봤다.
"저건……! 익룡……!"
익룡은 용 중에서도 하위종으로 지성이 낮고 불도 못 뿜는다. 그러나 기동력을 활용한 예리한 발톱 공격은 인간에게 충분히 위협적이었다.
보통 어느 정도 자란 익룡은 혼자 생활하지만, 보다 상위종인 대형 용이 근처에 있으면 우두머리 삼아 무리 짓는 경향이 있다.

아마 하늘에 보이는 익룡 무리는 워건 산맥의 흑룡을 우두머리로 삼고 몰려든 것이리라.

그리고 우두머리가 사라져서 통솔이 안 되는 익룡들이 흑룡을 쫓아낸 인간에게 분노하여 이빨을 드러내려는 것이다.

이자벨은 몸을 내밀고 익룡을 세었다. 그 숫자가 20을 넘어선 시점에 난간에서 몸을 떼고 손가락을 구부리기를 그만뒀다.

용의 약점은 미간과 눈. 처치하려면 땅으로 끌어 내려야 한다.

밧줄을 단 대형 활을 쏘고, 소를 몰아 밧줄을 당겨서 땅으로 끌어 내려 끝장을 낸다.

말은 간단하지만, 고작 한 마리 처치하는 것만으로도 상당한 수고가 든다. 그 과정에서 희생이 발생하는 일도 적지 않다.

하물며 용과 오랜 세월 대치해 온 케르벡 백작가에서도 20마리를 넘는 숫자의 익룡은 전대미문이었다.

끼악끼악 하는 시끄러운 울음소리가 점점 커지더니 이내 익룡 무리가 잿빛 하늘을 뒤덮었다.

"아가씨, 안으로 들어오세요!"

애거서가 이자벨의 손을 당긴 순간, 강한 돌풍이 두 사람의 전신을 덮쳤다. 저택으로 접근한 익룡이 일으킨 바람이다.

바람에 휩쓸리지 않게 발코니 난간을 붙잡은 이자벨은 분명히 봤다. 익룡의 날카롭고 커다란 눈이 자신을 포착한 것을.

아아, 이자벨이 절망의 한숨을 내쉰 그때.

하늘에, 문이 열렸다.

성문보다도, 익룡의 몸보다도 더 커다란 그 문은 하얀 빛으로 이루어졌고 문 주변에는 서로 같은 빛을 발하는 마법진이 수도 없이 떠올라 있었다.

소리 없이 열린 문 안쪽에서 강한 바람이 불었다. 그 바람은 발광하는 문과 아주 흡사한 하얀 빛 입자를 휘감았다.

그것은 하얗게 빛나는 바람, 봄을 고하는 자——라는 이명을 가진 바람의 정령왕 세필드의 숨결이었다.

정령왕 소환, 나라에서도 손에 꼽을 정도의 사람만이 구사하는 고도의 마술.

정령왕의 숨결은 술사의 명에 따라 날카로운 창으로 모습을 바꿨고 하늘을 뒤덮은 두터운 구름을 가르더니 익룡의 미간을 꿰뚫었다.

익룡들은 단말마의 절규를 내지를 새도 없이 무슨 일이 벌어진지도 모른 채 한 마리, 두 마리씩 땅에 떨어졌다.

"저, 건……."

땅에 떨어지는 거대한 익룡의 몸집마저도 위협적이었다. 아래에 사람이나 건물이 있다면 피해가 늘어난다.

그러나 미간이 꿰뚫린 익룡의 거구는 반짝이는 바람에 휩싸여서 마치 나뭇잎처럼 조용히 하늘하늘 땅에 떨어져 쌓였다.

무시무시하게 고요하면서도 정확한 마술. 그걸 구사한 것은 익룡 사체 앞에 선 조그만 인물이었다.

몸을 감싼 것은 금실 자수가 들어간 로브. 그 로브의 후드를 깊게 눌러 쓰고 자기 키보다 긴 황금색 지팡이를 쥔 마술사.

그 발밑에는 사역마로 보이는 검은 고양이가 로브 옷자락으로 장난을 치고 있다.

로브를 두른 인물은 검은 고양이를 안아 들고는 용의 사체에서 등을 돌려 걸어갔다.

리디르 왕국에서 마술사의 지팡이 길이는 그대로 마술사의 격을 나타낸다.

그리고 자기 키보다도 긴 지팡이를 드는 게 허락되는 이는, 이 나라에서 단 일곱 명―― 칠현인뿐.

익룡을 격추한 저 조그만 마술사야말로 리디르 왕국이 자랑하는 마술사의 최고봉.

칠현인 중 한 명, '침묵의 마녀'.

"어머…… 어머나……."

이자벨이 아는 마술이란, 불이나 바람을 대상에게 날리는 것이다. 그것도 굉장하긴 하지만 그뿐이었다.

비상하는 익룡의 미간을 정확하게 꿰뚫고, 낙하하는 커다란 사체를 소리도 없이 한곳에 모으는…… 그런 섬세하고 아름다운 마술이라니. 이자벨은 본 적이 없었다.

이자벨은 뺨을 장밋빛으로 물들이면서 구세주가 일으킨 기적을 발코니 위에서 응시했다.

같은 시각, 그 광경을 조금 떨어진 곳에서 바라보던 남자가 있었다.

남자의 푸른 눈에 비친 것은, 이 고요하고도 아름다운 마술을 구사한 마녀의 모습이다.
"호오." 하고 감탄을 내뱉은 남자는 작게 중얼거렸다.
"겨우 찾았다……. 내가 푹 빠질 만한 것을."
그 목소리는 마치 사랑에 빠진 것처럼 열기를 띠었다.

Humans can't handle magical power without chanting.

인간은 영창 없이는 마력을 다룰 수 없다.

However, there is one girl genius

who have made the impossible possible.

그러나 그 불가능을 가능하게 만든 한 명의 천재 소녀가 있었다.

침묵의 마녀의 비밀

Secrets of the Silent Witch

1장 동기가 찾아오더니 터무니없는 부탁을 했다

……말랑말랑.

펜을 움켜쥔 채 책상에 엎어져서 자던 모니카는 뺨에 부드러운 것이 닿는 감촉에 눈을 떴다.

무거운 눈꺼풀을 느릿느릿 들어 올리자, 이쪽을 응시하는 검은 고양이의 금색 눈과 눈이 마주쳤다.

모니카의 뺨을 발바닥으로 꾹꾹 누르던 검은 고양이는, 모니카가 눈을 뜬 것을 알아채고 눈을 가늘게 뜨며 인간처럼 씩 웃었다.

"이봐, 모니카. 아침이다. 언제까지 잘 거냐. 너는 그거냐. 왕자님의 키스 없이는 못 일어나는 공주님이냐?"

모니카는 고양이가 말을 하는데도 놀라지 않고 눈을 비비며 상반신을 일으켰다.

모니카의 사역마인 이 검은 고양이는 인간의 말을 알아듣고 글도 읽는다.

여유만 생기면 앞발로 용케 페이지를 넘기면서 모험 소설을 읽는지라, 모니카보다 훨씬 독서가다. 왕자님의 키스라는 표현도 분명 책에서 읽고 기억한 것이리라.

"……으으, 좋은 아침 네로. 벌써 아침인가? ……세수, 하고 올게……."

모니카는 머그컵에 남은 차가운 커피를 마시고는 일어났다.

그렇게 검은 고양이 네로에게 등을 돌려서 현관문을 열자, 여름의 끝이 느껴지는 서늘한 바람이 뺨을 어루만졌다.

리디르 왕국 어느 산속에 있는 낡은 오두막. 이곳이 모니카가 사는 집이다.

주변에 다른 민가는 없고 가장 가까운 마을까지는 도보로 한 시간 이상 걸린다.

집 뒤편으로 간 모니카는 지친 몸을 열심히 움직여서 우물에서 물을 퍼 올렸다.

요즘에는 눈부신 수도 기술의 발전으로 대도시만이 아니라 이 주변 마을에도 수도가 깔리긴 했지만, 아무리 그래도 산 중턱의 이 오두막까지 깔지는 못했다.

모니카는 도회지 출신이라 처음에는 불편하기도 했지만, 요즘에는 이 산속 오두막 생활에도 완전히 익숙해졌다. 무엇보다 조용하고 사람이 없어서 좋다.

모니카는 마실 물을 통에 퍼 올리고는, 온 김에 바지랑대에 널어둔 옷도 가지고 오두막으로 돌아왔다.

그리고 뭔가가 떠오른 듯이 방구석에 놓아둔 전신 거울을 보았다.

조금은 몸단장에도 신경을 쓰라는 말과 함께 지인이 억지로 갖다 놓은 전신 거울은 이 낡은 오두막에는 어울리지 않을 만큼 고급품이었다.

그런 고급 거울에 비친 건, 오래 입어서 낡은 로브를 걸치고 부스스한 머리에 비쩍 마른 체구를 가진 조그만 소녀였다.

올해로 열일곱 살이 되는데도 실제 나이보다 빈약한 몸은 창백해서 마치 죽은 이의 몸 같다.

적당히 둘로 나눠서 땋은 연갈색 머리는 윤기 없이 푸석한 것이 짚단보다 수수해 보인다.

길게 내버려 둔 앞머리에 감춘 동그란 눈에는 선명한 다크서클이 보였다.

솔직히 남들 앞에 나서기에 망설여지는 처참한 모습이지만, 산속 오두막에 틀어박힌 모니카에게는 아무래도 좋았다.

(아, 오늘은 매달 한 번 물자를 받는 날이었던가…….)

낯가림이 심해서 가게로 나가 물건을 사는 게 거북한 모니카는 근처 마을 사람에게 부탁해서 식료품을 배달받았다.

역시 머리를 다시 묶는 게 좋을지 잠시 망설이는데, 누군가가 오두막 문을 똑똑 두드렸다.

"모니카, 식료품 가져왔어~!"

쾌활한 소녀의 목소리를 들은 모니카는 어깨를 움찔 떨고는 로브 후드를 깊이 눌러썼다.

그러는 사이에 네로가 선반에 훌쩍 뛰어올랐다.

"손님인가. 그럼 이 몸은 고양이인 척을 하겠어. 야옹."

"으, 응."

네로에게 고개를 끄덕인 모니카는 움찔거리며 문을 열었다.

문 앞에는 짐수레가 있고 그 옆에는 열 살 정도의 소녀가 서 있었다.

짙은 갈색 머리를 뒤로 넘겨 묶어서 드센 느낌이 드는 소녀다. 인근 마을의 소녀로 이름은 애니라고 한다.

모니카에게 물건을 전해 주는 것이 지금 이 소녀의 역할이다.

모니카는 문 뒤에서 얼굴만 살짝 내밀고는, 움찔거리면서 "아, 안녕."이라고 말을 걸었다.

그런 모니카의 태도에 익숙한 애니는 그녀를 밀쳐 내듯이 크게 문을 열고는 식료품 자루를 들었다.

"물건은 안쪽에 넣을 테니까. 문 좀 열어두고 있어."

"으, 응……."

모니카가 움찔움찔하며 끄덕이자, 애니는 부지런히 짐을 안쪽에 넣었다.

모니카가 사는 오두막은 가구는 적지만, 테이블과 책상 위에 종이 다발과 책이 흩어져 있어서 발 디딜 틈이 없었다.

침대는 이미 서류에 파묻혀서 누울 수조차 없었다.

그래서 최근에 모니카는 의자에 앉은 채로 자는 게 습관이 되었다.

"변함없이 심각한 집이네! 저기, 이 종이 다발 중요한 거야? 버려도 돼?"

"저, 전부 다, 중요해!"

애니는 미심쩍다는 눈으로 바닥을 점령한 종이 다발을 바라보았다.

"저기, 이거 수식이지? 뭘 계산하는 거야?"
애니는 글을 읽을 수 있고 직공의 딸이라 셈도 잘한다. 아직 열 살이 조금 넘은 나이지만, 또래 아이들과 비교하면 머리가 좋은 소녀다.
그런 애니도 여기에 적힌 것은 이해할 수 없는 숫자의 나열로만 보이는 모양이었다.
모니카는 고개를 수그려서 애니와 눈이 안 마주치게 조심하며 대답했다.
"그게, 그쪽은…… 벼, 별의 궤도 계산식……."
"그럼 이건? 무슨 식물 이름이 잔뜩 써 있는데."
"……그, 그건…… 비료의 배합을 계산해서, 표로 정리한 거고……."
"그럼 이건? 마법 문자? 같은 게 있는데."
"……미, 미네르바의 교수가 제창한, 새로운 복합 마술식을, 시험 삼아서 계산……."
모니카가 헐렁헐렁한 로브 소매를 매만지면서 작은 목소리로 대답하자, 애니가 고양이 같은 눈을 동그랗게 떴다.
"마술식? 모니카는 마술을 쓸 수 있어?"
"……아, 저기, 그………… 그게……."
모니카는 입을 우물거리며 시선을 어디에 둘지 몰라 갈팡질팡했다.
책상 위에서 자는 척을 하던 네로가 '어이어이, 괜찮은 거냐' 라고 말하려는 듯이 야옹 하고 울었다.

모니카가 계속 우물쭈물하며 손가락만 꼬자, 애니는 어깨를 살짝 으쓱하더니 웃었다.

"하~긴, 쓸 수 있을 리가 없지. 마술을 쓸 수 있었다면 이런 산속에 틀어박혀 생활할 리가 없고, 왕도에서 활약했을 테니까."

마술── 그것은 마력을 사용해서 기적을 일으키는 술법을 말한다.

예전에는 귀족이 독점하던 비술이기도 했지만, 최근에는 서민도 배울 기회를 얻게 되었다.

그래도 마술을 가르치는 기관에 들어가려면 상응하는 재력과 재능이 필요하기에 누구나 손쉽게 배울 수 있는 건 아니다. 만약 서민 신분으로 마술사가 된 사람이 있다면, 그건 엄청난 출세라고 말해도 좋다.

예를 들어 상급 마술사라면 귀족 휘하나, 혹은 마술사의 꽃이라고 할 수 있는 마법병단에 취직할 수 있다.

이런 산속 오두막에서 사는 모니카가 마술사일 리가 없다는 애니의 지적은 지당했다.

"저기 있잖아, 모니카는 알아? 석 달 전에 동쪽 국경에서 용재해가 있었대."

로브 속에서 모니카의 어깨가 움찔 떨렸고, 선반 위에서 자는 척을 하던 네로도 한쪽 눈을 떴다.

선반 밑에 스르륵 내려간 네로의 꼬리가 시계추처럼 흔들렸다.

"커다란 익룡이 말이지. 무리를 지어서 마을에 나타났다더라! 그것도 20마리 넘게!"

익룡은 이름대로 날개를 가진 용이다. 용 중에서도 지성이 낮은 하위종이지만, 무리를 지으면 물리치기가 매우 버겁다. 표적은 대체로 가축이지만, 최근에는 굶주린 익룡이 인간을 덮치는 일도 종종 있었다.

"그리고! 그리고! 그 익룡 무리를 통솔하던 게 놀랍게도! 전설의 흑룡이었대! 그 이름도 악명 높은 워건의 흑룡!"

용 중에서도 흑룡이나 적룡 등, 색 이름이 붙은 용은 상위종이라 불리며 특히 위험했다.

그중에서도 가장 위험하다고 불리는 게 흑룡이다.

흑룡이 내뿜는 특수한 불꽃, 흑염은 상급 마술사의 방어 결계도 무자비하게 불태우는 금기의 불꽃이다.

흑룡이 한번 날뛰면 나라가 초토화되어도 이상하지 않다. 그야말로 전설적인 위험 생물이다.

"그래서! 용기사단이 흑룡 토벌에 나섰는데, 거기에 칠현인 중 한 명이 동행했다더라! 앗, 칠현인이라고 알아? 이 나라 마술사 중에 최고봉인 일곱 명이고 아무튼 굉장한 마술사인데."

"흐, 흐응……."

"최연소 칠현인, '침묵의 마녀'! 그 사람이 혼자서 흑룡을 격퇴하고 익룡을 전부 격추했대!"

시골 마을에서는 이런 소문이 귀중한 오락거리다.

애니의 눈은 그야말로 반짝반짝 빛났다……. 그러나 모니카는 그런 걸 살필 수가 없었다.

“‘침묵의 마녀’는 말이지. 현존하는 마술사 중에서 유일하게 무영창 마술을 쓴대! 마술은 말이지, 기본적으로는 반드시 영창이 필요한데 ‘침묵의 마녀’에게는 필요 없어! 영창 없이 강력한 마술을 뻥뻥 쓸 수 있대!”

모니카는 말없이 가슴을 눌렀다. 위가 조여드는 것처럼 아팠다.

상쾌한 여름 아침이건만, 모니카는 전신이 땀으로 흠뻑 젖었다.

“그, 그렇구나…….”

모니카가 어색하게 맞장구를 치자, 애니는 양손을 뺨에 대면서 꿈꾸듯 중얼거렸다.

“하아, 나도 한 번이라도 좋으니까 보고 싶어. 진짜 칠현인.”

이런 시골에서는 칠현인은 고사하고 중급 수준 이하의 마술사도 좀처럼 볼 수 없다. 그렇기에 애니는 마술사에게 동경심에 가까운 감정을 품은 것이리라.

모니카는 욱신욱신 쑤시는 위를 누르면서 찬장을 열고 가죽 주머니에서 은화를 꺼냈다. 받은 식료품값과 애니의 심부름값이다.

“여, 여기…… 늘, 고마워.”

더듬더듬 감사를 표한 모니카는 애니의 손에 은화를 쥐여 줬다.

애니는 은화를 세고는 고개를 갸웃했다.

“늘 이렇게 많이 줘도 돼? 이거, 여기 있는 식량값의 두 배 가까운 돈인데.”

"자, 잘, 받았으, 니까…… 나머진, 애니 용돈으로 써도, 돼."
애니가 평범한 아이였다면 와아 하고 기뻐하며 동전을 품에 넣었겠지만, 애니는 똑똑한 소녀였다.
걸맞지 않은 보수를 받은 애니는 모니카를 탐색하는 듯한 눈으로 바라봤다.
"모니카는 무슨 일을 해?"
"어, 그게…… 계산?"
"수학 박사야?"
"그런…… 느낌…… 이려나. 응……."
여기에 쌓인 서류 더미는 하나같이 일관성이라곤 없었다.
이 오두막에는 별의 궤도, 비료 배합 말고도 인구 통계나 세입, 상품 판매 추이 등등, 아무튼 온갖 숫자에 관련된 자료가 언뜻 보면 무질서하게, 그러나 모니카만이 아는 질서에 따라 놓여 있었다.
애니는 수학 박사라는 설명에 그럭저럭 납득한 모양이었다.
"흐으응. 그럼 어제 우리 마을에 온 사람도 수학 박사구나."
"……어?"
"모니카의 동료라는 사람이 우리 마을에 왔거든. 모니카의 오두막에 가고 싶다고 해서 내가 길을 가르쳐 줬어. 이제 곧 올 거야."
동료.
그 한마디를 듣자, 모니카의 얼굴이 점점 새파래졌다.
모니카는 헐렁헐렁한 로브 속에서 몸을 덜덜 떨더니 이를 딱

딱거리며 애니에게 물었다.

"그, 그 사람은, 어, 어, 어떤, 사람……?"

"접니다."

모니카의 뒤에서 또박또박하고 안정된 목소리가 들렸다.

모니카가 히익 하는 소리를 냈다.

삐걱대며 돌아보니 그곳에는 윤기 나는 밤색 머리를 땋은 미장부가 문에 기대 미소 짓고 있었다.

그 옆에는 메이드복을 입은 금발 미녀가 대기하고 있다.

남자는 고급 프록코트에 스틱, 단안경 차림이었다. 어디를 바도 세련되고 기품 있는 신사다.

무엇보다도 어딘가 여성적인 선이 가는 얼굴은, 아마 어지간한 여성이라면 보고 넋을 잃을 정도로 단정했다.

하지만 모니카는 공포에 질려 눈을 뒤집고는 비명이 나오려는 것을 필사적으로 참았다.

"루루루루, 루이, 루이……스, 씨……."

"사람의 이름을 루루루루 루이루이스라는 유쾌한 이름으로 바꾸지 말아 주시겠습니까?"

"헉. 죄송, 죄송합……."

남자는 반쯤 울상인 모니카에게는 눈길도 주지 않고 애니를 향해 싱긋 웃었다.

그리고 소녀의 손을 잡더니 알사탕을 쥐여 주었다.

"길을 가르쳐 줘서 고마워요. 아가씨."

"천만에요."

애니는 미모의 손님에게 방긋 웃으며 숙녀답게 인사를 하고는 알사탕을 주머니에 넣었다.

"그럼, 일 이야기를 방해하면 안 되니까 나는 이만 실례할게. 바이바이, 모니카. 한 달 후에 봐!"

애니는 손을 휙휙 흔들고는 평소보다 조신한 발걸음으로 오두막을 나갔다.

모니카는 덜컹덜컹 하고 마차를 끄는 소리가 멀어지는 걸 절망적인 마음으로 들으며 울상을 짓고는 눈앞의 남자를 올려다봤다.

프록코트와 스틱 차림으로 감추었지만, 원래 이 남자는 금실 자수가 들어간 로브를 입고, 멋들어진 지팡이를 가진 마술사다. 뒤에서 대기하는 메이드복 미녀는 인간이 아니라 그와 계약한 정령이다.

"오, 오랜만입니다…… 루이스, 씨."

떨리는 목소리로 인사하자, 남자는 가슴에 손을 대고 우아하게 인사했다.

"네, 오랜만입니다. 칠현인 중 한 명, '침묵의 마녀' 모니카 에버렛 님."

＊＊＊

마력을 사용해서 기적을 일으키는 마법. 그중에서도 영창으로 마술식을 짜서 마력을 다루는 술법을 마술이라 부른다.

마력 사용에 뛰어난 정령 같은 종족이라면 마술식도, 영창도 필요 없지만, 인간은 영창 없이는 마력을 다룰 수 없다.

단축 영창이라는 기술로 영창하는 시간을 줄일 수는 있지만, 그래도 몇 초의 영창은 필요하다.

그러나 그 불가능을 가능하게 만든 한 명의 천재 소녀가 있었다.

이름은 모니카 에버렛. 낯을 가려서 사람과 제대로 대화하지 못해 산속 오두막에 틀어박힌 이 소녀야말로 리디르 왕국 모든 마술사의 정점, 칠현인 중 한 명인 '침묵의 마녀' 다.

모니카도 현존하는 마술식 전부를 영창 없이 구사하는 것은 불가능하지만, 대략 8할 정도는 가능했다.

마술사의 최대 약점은 영창 도중에는 무방비하다는 것. 그러니 영창 시간이 전장에서 얼마나 생사를 좌우하는지는 말할 필요도 없다.

상급 마술사 중에는 단축 영창을 써서 영창 시간을 절반으로 줄인 사람도 있지만, 무영창 마술이 가능한 사람은 이 세상에 모니카 한 명뿐이다.

그렇기에 모니카 에버렛은 지금으로부터 2년 전, 약관 15세에 칠현인으로 선발된 것이다.

그런 천재 소녀가 무영창 마술을 습득하게 된 경위는 실로 단순명쾌했다.

어마어마하게 낯을 가리고 울렁증이 있는 모니카는 남들 앞에서 제대로 말을 할 수 없다.

애니를 상대할 때는 그나마 나은 편이고, 면식이 없는 상대나 거북한 사람을 앞에 두면 경련해서 말조차 꺼내지 못하게 된다. 최악의 경우 토하거나 졸도한다. 당연히 영창 같은 게 가능할 리가 없다.

지금으로부터 몇 년 전, 마술사 양성 기관에 다니던 모니카는 실기 시험에서 영창을 하지 못하고 불합격해 낙제 직전인 신세였다. 그래서 모니카는 생각했다. 시험관 앞에서는 긴장해서 영창을 못 한다. 그럼 영창하지 않고 마술을 쓰면 되겠다고.

보통은 낯가림과 울렁증을 극복할 노력을 했겠지만, 모니카의 발상은 엉뚱한 방향으로 튀었고 무시무시하게도 그대로 재능을 꽃피우고 말았다.

이렇게 해서 모니카는 조금도 감동적이지 않은 이유로 무영창 마술을 마스터하여 어찌어찌 칠현인까지 올라간 것이다.

그야말로 엉뚱한 노력으로 도달한 결과였다.

* * *

모니카가 사는 산속 오두막에는 의자가 두 개뿐이다. 그중 하나도 서류에 파묻혀서 웬만해서는 잘 쓰지 않는다.

모니카는 의자 위에 쌓인 대량의 서류를 보고는, 들어 올리기를 포기하고 서류에 손끝을 내밀었다.

그러자 산처럼 쌓인 서류가 마치 한 장 한 장이 의지를 가진 듯이 팔랑팔랑 날아올라 의자에서 책상 위로 이동했다.

마술로 바람을 일으키는 건 그리 어렵지 않다. 그러나 서류 한 장 한 장을 지정해서 이동시키려면 섬세한 마력 조작 기술이 필요하다.

그걸 마치 당연하다는 듯이—— 게다가 무영창으로 해결한 모니카를 보자, 루이스는 가느다란 눈썹을 꿈틀 움직였다.

"변함없이 재능을 마구 낭비하는군요? 동기님."

모니카를 동기님이라 부르는 이 남자도 마술사이며, 칠현인 중 한 명이기도 하다.

그 이름은 '결계의 마술사' 루이스 밀러.

나이는 모니카보다 열 살 연상으로 올해 27세지만, 모니카와 같은 날에 칠현인이 되었기에 모니카를 종종 동기님이라 부른다.

루이스는 입을 다물고 있으면 선이 가늘고 아름다운 남자로 보이지만, 용 단독 토벌 수로 따지면 역대 2위를 자랑하는 산전수전 다 겪은 무투파 마술사다.

마법병단 단장을 역임한 적도 있는데, 그 실력으로 마법병단 단원들에게 두려움을 샀다나 어쨌다나.

(루이스 씨, 무슨 용건일까…… 서, 설마 또 용 토벌을 나가라고 하는 건…….)

아무튼 루이스가 화나면 무섭기에, 모니카는 벌벌 떨면서 서류를 정리한 의자를 권했다.

루이스는 의자에 다리를 꼬고 앉더니 뒤에서 대기하는 메이드복 여자에게 눈길을 돌렸다.

“린, 방음 결계를 쳐 주게.”

“알겠습니다.”

린이라 불린 메이드가 고개를 꾸벅 숙인 순간, 오두막 주변의 소리가 뚝 사라졌다.

바람 소리도, 새 지저귀는 소리도, 온갖 소리가 오두막 안과 밖으로 나뉘었다.

선반 위에서 자는 척을 하던 네로가 기분이 나쁜 듯이 수염을 부르르 떨면서 금색 눈으로 메이드복 여자를 바라봤다.

키가 크고 매끈한 아름다운 여자다. 하지만 정돈된 얼굴은 무표정한 것이 어딘가 인형 같다.

영창도 없이 결계를 칠 수 있는 건, 이 자가 인간이 아니라 상위 정령이기 때문이다. 상위 정령을 거느린 마술사는 국내에서도 열 명 정도밖에 없다.

“자, 그럼 본론으로 들어가죠. 오늘은 당신에게 부탁할 게 있어 찾아왔습니다.”

“……부, 부탁, 이, 요?”

모니카가 경계심을 감추지 않자, 루이스는 우아하게 방긋 웃고는 장갑을 낀 손으로 깍지를 끼고 턱을 들었다. 그런 동작이 하나하나 그림이 되는 남자다.

“네. 실은 저, 다음 달부터 국왕 폐하의 밀명으로 제2왕자의 호위를 맡게 되었습니다.”

“……네?”

루이스의 말을 들은 모니카가 눈을 동그랗게 떴다.

바람의 상위 정령
린즈벨피드
(린)

결계의 마술사
루이스 밀러

이 나라에는 어머니가 다른 세 명의 왕자가 있다.

올해로 27세가 되는 라이오넬 왕자, 18세가 되는 펠릭스 왕자, 14세가 되는 앨버트 왕자. 국내 귀족들은 이 세 명 중 누가 차기 국왕이 되느냐를 놓고 의견이 엇갈렸다.

모니카는 이런 권력 투쟁에는 무관심해서 남에게 들은 정도의 지식밖에 없지만, 제1왕자파와 제2왕자파가 거의 동수, 제3왕자파가 약간 열세라고 한다.

칠현인 중에도 파벌은 갈렸고 '결계의 마술사' 루이스 밀러는 제1왕자파의 대표격이었다.

그 루이스가 어째서 제2왕자의 호위를 명받았는가? 모니카는 위화감이 들어 눈살을 찌푸렸다.

"저, 저기, 루이스 씨는…… 제1왕자파, 잖아, 요?"

"네. 그런데 어째서 폐하께서 제2왕자의 호위를 명하셨는가…… 생각하는 바는 있습니다만, 억측으로 폐하의 뜻을 논하는 건 불손하니 여기서는 그만두기로 하죠. 중요한 건, 폐하께서는 제게 "제2왕자에게도 안 들키게 호위하라."라고 명하셨다는 겁니다."

"……제2왕자에게, 안 들키게, 말인가요?"

호위 대상에게 들키지 않고 호위하는 게 얼마나 어려운지는 말할 것도 없다.

어째서, 국왕은 제1왕자파인 루이스에게 제2왕자의 호위를 명했는가?

어째서, 제2왕자가 그 사실을 몰라야 할 필요가 있는가?

모니카가 혼란에 빠지자, 루이스는 덤덤히 말을 이었다.

“아까도 말씀드렸듯이 지금 제2왕자 펠릭스 전하는 완전 기숙사제 명문 학교 세렌디아 학원에 다니고 있습니다. 그 전하에게 들키지 않게 호위하려면…… 뭐, 학원에 잠입하는 게 타당하겠지요.”

루이스가 학원에 잠입한다. 솔직히 그리 와닿지 않는 이야기다.

무엇보다 ‘결계의 마술사’ 루이스 밀러는 유명하고 얼굴도 알려졌다. 덤으로 저 눈에 띄는 용모를 보라. 아무리 생각해도 잠입에는 어울리지 않는다.

루이스 자신도 그걸 자각하는지 “뭐, 무리겠죠.”라고 바로 덧붙였다.

“무엇보다 그 학원은 제2왕자파의 필두인 크록포드 공작의 입김이 작용하는 곳이라 잠입하기 어려우니까요.”

크록포드 공작은 제2왕자의 외조부에 해당하는 인물로 국내에서도 손꼽히는 권력자다. 단적으로 말해서 루이스와는 물과 기름 같은 관계다.

은밀하게 호위하려는 루이스에게 협력하리라고는 생각하기 힘들다.

“하, 학원 안에 들어갈 수 없다면…… 어떻게 호위하는 건가요……?”

“그래서 제가 준비한 게 이 호신용 마도구입니다.”

루이스는 품에서 작은 천 포장을 꺼내서 책상에 올려놨다.

천에 싸인 것은 부서진 브로치다. 중앙에 장식된 굵은 루비에는 금이 갔고, 금으로 섬세하게 세공한 브로치 핀은 크게 찌그러졌다.

루이스가 모니카에게도 보여 주려는 듯이 루비를 집어 들었다.

금이 간 루비와 드러난 브로치 판에는 각각 마술식이 새겨져 있다. 그걸 보자, 모니카는 곧바로 마술식이 의미하는 바를 거의 알아챘다.

"……위, 위기 감지, 소규모 물리 · 마법 방어, 추적과 전령의 복합 결계……인가요?"

"한눈에 간파하다니 역시 대단하네요. 네, 이건 제가 심혈을 기울여 만든 호신용 마도구입니다."

마도구는 특수한 가공을 한 보석 등에 마력을 부여해서 마술식을 짜 넣은 도구다.

마술을 못 쓰는 사람도 혜택을 받을 수 있는 매우 편리한 도구지만, 아직 일부 상류 계급 사이에서만 유통되는 최고급품이었다.

하물며 이 나라에서도 정상급 마술사인 칠현인이 만든 물건이라면 도저히 값을 매길 수 없다. 어쩌면 왕도에 집을 두세 채 살 수 있을지도 모른다.

루이스는 금이 간 루비를 들어서 창문에 내리쬐는 햇살에 비췄다.

"이 브로치는 사파이어와 루비로 나뉜 한 쌍의 브로치입니다. 루비 소유주는 사파이어 소유주의 위치를 항상 파악할 수 있죠. 또한, 사파이어 소유주가 모종의 공격을 받으면 방어 결계가 발동합니다. 그때는 이 루비가 빛나며 반응하죠……. 그런 식입니다."

다시금 마도구에 새겨진 마술식을 바라보던 모니카는 잠시 침묵한 끝에 조심조심 루이스에게 물었다.

"저, 저기, 그건 다시 말해서…… 제2왕자를 지키기 위해서라기보다는…… 감시하기 위한 마도구, 죠?"

모니카의 지적을 듣자, 루이스는 켕기는 건 전혀 없다는 듯이 상쾌하게 웃었다.

"호위 대상의 동향을 신경 쓰는 건 당연한 일이잖아요?"

"드, 들키면 혼나는 게……."

"아무래도 우리 동기님은 너무 성실한 모양인데…… 그런 당신에게 이 명언을 말씀드리죠."

루이스는 가슴팍에 손을 대고는 성구를 입에 담는 성직자처럼 청아하게 말했다.

"'안 들키면 됩니다. 안 들키면.'"

"…………."

그래도 되는 거냐는 생각이 들었다. 하지만 확실히 마도구에 새겨진 마술식은 간단히 읽어낼 수 없었다.

하물며 루이스가 만든 마도구는 매우 복잡한 마술식을 다수 사용했다. 상급 마술사라도 간단히 간파하지는 못한다.

"저는 폐하를 경유해서 이걸 펠릭스 전하께 드렸습니다. 제가 만든 마도구라는 건 숨기고, 아버지가 아들에게 주는 선물이라는 식으로요."

이제 제2왕자가 이 브로치를 몸에서 떼지 않고 가지고 다닌다면, 루이스는 항상 제2왕자의 동향을 감시할 수 있고 비상시에도 바로 대응할 수 있다.

애초에 세렌디아 학원 자체가 크록포드 공작의 손에서 엄중하게 관리되기도 해서 왕자의 목숨을 노리는 악한이 간단히 침입할 수는 없다.

그러니 어지간해서는 사건이 벌어지지 않는다…… 루이스도 그렇게 얕보았던 모양이다.

"그런데 제가 일주일 정도 자지도, 쉬지도 않고 만든 이 마도구가 선물한 다음 날에 부서졌다고 합니다. 일주일 동안 제대로 쉬지도 않고 만들었는데 건넨 지 하루 만에…… 이야~ 한 쌍인 루비마저 깨졌을 때는 너무나 유쾌해서 웃음이 다 나오더군요. 하하하."

루이스의 웃음소리는 너무나도 딱딱했고 눈은 조금도 웃지 않았다.

아니, 애초에 웃을 일이 아니다. 루이스의 손에 있는 루비가 부서졌다는 건, 제2왕자가 모종의 위험에 처했다는 뜻이다.

"그, 그럴 수가…… 제2왕자는…… 무사한, 건가요?"

"이 마도구가 발동했을 때, 저는 잠이 부족한 몸을 채찍질해서 서둘러 학원으로 달려갔습니다. 그랬더니 무슨 말을 들었는지 아십니까?"

단안경 안쪽에서 루이스의 눈이 번뜩 빛났다.

“전하께서는 아무 일도 없었다고 합니다. 브로치는 실수로 깨뜨렸다더군요.”

루이스의 손에서 루비가 빠각빠각 하며 거친 소리를 냈다. 장갑을 낀 손가락 사이로 루비 조각이 산산이 흩어져 떨어졌다.

“제가 만든 물건이 그리 간단히 깨질 리가 없습니다. 하물며, 그 브로치에는 방어 술식을 몇 겹이나 걸어 놨죠. 그걸 웃돌 정도의 충격을 받은 게 분명해요…… 하나 펠릭스 전하는 그걸 숨기고 있어요.”

슬슬 이야기가 수상쩍어졌다. 불길한 예감이 든다. 불길한 예감밖에 들지 않는다.

루이스는 산산이 부서진 루비 잔해를 책상 위에 뿔뿔이 흩어 놓고는, 모니카에게 무식한 힘과는 어울리지 않는 우아한 미소를 지었다.

“자, 그럼 여기까지 말했으니 제가 하고 싶은 말이 뭔지 아시겠죠?”

모니카는 전력으로 고개를 가로저었다. 지푸라기 같은 땋은 머리가 좌우로 붕붕 흔들렸다.

그러나 루이스는 그런 모니카의 태도는 안중에도 없다는 듯이 말했다.

“잠깐 저를 대신해 학원에 잠입해서 전하를 호위해 주세요.”

잠깐 손수건 좀 빌려달라는 분위기였지만, 하는 말은 터무니없는 난제였다.

“무, 무리, 예요! 어째서 제가……!”

"그야, 저는 유명인이니까요. 보세요, 이 미모. 아무리 변장해도 숨길 수가 없겠죠? 그런 점에서 당신은 사교계에도 안 나갔고, 식전에도 후드를 뒤집어쓴 채 고개를 숙였으니 얼굴이 알려지지 않았어요. 무엇보다……."

루이스는 말을 끊고 보는 사람이 몽롱해질 만큼 아름다운 미소를 지으며 말했다.

"이런 수수한 계집애가 칠현인이라니 아무도 그렇게 생각하지 않겠죠."

폭언이었다.

책상 위의 네로가 '화내! 반박해!' 라며 눈으로 말했지만, 기가 약한 모니카는 "무리예요오."라며 훌쩍훌쩍 우는 게 고작이었다.

"저, 전 누군가의 호위 같은 건, 해본 적, 없어요……."

"초짜라 오히려 좋은 겁니다."

"……엥?"

뜻밖의 말이어서 모니카의 눈물이 순간 멈췄다.

루이스는 우수에 젖은 시선을 내리면서 고개를 가로저었다.

"전하는 매우 감이 좋은 분이어서…… 마법병단 사람이 몰래 호위로 붙으면 바로 간파해 버립니다. 전하는 어린 시절부터 호위에 둘러싸여 자랐으니 능숙하게 간파하죠. 그렇기에 당신이 필요합니다."

루이스는 모니카를 똑바로 바라보면서 힘 있게 말했다.

"아무리 전하라도, 이런 초짜 티를 풀풀 내는 계집애가 호위라고는 생각도 못 하겠죠."

"…………."

"무엇보다 당신의 무영창 마술은 주변에 들키지 않고 발동할 수 있으니 비밀리에 하는 호위에 최적이잖습니까? 이번 임무에서 당신만 한 적임자는 없어요."

루이스는 무척이나 그럴싸한 논리를 늘어놓았지만, 모니카에게는 마도구가 부서진 루이스가 왕자에게 한 방 먹여 주고 싶어서 이러는 걸로밖에 안 보였다.

모니카가 아무 말도 못 하고 침묵하자, 루이스는 보란 듯이 한숨을 내쉬었다.

"당신과 제가 칠현인이 된 지 벌써 2년이 지났죠……. 지난 2년간, 당신이 한 일이라고는 틀어박혀서 종이와 마주한 것뿐입니다."

"서, 석 달 전에, 용도 퇴치, 했어요……!"

"저는 지난 석 달 동안 열 번이나 퇴치했습니다만?"

칠현인은 상하관계가 확실하게 정해진 건 아니지만, 취임한 지 얼마 안 된 모니카와 루이스는 아무래도 잡일을 자주 맡았다.

지난 2년간, 루이스는 주로 용 퇴치에 나섰고 모니카는 서류 관련 잡일을 담당했다.

이 오두막에 있는 서류는 대부분, 모니카가 다른 칠현인에게 "숫자와 관련된 일을 주세요." 하고 부탁해서 맡은 것이다.

"이건 수학자나 장부 관리자가 할 일입니다. 알고는 있습니까? 당신은 우리 리디르 왕국의 정점에 선 마술사, 칠현인이라고요? 당신만이 가능한 일이 있다고는 생각하지 않습니까? 생각하겠죠? 생각하고 있죠? 생각하세요? ……생각해라?”

마지막 말은 설마 하던 명령형으로 끝났다. 정말 피도 눈물도 없다.

“하, 하지만, 제가 칠현인이 된 것도 추가 합격 같은 거라…….”

“폐하께서는 제2왕자 호위에 관한 인선을 제게 일임하셨습니다. 다시 말해…… 당신에게 거부권은 없는 겁니다, 동기님?”

어깨를 붙잡힌 채, 지근거리에서 면도날처럼 번뜩이는 눈이 노려보자 모니카는 반사적으로 끄덕였다. 끄덕이고 말았다.

루이스는 뒤숭숭한 미소를 거두고는 모니카의 어깨에서 손을 내렸다.

“알면 됐습니다. 또한, 이 임무는 국왕 폐하께서 직접 내리신 명……. 실패하면 처형, 같은 일이 벌어질지도 모르니 명심하고 들으세요.”

처형이라는 한마디에 모니카는 몸을 떨었다.

이런 무서운 임무는 받고 싶지 않다. 안 받고 싶지만, 한 번이라도 고개를 끄덕인 이상 루이스는 모니카를 놓아주지 않을 거다.

모니카가 할 수 있는 일은 제2왕자가 졸업할 때까지 1년간 무슨 수를 써서라도 정체를 숨기고 호위해서 임무를 완수하는 것뿐이다.

모니카가 마지못해 각오를 다지자 루이스는 매끄럽게 말했다.

“자, 그럼 바로 구체적인 작전을 설명하지요. 지금으로부터 몇 년 전, 리디르 왕국 동부 케르벡 백작령에 있는 모 수도원에 피붙이가 없는 불쌍한 소녀가 있었습니다.”

“……네에.”

“그런 불쌍한 소녀에게 케르벡 전 백작 부인은 세상을 떠난 남편의 흔적을 찾아내서 소녀를 양녀로 삼습니다. 소녀는 케르벡 전 백작 부인의 귀여움을 받으며 행복하게 자랐습니다.”

“좋은 이야기, 네요.”

모니카의 소박한 감상을 들은 루이스는 연극 같은 동작으로 고개를 내젓고는 비장함이 잔뜩 담긴 목소리로 말했다.

“그러나 어느 날, 고령이었던 부인은 병으로 쓰러지고 결국 돌아오지 못하는 사람이 되고 맙니다.”

“세상에…….”

“후견인을 잃은 소녀는 백작가 사람들에게서 소외당하고, 백작 영애의 고용인이 되어 혹사당했습니다. 그리고 그 백작 영애가 귀족 자녀가 다니는 세렌디아 학원에 입학하게 되자, 불쌍한 소녀 역시 시중을 들기 위해 함께 편입하게 되었습니다.”

“부, 불쌍해라…….”

“네. 이 불쌍한 소녀가 당신의 역할입니다.”

모니카는 거의 10초 가까이 침묵하고 나서 입을 열었다.

“……네?”

“당신은 지금 말한 설정대로 세렌디아 학원에 잠입하게 됩니다. 편입 전에 확실히 머릿속에 새겨 두세요.”

너무나 진지하게 터무니없는 설정을 까발린 루이스를 보고

식은땀 범벅이 된 모니카는 가녀린 목소리로 말했다.
"저기…… 너, 너무 과한 설정이라, 뭐가 뭔지 모르겠어요."
"이 정도로 성가신 사정이라면 아무도 깊이 관여하려 하지 않겠죠. 또한, 설정은 이 책을 참고했습니다."
루이스의 뒤에서 대기하던 메이드복 차림의 상위 정령, 린이 한 권의 책을 스윽 내밀었다.
저자의 이름은 더스틴 귄터. 네로가 요즘 좋아하는 소설가다.
린은 공손한 손짓으로 모니카에게 책을 내밀며 말했다.
"백작 영애에게 괴롭힘을 당하는 히로인이 왕자의 눈에 들어, 이윽고 왕자와 금단의 사랑에 빠지는 로맨스입니다. 백작 영애의 음습한 괴롭힘 수법이 매우 치밀해서, 대단히 흥미로운 책이죠."
린의 해설을 듣자, 선반 위의 네로가 흥미진진한 표정으로 꼬리를 살랑살랑 흔들었다.
이 오두막에도 더스틴 귄터의 책은 몇 권 있지만, 전부 오래된 것뿐이다. 한편, 린이 손에 든 책은 최신작. 네로가 흥미를 보이는 것도 당연했다.
우물쭈물하는 모니카에게 린이 살며시 책을 쥐여 줬다.
"빌려드리겠습니다. 아무쪼록 참고해 주세요."
뭘 어떻게 참고하라는 걸까.
모니카는 명분만 세우기 위해 페이지를 팔랑팔랑 넘겼다.
마술서라면 몇 시간이든 읽을 수 있지만, 이런 오락 소설은 익숙하지 않아서 내용이 머릿속에 안 들어왔다.

“저, 저기…… 루이스 씨가 생각한 설정대로라면 저는 케르벡 백작 영애와 함께 편입한다는, 건데요…….”

“네, 맞습니다! 케르벡 백작에게는 사정을 이야기해서 외동딸인 이자벨 양에게 협력을 부탁했습니다.”

모니카는 눈을 부릅떴다.

“그, 그런 터무니없는 설정으로요?! 케르벡 백작가에, 미, 미미, 민폐, 가…….”

만약 루이스가 생각한 설정을 유지한다면 케르벡 백작과 그 딸인 이자벨 양은 나쁜 역할을 맡아야 한다.

너무나도 미안한 나머지 모니카의 안색이 새파래지자, 루이스는 여유로운 태도로 말했다.

“케르벡 백작의 이름을 들어본 적은 있습니까?”

“네? 그게…….”

모니카는 수학에는 강하지만, 인명이나 지명을 익히는 건 그리 특기가 아니었다.

그래도 케르벡 백작이라는 단어는 모니카의 머릿속에 희미하게 남아 있었다. 비교적 최근에 들은 기억이 난다.

“아…… 용 퇴치…….”

“그렇습니다. 석 달 전, 당신이 워건의 흑룡을 격퇴한 지역…… 그곳이 바로 케르벡 백작령입니다. 백작은 당신에게 깊이 감사하고 있죠. 그야말로 ‘침묵의 마녀’를 위해서라면 어떤 협력도 아끼지 않을 만큼.”

케르벡 백작은 워건의 흑룡을 격퇴한 모니카에게 대단히 고마워해서 용을 퇴치한 답례라며 연회를 준비해 줬다.

그러나 모니카는 그걸 거절하고 도망치듯이 오두막으로 돌아왔다. 그래서 모니카는 케르벡 백작과도, 영애와도 면식이 없다.

모니카는 연회를 거절해서 백작의 기분이 상하지 않았을까 하고 내심 조마조마했지만, 케르벡 백작은 그런 모니카를 두고 '침묵의 마녀' 님은 참으로 사려 깊으신 분이구나!라고 받아들인 모양이었다.

"케르벡 백작과 그 영애에게는 이미 조금 전에 설정을 전달했습니다. '케르벡 백작은 이야~ 마치 발라드 같지 않습니까.' 라며 신이 났더군요."

"시, 신이 났다니……."

"이자벨 양은 '이게 요즘 유행하는 악역 영애인 거네요!' 라며 눈을 반짝였습니다."

"유, 유행하는 건가요오……?"

아무래도 루이스가 참고한 소설은 왕도에서 대유행 중인 모양이다.

이자벨 양은 일부러 왕도에서 신작을 들여올 만큼 대단한 팬이라나?

"이자벨 양은 당신을 괴롭히는 악역 영애가 되고자, 지금부터 배역에 몰입하려고 열심입니다."

"…………."

"그러니 당신은 학원에 잠입해서 이자벨 양에게 괴롭힘당하며 제2왕자의 호위에 힘써주세요. 뭐어, 괴롭힘당하는 아이 역할은 특기잖습니까?"

"…………."

모니카는 대답할 수 없었다.

왜냐하면 반쯤 의식을 잃어가고 있었으니까.

애초에 케르벡 백작의 협력을 얻어낸 시점에서, 루이스는 모니카를 놓아줄 생각이 전혀 없었던 거다.

＊＊＊

루이스와 린이 일단 오두막에서 물러난 뒤에도 모니카는 멍한 상태로 바닥에 주저앉아 있었다.

루이스는 내일, 같은 시간에 마중을 올 테니 짐을 정리해 두라고 했지만, 솔직히 어디부터 손대야 할지 모르겠다.

"이봐, 모니카. 숨은 쉬고 있냐? 어~이?"

네로가 앞발로 풀썩 주저앉은 모니카의 다리를 툭툭 건드렸다.

어느 때였다면 그 말랑말랑한 발바닥의 감촉을 느끼며 힐링했겠지만, 지금 모니카는 그럴 여유가 없다.

"어쩌지…… 호위라니, 모, 못 해…… 나는, 추가 합격 칠현인일 뿐인데……."

"아까도 말하던데 '추가 합격' 이라니 무슨 소리야?"

인간의 사정에 밝지 않은 네로가 고개를 갸웃했다.

모니카는 킁킁 코를 훔치며 2년 전의 칠현인 선발 시험을 떠올렸다.
"2, 2년 전에, 칠현인 선발이 있었는데……."
"그래."
"……나, 면접에서…… 너무 긴장해서, 과호흡이 와서."
"그래."
"……기억은 잘 안 나는데, 흰자위를 드러내고 거품을 물며 쓰러졌다고……."
네로는 눈을 반쯤 뜨면서 꼬리를 흔들었다.
"……그런데 어떻게 칠현인이 된 거야."
"우, 우연히, 당시에 칠현인이던 사람이 급병으로 그만두게 되어서…… 모집 인원이 두 명이 됐어. 그래서, 나, 감사하게도 칠현인에 뽑혀서……."
누군가에게 들은 건 아니지만, 모니카는 본래 합격자는 루이스 한 명이리라고 확신했다.
루이스는 우수한 마술사다. 마법병단의 전 단장이고 실적, 실력도 충분하다. 한편 모니카는 날이면 날마다 연구실에 틀어박힌, 계산만 잘하는 꼬맹이다. 비교할 수조차 없다.
"추가 합격으로 칠현인이 된 나 따위가, 왕자님의 호위라니…… 무, 무리. 절대 무리야아아!"
양손으로 얼굴을 감싸고 엎어진 모니카를 위로하려는 듯이, 네로가 발바닥으로 모니카의 다리를 툭툭 건드렸다.
"그렇게 싫으면 도망치면 되잖아."
"아, 안 돼. 내가 도망치면…… 루이스 씨는 분명, 땅끝까지 쫓아올 거야……!"

'결계의 마술사' 루이스 밀러는 귀족적인 행동거지가 어울리는 아름다운 남자지만, 동시에 나라 안에서도 손꼽히는 무투파 마술사다.

그 장갑 속 손에 멋들어진 굳은살이 박인 것을 모니카는 안다.

"이봐, 그 녀석은 정말로 인간이냐? 칠현인이 아니라 저승사자를 잘못 말한 거 아냐?"

"그 정도로 무서운 사람이야!"

이미 모니카는 자신에게 도망칠 길이 없다는 걸 알았다. 그럼에도 무서운 건 어쩔 수 없었다.

모니카가 킁킁 코를 훔치던 와중에 네로는 꼬리를 흔들며 제안했다.

"좋아. 그럼 긍정적으로 생각하자. 너는 지금부터 왕자님을 호위하는 거야. 왕자님이라는 건, 그거야. 굉장히 멋있잖아? 반짝반짝하잖아? 인간 암컷은 다들 왕자님을 좋아하잖아?"

"……잘 모르겠어."

"칠현인은 뭔가 식전 같은 데도 나가잖아? 왕자님 얼굴을 본 적 있지 않아?"

모니카는 천천히 고개를 가로저었다.

모니카는 울렁증이 있어 사람 많은 곳이 거북했기에 식전 중에는 언제나 로브를 깊이 눌러 쓰고 고개를 숙인 채, 끝날 때까지 숨죽이는 게 일상이었다. 옥좌에 앉은 국왕의 얼굴조차 제대로 본 적이 없다.

"이봐, 모니카. 이 몸은 이런 생각이 드는데."

"……응."

"호위 대상의 얼굴을 모른다는 거, 은근히 치명적이지 않냐?"

"……어쩌지."

솔직하게 '제2왕자의 얼굴을 몰라요.' 라는 말을 루이스에게 할 수 있을 리가 없다. 하물며, 이번 임무는 실패하면…….

'처형' 이라는 글자가 머릿속을 오가자, 모니카는 바닥에 엎어져 펑펑 눈물을 흘렸다. 그런 모니카를 위로하려고 네로가 앞발로 모니카의 무릎을 톡톡 건드렸다.

2장 악역 영애는 침묵의 마녀를 좋아해

리디르 왕국에는 저잣거리 아이들이라면 누구나 아는 '샘 아저씨의 돼지' 라는 동요가 있다.

샘 아저씨는 많은 돼지를 기르고 있어.
1년째 겨울, 한 마리 팔리고
2년째 겨울, 한 마리 팔리고
3년째 겨울, 두 마리 팔리고
4년째 겨울, 세 마리 팔리고
5년째 겨울, 다섯 마리 팔렸다.
데굴데굴 데굴데굴 바퀴 소리에
꿀꿀 꿀꿀 돼지가 우네.
6년째에 여덟 마리 팔리면
10년째 겨울, 팔리는 돼지는 과연 몇 마리?

모니카가 지금부터 향하는 곳은 왕도에 있는 루이스의 저택이었지만, 기분은 완전히 '샘 아저씨의 돼지' 였다. 즉, 팔려나가는 돼지다.

(이 수수께끼 풀이 노래는 전년과 전전년의 숫자를 더하는 게 해답이니까, 10년째는 55마리…… 11년째는 89마리, 12년째는…….)

모니카는 반쯤 현실 도피를 하려고 머릿속에서 돼지 마릿수를 계속 계산했다.

그 숫자가 1만하고도 946마리가 되었을 무렵, 옆에 앉은 루이스가 모니카에게 말을 걸었다.

"안색이 나쁘네요? 동기님."

"……28년째는 31만 7811마리, 29년째는 51만 4229마리……."

"동, 기, 님?"

루이스가 어깨를 찌르자, 모니카는 돼지가 과하게 증식한 양돈장에서 겨우 현실로 돌아왔다.

"죄, 죄송해요. 잠깐, 생각 좀 하느라……."

"호오, 생각이라."

출하되는 돼지 마릿수를 세고 있었어요……라고 말하지 못한 모니카는 침묵했다.

모니카 일행은 지금 루이스의 계약 정령, 린의 바람 마술로 하늘을 날아 이동하고 있다.

비행 마술은 매우 난이도가 높은 마술로 마력 소비가 심하다. 그래서 상급 마술사라도 30분 날면 마력이 바닥을 드러낸다.

그러나 정령인 린은 루이스와 모니카, 덤으로 짐 속에 들어간 네로를 동시에 반구형 바람의 결계로 감싸고, 그걸 통째로 들어서 상공을 고속 이동한다는 놀라운 기술을 구사했다.

정령인 린은 인간보다 마력량이 월등히 많고 마력을 다루는 데 뛰어나므로 영창도 필요 없었다.

이런 정령의 대단함을 눈앞에서 볼 때마다, 모니카는 자신의 무영창 마술은 별거 아니라는 걸 깨닫게 된다. 모니카의 무영창 마술이 호평을 받는 건 모니카가 인간이기 때문이다.

(린 씨도 굉장하고, 그런 린 씨와 계약한 루이스 씨도 굉장해…….)

그에 비해 자신은 조금 빨리 마술을 발동할 뿐인 방구석 연구자에 불과하다.

그런 자신이 왕족의 호위라니…… 모니카는 네로가 들어간 짐 꾸러미를 안고 고개를 수그렸다.

그러자 전방에 서서 결계를 유지하던 린이 몸은 앞을 향한 채, 고개만 돌려서 루이스와 모니카를 바라봤다.

목이 부러진 인형 같은 움직임이라 모니카는 깜짝 놀랐지만, 미모의 메이드는 표정 하나 바꾸지 않았다.

그 무표정이 더더욱 그녀를 인형처럼 보이게 한다.

"슬슬 도착합니다. 그와 관련해서 매우 획기적인 착지법 제안이……."

"아뇨, 괜찮습니다. 안전하게 착지하세요."

린은 무표정했지만, 어딘가 유감스러운 듯이 "알겠습니다."라고 대답하고는 주택가에 접어들자 명령대로 천천히 착지했다.

루이스의 저택은 비교적 아담하고 깔끔한 저택이었다.
호화로운 저택을 상상하던 모니카는 생각보다 가정적인 분위기에 조금 맥이 빠졌다.
"우리 집에 어서 오세요."
그렇게 말하며 루이스가 문을 열자, 안에서 20대 후반 정도의 여자가 모습을 드러냈다.
갑자기 루이스가 활짝 웃었다.
"로자리, 다녀왔습니다."
그렇게 말하는 루이스의 목소리는 누가 봐도 들떠 있었다. 아무래도 이 여자가 루이스의 아내인 로자리 밀러 부인인 모양이다.
로자리는 화사한 용모의 루이스와 비교하면 수수한 여성이었다.
장식이 적으며 움직이기 편한 옷을 입었고 진한 갈색 머리를 하나로 묶었다.
루이스는 아내를 만나고 싶어서 정말이지 견딜 수 없었음을 온몸으로 표현했지만, 로자리의 태도는 실로 덤덤했다. 로자리는 웃지도 않은 채 루이스 뒤에 숨은 모니카를 바라봤다.
혹시, 남편이 갑자기 젊은 소녀를 데리고 돌아와서 불쾌하게 생각하는 걸까?
불안해진 모니카가 로자리의 시선에서 도망치려고 아래를 보자, 로자리는 성큼성큼 걸어와서 모니카의 뺨을 양손으로 잡고 들어 올렸다.

"앗?!"

"잠깐 실례할게."

로자리는 공포에 질려서 굳어진 모니카의 앞머리를 들고는 아래쪽 눈꺼풀을 슬쩍 아래로 내렸다.

"저, 저, 저기……."

"움직이지 마. 그대로, 입을 크게 벌려."

모니카가 지시대로 입을 벌리자, 로자리는 모니카의 구강 안쪽을 확인했다. 그리고는 손이나 손톱에 이르기까지 빠짐없이 전신을 관찰했다.

"안구 운동에 이상 없음, 잇몸 출혈 없음. 단, 눈꺼풀 아래쪽에 흰 결석이 보이고, 손톱에도 흰 반점이 있네. 그 밖에 피부가 건조하고…… 영양실조 및 빈혈 증상이 보여. 당신, 몇 살이지?"

진지한 얼굴로 따지자, 모니카는 반쯤 울상이 되어 떨리는 목소리로 대답했다.

"오, 올해로 열일곱, 인데요……."

"나이에 비해 너무 말랐네. 평소에 식사로 뭘 먹지? 하루 평균 수면 시간은?"

"따, 딱히 정해 놓진 않았는, 데요……."

모니카가 대답하면 대답할수록, 로자리의 표정이 험악해졌다.

이렇게 몇몇 문답을 반복하는 사이, 루이스가 그야말로 신경 써 달라는 표정으로 로자리를 바라봤다.

"로자리. 신혼인 남편이 귀가했는데 '잘 다녀오셨어요' 한 마디와 키스 정도는 있어도 되지 않을까요?"

"환자의 대응이 최우선이야."

로자리는 루이스의 말을 싹둑 잘라 버렸다.

모니카가 기어 들어가는 목소리로 "저, 건강한데요……." 라고 주장하자, 로자리는 고개를 가로저으며 단언했다.

"당신이 어디 사는 누군지는 모르겠지만, 누가 보더라도 걸어 다니는 병원인 건 확실해. 치료 방법은 충분한 식사와 수면. 그리고 목욕도 하고 그 옷도 갈아입어야겠어."

자고로 부부란 일심동체다.

겉모습은 그리 안 닮은 부부지만, 가식 없는 발언만큼은 쏙 빼닮았다.

모니카가 입을 뻐끔뻐끔 움직이자, 루이스는 체념한 표정으로 고개를 으쓱했다.

"로자린 의사입니다. 얌전히 따르는 게 몸에 좋아요. 동기님."

* * *

로자리 밀러 부인 손에 욕실로 들어가고, 갈아입을 옷과 따스한 식사를 제공받은 모니카는 한숨 돌리자마자 밀러가(家)의 객실로 들어왔다.

이동 중에 계속 짐 속에 있던 네로는 겨우 마음의 안정을 찾은 표정으로 고개를 내밀었지만, 객실에 루이스가 들어오자 곧바로 짐 속으로 들어갔다.

루이스는 관심 없다는 듯이 네로를 힐끗 보고는 모니카에게 말을 걸었다.

“로자리는 당신이 선잠이라도 자야 한다고 주장했지만, 그 전에 당신은 지금부터 올 손님과 인사해 주셔야겠습니다.”

“소, 손님, 이요?”

모니카가 겁을 먹자, 루이스는 고개를 끄덕이며 손님의 이름을 말했다.

“케르벡 백작가의 이자벨 노튼 양입니다.”

이자벨 양은 이번 임무에서 모니카와 함께 세렌디아 학원에 입학하는 협력자다.

하긴, 확실히 학원에 가기 전에 대면은 해두는 게 좋겠지.

납득한 모니카는 문득 신경 쓰인 점을 루이스에게 물었다.

“……저, 저기, 케르벡은 패밀리 네임이 아닌가요?”

“네?”

루이스가 무슨 소리를 하는 건지 잘 모르겠다는 표정을 짓자, 모니카는 손가락을 꼬물거리며 말했다.

“저기, 그게, 케르벡 백작가의 영애니까, 이자벨 케르벡 님이라는, 이름이어야 하지 않나 해서…….”

“케르벡은 작위 칭호입니다. 백작 이상이라면 대부분 칭호에 작위를 붙여서 부르죠.”

“……?”

모니카가 눈을 깜빡이자, 루이스는 뺨을 실룩거렸다.

“동기님. 당신, 귀족 계급에 관해 어느 정도의 지식을 갖고 계십니까?”

모니카가 말없이 고개를 가로젓자, 마침내 루이스의 얼굴에서 웃음이 사라졌다.

"우리 나라의 작위를 높은 순으로 대답할 수는 있으시겠죠?"

"……나, 남작, 후작, 공작, 백작?"

모니카가 더듬더듬 대답하자, 루이스는 너무나, 너무나 아름다운 미소를 지으며 "바보 계집."이라고 욕했다.

"다 틀린 것도 모자라, 자작은 어디로 간 겁니까."

"……히이잉."

"당신, 100개도 넘는 마소(魔素) 이름은 전부 대답하면서, 어째서 고작 다섯 개밖에 안 되는 오등작은 모르는 거죠?"

어째서냐고 묻는다면 흥미가 없어서라고 대답할 뿐이다.

그러나 솔직하게 말하면 또 악담이 돌아올 게 뻔해서 모니카는 입을 다물고 고개만 수그렸다.

루이스는 단안경을 손끝으로 밀어 올리면서 깊은 한숨을 내쉬었다.

"먼저, 이것만큼은 머릿속에 넣어두세요. 우리나라의 작위는 위에서부터 순서대로 공작, 후작, 백작, 자작, 남작입니다. 이 아래에 준귀족도 있지만 지금은 생략하죠. 일단 공작급과 만나게 되면 그건 왕족의 혈연이라고 생각하세요."

모니카는 루이스의 말을 머릿속에 새기면서 나지막하게 중얼거렸다.

"……배, 백작은, 의외로 지위가 높네요."

사실 모니카는 제일 아래 작위가 백작이라고 생각했었다.

그런 모니카의 중얼거림을 듣자, 루이스는 최대한 크게 눈을 뜨고는 믿을 수 없는 걸 봤다는 듯이 모니카를 응시했다.

"……동기님? 당신, 본인도 작위가 있잖아요?"

칠현인은 백작위에 해당하는, 마법백이라는 특수한 작위를 받는다. 즉, 모니카도 귀족이다.

그것도 국내에 열 명도 없는 귀중한 작위를 보유한 여성이다……. 그러나 요 2년간 계속 산속 오두막에 틀어박혔던 모니카에게 귀족의 자각 같은 건 없었다.

돌이켜보면 칠현인이 되었을 때 작위 증명서라든가 반지 같은 걸 이것저것 받은 기억이 나지만, 그걸 어디에 넣어놨는지조차도 가물가물했다. 아마 그 산속 오두막의 종이 다발 어딘가에 파묻혀 있으리라.

모니카가 솔직하게 자백하자, 루이스는 미간의 주름을 손가락으로 만지며 한숨을 내쉬었다.

그때, 문을 노크하는 소리가 들렸다.

문 건너편에서 들려온 건 린의 목소리다.

"케르벡 백작 영애가 도착하셨습니다."

루이스는 모니카를 힐끔 보고는 "가죠."라고 말을 걸었다.

모니카는 쓰린 위를 누르며 느릿느릿 일어났다.

* * *

"오~호호호! 평안하셨나요!"

저택 어디에서도 들릴 법한 우렁찬 웃음소리로 모니카를 맞이한 것은, 모니카 또래로 보이는 소녀였다.

입은 옷은 호화로운 자수가 들어간 진홍색 드레스. 오렌지색이 들어간 밝은빛 머리는 멋들어진 웨이브 스타일이다.

모니카가 기죽은 채 문 앞에 멈춰 서자, 케르백 백작 영애 이자벨 노튼 양은 입가에 부채를 대고는 심술궂게 실눈을 뜨며 모니카를 바라봤다.

"어~라, 평안하셨나요? 모니카 숙모님? 변함없이 수수한 복장이네요. 당신이 우리 케르벡 백작가의 말석에 이름을 남기고 있다니, 저 너무 부끄러워서 견딜 수가 없어요!"

무슨 말인지는 이해 못했지만, 목소리에 담긴 분명한 적의가 모니카에게 꽂혔다.

기가 약한 모니카는 타인의 악의에 민감하다. 아주 조금이라도 가시가 있는 말을 듣기만 해도 위축되는 소심한 성격이다.

이자벨의 악의가 가득 담긴 말을 듣자, 곧장 모니카의 눈에 눈물이 맺혔다.

그러나 모니카가 그 자리에서 웅크리기 전에, 이자벨은 심술궂은 표정을 거두고는 귀여운 미소를 지었다.

"지금 이거 어떤가요? 악역 영애 같지 않았나요? 저, 이번 역할을 맡았을 때부터 매일매일 빠짐없이 발성 연습을 했거든요! 이 우렁찬 악역 영애식 웃음의 완성도는 누구에게도 지지 않는다고 자부합니다!"

우렁찬 악역 영애식 웃음의 완성도라니 대체…….

모니카가 눈을 동그랗게 뜨고는 멍하니 있자, 이자벨은 뭔가를 깨달은 듯이 놀란 표정을 지었다.

"어머, 실수했네요. 저도 참, 자기소개도 안 하다니 예의가 없었어요."

이자벨은 드레스 옷자락을 잡고는 우아하고 아름다운 숙녀의 인사를 했다.

"처음 뵙겠습니다. '침묵의 마녀' 모니카 에버렛 님. 케르벡 백작 아주르 노튼의 딸, 이자벨 노튼이라고 합니다. 흑룡 토벌 때는 많은 신세를 졌습니다. 아버지와 영민을 대신해서 감사의 말씀을 드리려고 해요."

이자벨은 충격을 받은 나머지 조각상처럼 굳은 모니카를 바라보며 방긋 웃었다.

그건 심술궂은 느낌은 조금도 없고 너무나도 귀여운, 무엇보다 친애로 가득한 사랑스러운 웃음이었다.

"아아, 그 무시무시한 워건의 흑룡을 물리치고 익룡 무리를 격추한 칠현인님이 이렇게나 귀여운 분이었다니! 들어보니까, 저와 한 살 차이밖에 안 나신다고요!"

한 살 차이라면 올해로 18세인 걸까. 모니카가 마비된 사고 한구석에서 그런 생각을 하자, 이자벨은 뺨을 장밋빛으로 물들이며 모니카의 손을 잡았다.

"아아, 부디…… 모니카 언니라고 부르는 걸, 허락해 주시겠어요?"

설마 하던 연하였다.

"저, 저기, 어, 그게……."

모니카가 허둥지둥하자, 지금까지 소파에 앉아서 그 모습을 싱글벙글 지켜보던 루이스가 끼어들었다.

"자자, 동기님. 앞으로 당신에게 협력해 주실 이자벨 님에게 인사해야죠?"

"자…… 잘, 부탁…… 합…… 늬닷."

모니카가 목을 경련시키면서 목소리를 쥐어 짜내자, 루이스는 못 말리겠다는 듯 어깨를 으쓱했다.

"죄송합니다, 이자벨 님. '침묵의 마녀' 님은 조금 부끄러움이 많은 분이어서."

"아뇨, 아뇨. 신경 쓰지 않아요. 모니카 언니는 부끄러움이 많지만…… 그래도 누구보다 강하고 용감한 분이라는 걸, 저는 아니까요!"

대체 그건 누구일까? 모니카는 그런 생각이 들었다. 자신은 강하지 않고, 용감하지도 않았다.

그러나 완전히 자신의 세계로 빠져든 이자벨은 장밋빛 뺨에 손을 대고는 말했다.

"워건의 흑룡은 용기사단도 퇴치하기 어렵다고 했어요. 흑룡이 내뿜는 불꽃은 명부의 불꽃. 마술사의 방어 결계조차도 불태우는, 그야말로 최강최악의 용! 그걸, 아아, 혼자서 퇴치하다니, 아무나 할 수 있는 일이 아니에요! 게다가 게다가, 흑룡을 무찌르고는 아무 말도 없이 그 자리를 떠나다니…… 그건…… 그건, 너무 멋있어요!"

"저기…… 그게……"

모니카가 흑룡 퇴치에 참가한 이유는, 루이스가 "가끔은 운동이라도 하는 게 어떻습니까?" 하고 억지로 산속 오두막에서 끄집어냈기 때문이다.

연회에 참가하지 않았던 것도, 겸허하기 때문이 아니라 낯을 가리기 때문이다.

그러나 그런 사정을 모르는 이자벨의 눈에는 모니카가 용감하고 겸허한 대마술사로 비친 모양이다.

대단한 오해였지만, 그걸 설명할 만큼 모니카는 말솜씨가 좋지 않았다.

심지어 루이스는 그 오해를 최대한 이용하려 하고 있다.

"언니! 이번에는 펠릭스 전하를 호위하기 위해 세렌디아 학원에 잠입한다고 들었어요! 그 도움이 될 수 있어서 대단히 영광으로 생각한답니다! 언니가 의심받지 않도록 제가 철저하게 구박하고, 구박하고, 또 구박할 테니까요! 안심하고 전하 호위에 전념해 주세요!"

그렇게 말한 이자벨은 모니카의 손을 잡고 붕붕 힘차게 흔들었다.

완전히 이 자리의 분위기에 휩쓸린 모니카는 이자벨이 마음대로 하게 내버려 둔 채 고개만 끄덕이는 게 고작이었다.

3장 학원장의 고속 손 비비기

세렌디아 학원은 정령왕 중 한 명, 빛의 여신 세렌디네의 가호를 얻고자 그 이름을 따온 학원으로, 빛의 여신이 드는 석장과 백합의 관이 문장의 모티브가 되었다.

원래 왕족이나 귀족은 학교에 다니는 풍습이 없었지만, 시대의 변화와 함께 귀족 자녀들이 다니는 교육 기관이 서서히 늘기 시작했다. 이 세렌디아 학원도 그중 하나다.

지금이야 부유층이나 권력자의 아이들이 다니는 학교, 기숙사, 여학원이 다수 있지만, 그중에서도 세렌디아 학원은 리디르 왕가 사람이 처음으로 다녔다는 역사를 지녔다.

리디르 왕국의 3대 명문교라고 하면 왕가 사람이 다니는 세렌디아 학원, 마술사 양성 기관 미네르바, 신전 산하의 원(院)——이 세 곳이 거론된다.

그중에서도 법률 분야에 강한 것이 원.

마법 · 마술 분야는 미네르바.

그리고 그 이외의 교양 분야에서 앞서나가는 것이 세렌디아 학원이다.

세렌디아 학원은 일류 강사, 압도적 수를 자랑하는 장서, 그리고 귀족 자녀가 다니기에 걸맞는 시설과 설비 등 모든 것이 갖춰져 있다.

다니려면 거액의 입학금과 기부금이 필요하지만, 학원을 졸업하면 이후 왕궁에서 일할 때 그만큼 유리하게 작용하는 일이 많다.

귀족들에게 세렌디아 학원 졸업생이라는 간판은 일종의 스테이터스이기도 하다.

게다가 그런 세렌디아 학원의 학생회 멤버라면, 주변에서 눈여겨보는 건 말할 필요도 없다. 하물며 제2왕자 펠릭스 아그 리디크기 현 학생회장직에 있는 지금 학생회 멤버가 된다는 건, 제2왕자의 장래 측근 후보가 된다고도 할 수 있다.

——그렇다. 본래 학생회 임원이 된다면 장래는 안정적이어야 했다.

(……그런데, 어쩌다 이렇게 된 거야!)

세렌디아 학원 학생회실에서 학생회 회계 아론 오브라이언이 차마 입 밖으로 낼 수 없어 마음속으로만 절규했다.

방 중앙에 선 아론을 빙그르르 둘러싼 건 세렌디아 학원 학생회 임원들.

어제까지 같은 학생회 동료였던 그들이, 지금은 아론을 죄인이라도 보는 듯한 시선으로 보고 있다.

긴장된 분위기로 가득한 이 학생회실에서 유일하게 웃는 건, 학생회장의 의자에 앉아 손으로 턱을 괸 청년—— 학생회장이자 리디르 왕국 제2왕자 펠릭스 아크 리디르.

"본론으로 들어가서."

펠릭스가 그 한마디를 꺼내자, 자리의 분위기가 변했다.

아론이 어깨를 움찔 떨자, 펠릭스는 자비로운 성인 같은 미소를 띠었다.

"감사 결과, 장부를 조작한 흔적이 발견됐어. 예산 횡령이 있었던 거지. 그것도 한두 번이 아니야…… 그렇지?"

묻는 목소리는 어디까지나 다정하고 부드러웠지만, 그러면서도 듣는 자의 심장에 나이프를 꽂는 듯한 차가움이 담겼다.

아론이 우물거리자, 처진 눈에 갈색 머리를 가진 청년, 서기인 엘리엇 하워드가 날카로운 눈으로 아론을 바라보며 말했다.

"횡령 횟수 같은 건 일일이 기억 못 한다는 건가? ……내가 확인한 것만으로도 30번이 넘는다."

엘리엇은 말투는 가벼웠지만, 그 눈초리는 아론을 향한 경멸로 가득했다.

엘리엇에 이어서 아름다운 금발의 영애, 서기인 브리짓 그레이엄이 부채로 입가를 가리며 발언했다.

"전년도 기본 예산만으로도 이 정도 횟수라니. 특별 예산에서도 횡령한 게 아닐까요?"

브리짓의 발언을 듣자, 밝은 갈색 머리에 작은 체구인 소년, 서무 닐 크레이 메이우드가 수긍했다.

"네. 그쪽은 아직 재확인 중이지만, 조작 흔적이 있었으니 틀림없어요. 기본 예산 횡령과 합친다면…… 50번에 가까울지도."

세렌디아 학원 학생회 서기
엘리엇 하워드

세렌디아 학원 학생회 부회장
시릴 애슐리

세렌디아 학원 학생회 서기
브리짓 그레이엄

세렌디아 학원 학생회 서무
닐 크레이 메이우드

리디르 왕국 제2왕자
세렌디아 학원 학생회장
펠릭스 아크 리디르

차례차례로 자신의 소행을 지적받자, 아론은 마음속으로 혀를 찼다.

(횡령 횟수 같은 걸 일일이 기억하겠냐!)

협력자에게 "적당히 해라."라는 말을 듣긴 했어도, 절대로 들킬 리는 없었건만.

아론이 침묵하자 펠릭스는 다정한 미소를 유지한 채 입을 열었다.

"내가 너를 학생회 임원으로 선발한 건, 할아버님—— 크록포드 공작의 추천이 있었기 때문이야."

학생회 임원은 학생회장이 임명한다. 그래서 펠릭스에게—— 나아가서는 그 배후에 있는 펠릭스의 조부, 크록포드 공작에게 빌붙으려 돈을 바치는 사람이 많다. 그중에서도 가장 많은 돈을 바친 것이 아론의 아버지, 스테일 백작이다.

그래서 크록포드 공작은 손자인 펠릭스에게 아론을 학생회 임원으로 선출하도록 명했다.

그대로 무난하게 회계 일을 했다면 아론도 스테일 백작가도 장래는 편안했겠지.

그러나 스테일 백작가는 크록포드 공작에게 너무 많은 돈을 바친 탓에 곤궁에 처해 있었다.

결과적으로 용돈이 줄어든 아론은 유흥비를 구하기 위해 학생회 예산을 횡령했다.

(젠장, 젠장, 젠장……!)

아론이 이를 갈자, 펠릭스가 눈을 가늘게 떴다.

마치 아론을 슬금슬금 몰아넣으며 서서히 목을 조르듯, 단죄하는 목소리는 어디까지나 부드러우면서도 차가웠다.

“나는 너에게 퇴학 이상의 벌을 내릴 수는 없어. 하지만, 할아버님은 분명 스테일 백작가를 내치겠지.”

펠릭스의 말을 듣자, 아론의 온몸에서 핏기가 가셨다.

이 학원에 다니는 자라면 누구나 안다.

제2왕자의 배후에는 이 나라에서 가장 권력이 강한 대귀족 크록포드 공작이 있다는 것을.

그리고 크록포드 공작은 냉혹하고 무자비하며 용서를 모르는 인물이라는 것도.

“네 아버지가 융자를 받으려면 크로포드 공작가의 신용이 필요하다지? 아아, 딱하게 됐네. 앞으로 스테일 백작은 어디서도 융자를 받지 못하고, 백작가는 쇠퇴할 거야.”

아론의 얼굴에 비지땀이 맺혔다.

(괜찮아, 분명 괜찮을 거야. 분명 그 녀석이 어떻게든 해 줄 거야!)

지금까지도 협력자가 도와줬다. 분명 이번에도 잽싸게 손을 써서 도와줄 거다.

(그래. 그 녀석이……………… 그 녀석, 이…….)

아론은 협력자의 얼굴을 떠올리려 했지만 실패했다.

처음에는 초조해서 혼란에 빠졌나 싶었지만, 떠올리려 하면 할수록 기억이 흐릿해졌다. 사고가 둔해지고 머리가 욱신거렸다.

(뭐지? 어째서야? 왜 떠오르지 않지?)

아론 오브라이언에게는 협력자가 있었다. 확실히 있었다. 있었을, 거다.

그런데, 그 협력자의 얼굴도, 목소리도, 이름도, 떠오르지 않았다.

"아, 아아, 아아아……."

무슨 영문인지 자신의 기억이 쏙 빠져나갔다.

그 감각은, 자신의 몸에 뻥 뚫린 구멍을 눈앞에서 목격하는 공포와 흡사했다.

강한 공포는 공황을 부른다. 숨결 하나로도 이성의 실이 뚝 끊어질 듯한 아론에게, 펠릭스가 성인 같은 미소로 마무리 공격을 찔러 넣었다.

"……알겠어? 너의 어리석음이 스테일 백작가를 멸망시킨 거야."

뚝.

이성의 실이 끊어지는 소리가 머릿속에 들렸다.

머릿속이 뜨겁다. 뜨겁다.

머리의 혈관이 타버릴 듯한 작열감에 몸을 맡긴 아론은 입가에서 거품을 튀기며 외쳤다.

"닥쳐, 닥쳐, 닥쳐! 왕족이란 이름만 가진…… 공작의 개가 아아아!"

이성을 잃은 아론은 분노에 몸을 맡기고 집무 책상으로 뛰어들어 펠릭스를 붙잡으려 했다.

그러나 아론이 펠릭스에게 닿는 것보다 먼저, 벽 쪽에서 대기하던 측근 중 한 명인 백금발 청년, 부회장 시릴 애슐리가 아론을 억류했다.

시릴이 빠르게 주문을 외워서 "얼어라!"라고 명하자, 아론의 다리가 즉시 얼음덩어리로 뒤덮였다.

얼음 마술로 아론을 구속한 시릴은 단정한 얼굴을 분노로 일그러뜨리며 아론을 노려봤다.

"네 이놈! 전하를 향한 폭언과 행패…… 만 번 죽어 마땅하다! 이 자리에서 얼음 조각상으로 만들어 창문에서 떨어뜨려 주마!"

발밑을 덮은 얼음은 빠직빠직 하고 딱딱한 소리를 내며 아론의 다리를 기어올랐다. 이대로 가면 아론은 온몸이 얼음에 뒤덮여 얼음 조각상이 되겠지.

그러나 얼음이 무릎까지 도달한 시점에서 펠릭스가 시릴을 달랬다.

"시릴. 아론을 처분하는 건 너의 역할이 아니야."

펠릭스가 제지하자, 시릴은 곧바로 마술을 멈추고 펠릭스에게 머리를 숙였다.

"……주제넘은 행동, 대단히 실례했습니다."

"날 걱정해준 거잖아? 지켜줘서 고마워."

펠릭스는 시릴에게 웃어준 뒤, 그대로 물 흐르듯이 시선을 아론에게 다.

물색에 녹색을 한 방울 섞은 듯한 푸른 눈이 무자비하게 아론을 응시했다.

“아론 오브라이언. 너에게는 정식으로 퇴학 통지가 내려올 때까지 기숙사 근신을 명하겠어. 공작의 개 따위에게 당한 자신의 어리석음을 마음껏 곱씹도록 해.”

아아. 아론은 떨리는 입술로 숨을 내쉬었다.

점점 기억이 애매해졌다. 자신에게는 협력자가 있었다. 있었을 텐데, 떠오르지 않았다…… 아니, 아니, 아니.

……정말로 협력자 같은 게 있었던가?

＊＊＊

세렌디아 학원으로 향하는 마차 안에서 모니카는 갈피를 못 잡고 있었다.

“어, 어쩌지, 어쩌지…….”

모니카가 머리를 부여잡은 이유는 바로 여자 기숙사의 방 배정 때문이다.

세렌디아 학원은 완전 기숙사제 학원이지만, 기숙사는 기본적으로 2인실이다.

그러나 대인 공포증이라 산속 오두막에서 살던 모니카가 2인실에서 제대로 살아갈 수 있을 리가 없다.

가뜩이나 제2왕자의 호위 임무라는 성가신 사정도 끌어안았는데!

"변변찮은 방이라도 좋으니까…… 하다못해 다락방이라도 좋으니……."

개중에는 1인실도 있다지만, 성적이 우수한 학생이나 거액의 기부를 한 학생에 한해 배정된다고 한다.

거액의 기부금을 내는 건 사실 어렵지는 않다. 모니카는 칠현인이 되고 나서 얻은 수입에는 거의 손대지 않았기에, 돈은 궁하지 않았다.

그러나 케르벡 백작가에 미움을 받는다는 설정의 모니카 노튼이 1인실에 배정될 만큼 거액의 기부금을 내는 건 역시 부자연스럽다.

임무 협력자인 이자벨과 같은 방이 된다면 문제없지만, 이자벨은 고등부 1학년. 기숙사는 기본적으로 같은 학년이 동실이 되기에 2학년인 모니카와 같은 방이 될 수는 없다.

어쩌지, 어쩌지. 모니카가 머리를 감싸고 몸을 떨자, 이자벨이 자신만만하게 제안했다.

"언니, 그렇다면 저에게 생각이 있어요. 여기서는 악역 영애답게 화려하게 해결할게요."

"아, 악역 영애답게……?"

모니카가 곤혹스러운 표정을 짓자, 이자벨은 "맡겨주세요!"라며 방긋 웃었다.

이윽고 마차는 세렌디아 학원에 도착했다.

세렌디아 학원은 리디르 왕성처럼 아름다운 건물이다. 하얀 벽에 푸른 지붕. 성 같은 첨탑은 없지만, 대신 이곳저곳에 조각상이 놓여있다.

모니카가 멍하니 건물을 올려다보자, 이자벨은 "가도록 하죠."라면서 모니카를 재촉했다.

이자벨이 향한 곳은 기숙사가 아니라 학원장실이었다.

갑작스러운 면담 신청에 학원장이 불쾌한 표정을 보이지 않을까 모니카는 전전긍긍했지만, 예상과는 달리 학원장은 손을 비비적대며 면담에 응했다.

이자벨의 친가인 케르벡 백작가는 지방 귀족 중에서도 다섯 손가락 안에 드는 명가다. 그에 상응하는 기부금도 냈기에, 학원장은 놀랄 만큼 이자벨에게 저자세였다.

"이야, 이자벨 님 아니십니까. 아버님께는 대단히 신세를 많이 졌습니다, 네."

회색 머리를 곱게 넘긴 초로의 학원장은 그 커다란 얼굴에 한가득 붙임성 있는 미소를 지으며 이자벨과 모니카를 학원장실로 안내했다.

세렌디아 학원은 귀족 자녀가 다니는 곳이라 건물이 매우 아름다웠다.

개중에서도 학원장실은 온갖 사치를 다 부렸는지, 보기만 해도 비싸 보이는 그림이나 조각 이 장식되어 있었다.

이자벨은 학원장의 맞은편 소파에 혼자 앉고는, 모니카를 소파 뒤편에 세웠다.

"실은 저, 학원장님에게 꼭 부탁드리고 싶은 게 있답니다."

"네에, 네에. 뭔가 곤란한 점이 있으시다면 제가 힘이 되어

드리겠습니다.”

학원장이 스윽 몸을 내밀자, 이자벨은 부채를 꺼내서 입을 가렸다.

그리고 사뭇 걱정스러운 듯한 얼굴로 한숨을 내쉬었다.

“세렌디아 학원의 기숙사는 2인 1실이라 들었어요……. 하지만 저는 섬세해서 모르는 사람과 같은 방을 쓰는 건 견딜 수가 없네요.”

“아, 그런 거라면 안심하시지요. 이자벨 아가씨께는 케르벡 백작가 영애에게 어울리는 개인실을 준비했습니다. 아아, 그리고 보니 그 아가씨는 귀족이시지요? 그럼 방은 근처로 배정하면 될까요?”

“어머! 이 아이와 근처라고요?!”

이때라는 듯이 이자벨이 큰소리를 냈다.

학원장이 어깨를 움찔 떨었다. 덤으로 이자벨의 작전을 듣지 못한 모니카도 깜짝 놀라서 헉 소리를 내며 떨었다.

“농담이죠! 이런 꾀죄죄한 아이의 방 근처라니, 전 딱 질색이에요!”

“아아아, 이거 눈치가 없어서 죄송합니다. 그럼 방은, 가급적 떨어뜨려서…….”

“학원장님. 이 아이에게는 평범한 방조차 어울리지 않아요! 이런 애와 같이 살 같은 방 사람이 딱하잖아요.”

이자벨이 부채를 기울이고 흑흑흑 가짜 울음소리를 내자, 학원장이 손을 비비적대는 속도가 빨라졌다.

학원장은 사사사삭 하고 고속 손 비비기를 보여주면서 간드러진 목소리로 말했다.

"그, 그렇다면, 어떻게 하시겠습니까?"

이자벨이 부채 뒤에서 승리를 확신한 미소를 지었다.

그리고 뒤에서 고개를 숙인 모니카를 슬쩍 올려다보며 심술궂은 목소리로 말했다.

"당신은 다락방이 어울려요…… 그렇죠?"

모니카가 움찔거리면서 끄덕이자, 이자벨은 "본인도 그렇게 말하네요."라며 학원장에게 다짐을 받으려 했다.

학원장은 "다락방 말씀입니까……."라며 내키지 않아 하는 모습이었다. 모니카를 걱정한다기보다는 학원의 체면을 신경 쓰는 것이리라.

그런 학원장에게 이자벨이 날카로운 시선을 보냈다.

"다락방이 안 비었나요? 그럼 마구간이라도 상관없어요."

"아뇨. 그럼 다락방으로 침대를 옮기겠습니다. 아, 예."

이자벨은 학원장의 시선을 피해서 모니카에게 윙크를 보냈다.

참으로 화려한 악역 영애식 해결 방법을 본 모니카는 그저 어안이 벙벙했다.

(아, 악역 영애라는 거, 굉장해…….)

물론, 굉장한 건 악역 영애가 아니라 이자벨이었다.

＊＊＊

학원장실을 나온 모니카는 후우 하고 안도의 한숨을 내쉬었다.

다락방은 기숙사 최상층의 창고 위에 있었으며 다른 학생의 방과는 층이 달랐다.

좋은 가문에서 나고 자란 영애라면 눈물을 흘릴 법한 대우였지만, 모니카에게는 이만큼 고마운 일이 없었다.

"저기, 그, 이자벨 님…… 고, 고마……"

모니카가 우물쭈물 감사를 표하려 하자, 이자벨이 갑자기 울먹였다.

깜짝 놀란 모니카는 허둥지둥 이자벨을 올려다봤다.

"저, 저기, 이자벨, 님?"

"아아…… 할 수만 있다면 모니카 언니와 룸메이트가 되어서 몰래 밤중의 다과회를 열거나, 같은 침대에서 비밀 이야기를 하고 싶었어요오오오! 하지만, 하지만 언니의 임무를 방해해서는 안 되니까요! 저, 그런 건 확실히 하고 있어요!"

이자벨은 손수건으로 눈을 닦고는, 허둥대는 모니카의 목덜미에 달라붙었다.

"언니! 한가할 때는 부디, 부디 제 방에 놀러 오세요! 열심히 대접해 드릴 테니까요~!"

"네, 네에……."

모니카가 고개를 덜컥덜컥 끄덕이자, 이자벨은 뭔가 깨달은 듯한 표정으로 자세를 고쳤다.

복도 모퉁이에서 사람 목소리가 들렸다. 시업식은 내일이지만, 교사나 클럽 활동이 있는 학생이 드문드문 보였다.

그래서 사람이 있는 건 이상한 일이 아니지만, 들리는 목소리가 아무래도 심상치 않았다.

"젠장! 이거 놔! 놓으라고! 나는 잘못 없어!"

"시끄럽다! 다음에는 그 입을 얼려 버릴 거다!"

"진정하도록, 시릴 애슐리."

"그래그래. 네 목소리가 제일 시끄럽다고. 시릴."

복도 모퉁이에서 모습을 보인 것은 남학생이 세 명, 장년의 남성 교사가 한 명.

흑발의 남학생이 큰소리로 "놔, 놓으라고!" 라며 아우성쳤고, 남은 세 사람이 그걸 억누르면서 어딘가로 데려가려는 모양이었다.

이자벨이 모니카에게만 들릴 작은 목소리로 중얼거렸다.

"저 검정 머리인 분…… 스테일 백작가의 아론 오브라이언 님이네요. 사교계에서 본 적이 있어요."

아론은 그런대로 키가 큰 남학생이라, 날뛰는 아론을 억누르는 세 사람도 고생하는 모양이었다.

이자벨은 부채를 꺼내서 슬쩍 입가를 가렸다.

"……진한 갈색 머리 남학생 분은 더즈비 백작가의 엘리엇 하워드 님이에요. 은색 머리인 분은 모르겠지만, 학생회 임원 문장이 붙은 걸 보면 아마 이름 있는 가문 사람이겠죠."

과연, 이자벨의 말대로 세 사람의 옷깃에는 작은 임원 문장이 붙어 있었다.

이 짧은 시간에 바로 이름을 떠올리는 기억력도, 옷깃에 붙은 작은 임원 문장을 간파한 혜안도 대단하다. 모니카는 몰래 이자벨을 감탄하는 눈으로 바라봤다.

(나보다, 잠입 임무에 어울리지 않을까…….)

모니카가 그런 생각을 하는 사이에 소란을 피우는 네 사람이 이리로 왔기에, 이자벨과 모니카는 재빨리 벽 쪽에 붙어서 길을 양보했다.

진한 갈색 머리에 처진 눈을 한 남학생 엘리엇 하워드가 힐끔 이쪽을 보고는 "소란 피워서 미안하네."라며 가볍게 한 손을 흔들었다.

그때, 세 사람에게 억눌려 있던 검은 머리의 아론이 이자벨과 모니카를 핏발 선 눈으로 바라보며 외쳤다.

"이봐, 이봐, 너희도 말 좀 해줘! 나는 속은 거야! 나는, 나는, 기억, 기억이 안 나, 몰라, 안 떠올라…… 아아아아아아……!"

"에에잇! 그만 그 입을 다물지 못하겠나!"

은발 청년이 관자놀이에 푸른 핏대를 세우면서 고함치고는 짧게 뭔가 중얼거렸다.

그 중얼거림을 들은 모니카가 고개를 홱 들었다. 저건 마술 영창이다.

(그것도, 단축 영창……!)

은발 청년은 일반적인 영창보다 절반은 짧은 시간에 마술을 짜내고 손가락을 딱 튕겼다.

그러자, 날뛰던 아론의 양 손목이 수갑처럼 이어진 채로 얼어붙었다.

게다가 은발 청년은 손바닥에 작은 얼음을 만들더니, 그걸 아론의 입에 쑤셔 넣으면서 손바닥으로 막았다.

입에 얼음이 들어간 아론은 알아들을 수 없는 비명을 지르며 눈을 까뒤집었다.

"흥. 이걸로 조금 머리를 식히시지."

은발 청년이 가증스럽다는 듯 내뱉자, 처진 눈의 엘리엇이 어이없다는 표정으로 은발 청년을 바라봤다.

"알고 있냐? 시릴. 너, 여학생들한테서 얼음의 귀공자라고 불린다더라."

"그게 뭐야."

"왕도에서 유행하는 소설에 그런 등장인물이 있다더라고. 언제나 냉정하고 침착한 게 근사하다던데. 조금은 영애들의 기대에 부응하는 게 어때?"

"무슨 소리냐. 나는 언제나 냉정해."

"………………."

시릴이라 불린 은발 청년의 말을 들은 엘리엇은 말없이 어깨를 으쓱했다.

그런 두 사람에게 장년의 남성 교사가 "가자."라며 재촉했다.

엘리엇은 "네, 손리 선생님."이라며 순순히 따랐고 시릴은 이자벨과 모니카를 보고는 "실례했다."라고 한마디 덧붙였다. 그리고 그들은 아론을 끌고 그 자리를 떠났다.

네 사람의 모습이 완전히 사라지자, 이자벨은 나지막하게 중얼거렸다.

"……학생회에서 무슨 일 있었던 걸까요?"

학생회라고 하니, 이 학원의 학생회장은 모니카의 호위 대상인 제2왕자 펠릭스 아크 리디르다.

학생회에서 무슨 사건이 있었다면 호위인 모니카도 어떤 일이 일어났는지 파악할 필요가 있다.

(으으, 편입하자마자, 뭔가 큰일이 벌어진 것 같아…….)

학생회 임원들의 불온한 기색을 본 모니카는 위를 누르며 살짝 신음했다.

* * *

모니카가 배정받은 다락방은 생각한 것보다 훨씬 깨끗하게 청소되어 있었다. 아마 학원장이 미리 손쓴 것이리라.

조그만 간이침대와 책상도 있다. 모니카에게는 더할 나위 없이 훌륭한 방이다.

"네로, 이제 나와도 돼…… 네로?"

모니카가 침대 위에서 짐을 뒤집자, 다른 물건과 함께 네로가 데굴데굴 굴러떨어졌다.

"냐아아아…… 응? 뭐야? 벌써 도착했나?"

"응. 계속 자고 있었어?"

"그래. 이 몸은 자려면 얼마든지 잘 수 있다고. 굉장하지?"

자랑스러워 보이는 네로에게 "그래그래." 하고 적당히 맞장구를 친 모니카는 침대 위에 떨어진 커피포트를 잡았다.

방에 준비된 책상에는 작은 서랍이 몇 개 있었다. 그중 제일 낮은 서랍에 열쇠가 달렸기에 모니카는 그곳에 커피포트를 넣었다.

마술사의 정점에 선 칠현인이라는 지위에 올랐으면서도, 모니카는 소중히 여기는 물건이 매우 적었다.

칠현인이 되었을 때 받은 작위를 나타내는 반지나 로브, 황금 지팡이보다도, 모니카는 아버지의 유품인 커피포트가 훨씬 소중했다.

다른 소중한 물건은 떠오르지 않는, 단 하나의 보물이다.

모니카가 서랍을 잠그자, 침대 위에서 하품하던 네로가 모니카를 올려다봤다.

“그래서 학원 생활은 어떤 느낌이야?”

“그게, 내일부터 수업이 시작된대…….”

내일부터 모니카는 ‘침묵의 마녀’ 모니카 에버렛이 아니라, 모니카 노튼으로서 세렌디아 학원 고등부 2학년으로 편입한다.

모니카는 예전에 자신이 다니던 마술사 양성 기관 미네르바에서의 나날을 떠올리며 표정을 흐렸다.

극도로 낯가림이 심한 모니카에게 학원이라는 집단생활 장소는 그저 고통스러울 뿐이다. 미네르바에 다니던 시절에도 후반에는 거의 연구실에 틀어박혀 있었을 정도다.

“……으으. 상상하기만 해도, 속이 쓰려어…….”

모니카가 이 학원에 온 건 제2왕자를 비밀리에 호위하기 위해서다.

그러나 임무 이전에, 눈에 띄지 않게 학원 생활을 보내는 것 자체가 모니카에게는 어렵다.

"뭐, 너무 어렵게 생각 말고 편하게 하면 되잖냐. 학원 생활을 즐기자고."

"……네로는, 학원 생활의 무서움을 모르니까……."

"만약 들통나겠다 싶으면 네 마술로 사사삭 해결하면 되잖아. 그 뭐냐, 너는 굉장한 마술사니까, 이렇게…… 정체를 알아챈 녀석의 기억을 바꾸거나, 조작할 수도 있잖냐."

인간의 사정을 잘 모르는 네로는 참 태평했다.

모니카는 침통한 얼굴로 고개를 기울였다.

"저기 말이야. 사람을 조종하거나 기억을 바꾸는, 그런 정신 간섭계 마술은 전부 준금술(準禁術) 취급이야……. 허가 없이 누군가에게 썼다가는, 나, 마술사 자격이 박탈돼……."

정신 간섭계 마술은 중죄인의 자백을 받을 때 같은 특정 상황에서만 사용이 허가된다.

그러나 연구 자체가 금지되진 않아서, 정신 간섭계 마술을 다룬 마술서는 모니카도 읽은 적이 있다.

그렇기에 마음만 먹으면 모니카도 쓸 수 있지만, 솔직히 쓰고 싶다는 생각은 안 들었다.

"정신 간섭계 마술은 말이지, 굉장히 다루기 힘들어. 후유증으로 기억 장애가 일어나거나, 착란 상태에 빠지거나…… 최악의 경우에는, 두 번 다시 의식이 안 돌아오기도 한대."

"뭐야 그거, 무섭구먼."

"응, 그러니까, 가볍게 쓰면 안 돼."

모니카는 문득, 오늘 스쳐 지나간 남학생 아론 오브라이언을 떠올렸다.

기억이 안 난다, 모른다고 하면서 착란 상태에 빠진 그 학생은 정신 간섭 마술 공격을 받은 인간의 증상과 아주 흡사했다.

(…………설마, 아니겠지.)

고개를 내저은 모니카가 내일 준비를 시작하자, 네로가 수염을 쫑긋거리며 말했다.

"인간은 참~ 귀찮단 말이야."

"그러게, 나도 고양이가 되고 싶어……."

모니카가 쓴웃음을 섞어 투덜대자, 네로는 금색 눈을 가늘게 뜨며 모니카를 빤히 올려다봤다.

"고양이의 세계는 용 이상으로 약육강식이라고. 단언하겠는데 너는 고양이가 되면 까마귀한테 쪼여서 금방 죽을걸."

"…………으으."

반박할 말이 없었다.

4장 인생 최대 시련(자기소개)

모니카는 지금까지 적극적으로 사람 얼굴을 익히려 한 적이 없다. 산속 오두막에 틀어박혀서 살면 최소한의 지인만 기억해도 충분하기 때문이다.

그러니 그 결과가 호위 대상인 제2왕자의 얼굴을 모른다는 사태를 불러왔다.

하물며 제2왕자를 호위하면서 학원 생활을 보내야 한다면 자신과 제2왕자 주변 사람의 얼굴을 익힐 필요가 있다.

그래서 모니카는 세렌디아 학원에 온 뒤부터 굉장히 오랜만에 사람 얼굴을 익히려고 노력 했다.

사람 얼굴을 익히는 건 마음만 먹으면 간단하다. 모니카는 측량기 같은 게 없어도 눈대중만으로 길이나 각도를 어느 정도 계산하는 소소한 특기가 있으니까.

그래서 얼굴 각 부위의 폭이나 각도를 재서 그 수치를 외우기만 하면 된다.

"아~ 모니카 노튼 양. 이쪽이 자네 담임인 손리 선생님이다."

편입 첫날, 학원장이 직원실에서 모니카를 소개한 건 조금 흰머리가 섞인 흑발을 깔끔하게 넘긴 40세 전후의 남성 교사였다. 턱이 가늘고 신경질적인 얼굴에, 동그란 안경을 꼈다.
모니카는 그 얼굴을—— 정확하게는 턱 각도나 눈의 폭 등의 숫자를 기억했다.
(이 사람. 어제, 학생회 사람들과 같이 있던 선생님이네…….)
손리는 모니카를 기억하지 못하는지 딱히 어제 일을 언급할 낌새는 없었다.
"나는 빅터 손리. 담당 수업은 기초 마술학이다."
"손리 선생님은 그 유명한 미네르바 출신이라 상급 마술사 자격도 갖고 계신단다. 게다가 새로운 마술식을 발명해서 마술사 조합에서 표창을 받으신 적도 있고……."
학원장은 마치 자기 일처럼 자랑스럽게 손리의 경력을 말했다.
마술사 양성 기관의 최고봉인 미네르바 출신이면서 상급 마술사 자격을 보유했다면 엘리트 중의 엘리트다.
그런 엘리트 마술사를 교사로 보유하고 있으니, 학원장도 콧대가 높겠지. 귀족에게 마술은 필요한 소양 중 하나이기도 하니 말이다.
"게다가 손리 선생님은 5년 전부터 학생회 고문을 맡고 계시지. 이 세렌디아 학원 학생회 고문을 맡는다는 게 얼마나 명예로운 일인지……."
"학원장님. 슬슬 시간이 돼서요."
손리가 왼손에 든 회중시계로 시간을 신경 쓰면서 끼어들었다.
학원장은 "어라, 미안하군."이라고 웃으며 자기 자리로 돌아갔다.

손리는 신경질적으로 안경을 고쳐 쓰고는 품평하는 시선으로 모니카를 바라봤다.

"그런데 나는 아직 자네 입에서 자기소개를 듣지 못했다만?"

"저기…… 그게……."

모니카가 고개를 숙이고 우물쭈물 손가락을 꼬자, 손리는 모니카를 번뜩 노려봤다.

"자세!"

"네, 네헷!"

질타의 목소리가 날아오자, 모니카는 몸을 흠칫 떨면서 고개를 들었다.

그래도 무서워서 손리를 직시하지 못하고 시선을 이리저리 돌리자, 손리는 보란 듯이 한숨을 내쉬었다.

"우리 세렌디아 학원은 이 나라의 정점에 선 명문교. 학생에게는 그에 맞는 품성과 완벽한 교양이 요구된다."

모니카에게는 품성도 교양도 부족하다. 손리의 말은 은근히 그런 기색을 풍겼다.

실제로 칠현인으로 취임하기 전까지는 서민이었던 모니카에게 귀족으로서의 교양 같은 건 없었다.

"인사도 제대로 못하는 건가?"

"죄, 죄송, 합……."

"한탄스럽군."

모니카의 미덥지 못한 사과를 도중에 바로 끊어 버린 손리는 모니카 앞으로 걸어갔다.

"지금부터 반으로 가지. 따라와라."

"네, 네에……."

"자세!"

날카로운 목소리를 들은 모니카가 울상을 지으며 자세를 고치고는 손리의 뒤를 따라갔다.

평소에는 오래 입고 다닌 낡은 로브를 애용하는 모니카지만, 오늘은 하얀색을 기조로 한 세렌디아 학원 원피스에 볼레로를 걸치고 하얀 장갑을 꼈다.

마술사 양성 기관 미네르바에서도 귀족 자녀는 개인적으로 산 장갑을 즐겨 꼈는데, 세렌디아 학원에서는 아예 장갑이 교복의 일부다.

왠지 마음이 진정되지 않는 모니카가 장갑 낀 손을 쥐었다 폈다. 장갑 속 손은 긴장감 탓에 완전히 땀투성이다.

이윽고 교실에 도착하자, 손리는 모니카를 교단 앞에 세웠다.

"전원 주목. 이쪽은 편입생인 모니카 노튼 양이다."

반 아이들의 시선이 자신에게 집중됐다. 고작 그것만으로도 모니카는 현기증을 느꼈다.

기분은 완전히 처형대에 선 죄인이었다.

"인사하도록."

손리가 재촉하자, 모니카의 목은 슬슬 경련하려 했다.

남들 앞에 나선 것만으로도 견디기 힘든데, 거기에 인사라니!

(뭔가, 말해야…….)

이럴 때는, 자신의 이름과 '잘 부탁합니다' 라는 한마디를 섞어 인사하면 된다고 루이스에게 듣기는 했다.

그러나 고작 그뿐인 일조차도 모니카에게는 터무니없는 시련이었다.

모니카는 인사하려고 입을 열었지만, 결국 입을 뻐끔거리기만 할 뿐 아무 말도 없이 침묵했다.

손리가 노골적으로 한숨을 내쉬었다. 그 어이없다는 기색을 숨기지도 않는 한숨이 모니카의 가슴을 후벼 팠다.

"이제 됐다. 앉도록. 자네 자리는 복도 쪽 제일 뒤다."

모니카는 대답도 못 한 채, 떨리는 다리를 움직여 자기 자리로 향했다.

이윽고 수업이 시작됐지만, 내용은 조금도 머릿속에 들어오지 않았다.

* * *

"저기, 당신."

쉬는 시간이 되었는데도 모니카가 의자에 앉아 가만히 있자, 바로 옆에서 목소리가 들려왔다.

혹시 자신에게 말을 건 걸까, 하지만 만약 착각이면 어쩌지, 그런 생각을 하며 고개를 못 들고 있는데, 이번에는 상대가 어깨를 톡톡 두드렸다.

"저기, 당신에게 말 걸고 있는데, 편입생 씨."

모니카가 움찔 어깨를 떨며 어색하게 고개를 들었다.

모니카를 내려다보는 건 황갈색 머리의 소녀였다. 하얀 피부에 눈이 크고, 조금 드센 분위기가 있다. 머리는 공을 들여서 땋았고 귀에서는 섬세하게 세공된 귀걸이가 흔들렸다.

"나는 라나 콜레트야."

라나라고 이름을 댄 소녀는 모니카의 머리 꼭대기에서 발끝까지 빤히 바라보고는, 허리에 손을 짚었다.

"저기, 왜 머리를 내렸어? 그런 시골뜨기 같은 머리, 이 학교에서는 아무도 안 해."

라나의 말대로 모니카는 연갈색 머리를 두 갈래로 나눠서 살짝 묶어 내렸다.

루이스에게 귀족 영애다운 머리 모양을 몇 개 배웠지만, 너무 난해해서 방법을 익히지 못했다.

기숙사에 시녀를 데려오는 영애라면 시녀가 해 주겠지만, 당연하게도 모니카에게 시녀 같은 건 없다.

"다, 다른…… 방법…… 몰, 라서……."

그 한마디를 듣자, 모니카를 보는 주변의 시선이 '역시나.'라고 말하려는 듯이 변했다.

모니카는 지금 발언으로 자신에게 시녀가 없는 걸 밝히고 말았다.

기숙사에 시녀를 안 데려오는 사람은 대부분 뒷사정이 있었다.

"당신, 어디서 자랐어?"

라나가 질문하자, 모니카는 말문이 막혔다.

모니카는 태어난 곳, 자란 곳 모두 왕도에서 비교적 가까운

세렌디아 학원 2학년
라나 콜레트

도시였지만, 지금은 케르벡 백작가 관계자인 척을 해야 한다.

"……리, 리, 리엔나크, 인데요."

백작령의 도시 하나를 거론하자, 라나는 "어머!" 하며 눈을 크게 떴다.

"국경 근처 커다란 도시네! 그곳은 이웃나라의 희귀한 천이 들어왔다면서? 저기, 지금 리엔나크에서는 어떤 문양이 유행해? 드레스 디자인은? 스카프는 어때?"

라나가 질문 공세를 퍼붓자, 모니카는 슬슬 곤란해지고 말았다.

애초에 모니카는 리엔나크 사람도 아니고, 만약 그곳에 살았다 해도 유행하는 물건은 하나도 몰랐을 테니까.

"저, 저는, 그런 거, 잘, 몰라서…… 죄송합니다."

모니카가 우물쭈물하며 사과하자, 라나는 입술을 삐죽이며 눈살을 찌푸렸다.

"저기, 당신은 어째서 화장을 안 해? 최소한 피부 화장에 립스틱 정도는 바르지 않아? 여기 봐 봐. 이 립스틱 색. 왕도 화장품 가게의 신상이야."

그로부터 라나는 차례차례 모니카의 복장에 지적을 날렸다.

장갑은 가장자리에 자수가 있는 게 귀엽다든가, 액세서리 하나 안 달다니 믿기지가 않는다든가, 신발 디자인이 너무 낡았다든가.

모니카는 떨리는 목소리로 "잘 모르겠어요.", "죄송합니다."라고 말할 수밖에 없었다.

왜냐하면 모니카는 정말로 라나의 말을 하나도 알아듣지 못했으니까.

라나는 머리 모양에도 공을 들였고 예쁜 머리 장식도 꽂았다. 근사한 목걸이를 했고, 옷깃 리본 장식에는 화사한 자수가 들어갔다.

모니카와 같은 교복인데도 인상이 전혀 다르다.

모니카가 곤란해하자, 주변 여학생들이 부채를 입가에 대고는 뭔가 소곤소곤 말하기 시작했다.

"저거 봐. 또 졸부 남작 영애가 시골뜨기 상대로 졸부인 걸 자랑해."

"다른 사람은 아무도 상대해 주지 않으니까 저런 시골뜨기와 얽히려는 거겠지."

"돈으로 작위를 사서 그런지 필사적이네."

아무리 작은 목소리라 해도 모니카에게 들릴 정도의 음량이었다. 당연히 라나에게도 들렸을 거다.

라나는 어깨를 잘게 부들부들 떨었지만, 이윽고 황갈색 머리를 쓸어 올리고는 흥 하고 코웃음 쳤다.

"이제 됐어. 당신하고 이야기해도 재미없으니까."

"……죄송합니다."

재미없다는 건, 모니카에게는 익숙한 말이다.

모니카는 자신이 재미없는 존재라는 걸 진저리가 날 만큼 자각하고 있다.

모두와 같은 화제로 분위기를 탈 수도 없고 유행하는 물건은 하나도 모른다. 관심이 있는 건 수학과 마술뿐.

그래서 모니카는 고개를 숙이고 누구와도 눈이 안 마주치게 조심하며 가만히 있을 수밖에 없다.

지금도 그렇게 고개를 숙이고 돌처럼 굳어 있자, 라나가 갑자기 손을 내밀어서 모니카의 땋은 머리를 붙잡았다.

모니카가 공포에 질려 흐으읍 하고 숨을 삼키자, 라나는 날카로운 목소리로 "가만히 있어."라고 말했다.

라나는 모니카의 머리를 풀고 다시 땋아 주기 시작했다. 이 자리에는 거울이 없어서 모니카는 자신의 머리가 어떤 식으로 변해 가는지 모른다.

이윽고 라나는 "이제 됐어."라며 만족스럽게 끄덕였다.

"자, 이 정도는 간단하니까! 얼른 하는 법을 익히라고!"

그렇게 말한 라나는 성큼성큼 큰 보폭으로 걸어 자기 자리에 돌아갔다.

모니카는 조심조심 자기 머리를 손끝으로 만졌다. 그곳에는 부드러운 감촉의 리본이 흔들리고 있었다.

* * *

세렌디아 학원에서는 점심을 먹을 때 대부분 학교에 있는 식당을 이용한다.

학원 식당은 일류 요리사들이 모였고, 웨이터도 있다. 일단 음식마다 간단한 독 검사도 하기에 안심하고 먹을 수 있다.

다만, 극히 일부의 유복한 학생은 기숙사에 개인 요리사나 웨이터를 데려와서 기숙사 식당에서 조리하게 해 자기 방에서 식사한다. 모니카의 호위 대상인 제2왕자도 그런 식이라고 한다.

(그러니까, 딱히 식당에는 가지 않아도, 되, 겠지…….)

그렇게 자신에게 변명한 모니카는 점심시간이 되자 살금살금 교실을 빠져나갔다.

모니카의 반 학생들은 모두 물 흐르듯이 식당으로 이동했지만, 모니카는 그 흐름에 거슬러서 학교를 나왔다.

모니카의 주머니에는 나무 열매가 한 줌 들어 있다. 이걸 사람이 적은 곳에서 먹으려는 거다.

모니카는 옛날부터 사람이 적은 곳을 찾아내는 게 특기였다. 미네르바에 다니던 시절에는 비밀 은신처에 들어가서 마술서나 수학책을 읽었다.

오늘은 날씨가 좋고 바람도 세지 않아서, 모니카는 밖을 산책하기로 했다.

세렌디아 학원 부지는 매우 넓고 정원은 아름답게 가꿔져 있다. 지금은 여름 꽃이 저물고, 가을 장미 봉오리가 피어나기 시작했다.

일반적으로 귀족이 다니는 학교는 가을, 서민 아이가 다니는 학교는 봄을 입학 계절로 설정한 경우가 많다. 귀족은 봄과 여름에 걸쳐 사교계 시즌이라 바쁘고, 서민은 수확 작업이 있는 가을이 제일 바쁘기 때문이다. 그래서 그 시기를 피해서 입학 계절로 삼는다.

모니카는 서민 출신이지만, 저잣거리 아이들이 다니는 학교에 간 적이 없다.

모니카의 아버지는 굉장히 박식했기에 공부는 모두 아버지에게 배웠다. 아버지가 세상을 떠난 뒤에는 우여곡절을 끝에 아버지 제자에 해당하는 인물의 양자가 되어 마술사 양성 기관 미네르바에 입학했다.

그래서 모니카는 집단생활에 익숙하지 않다. 미네르바에 다니던 시절에도 친구다운 친구는 없었다.

……아니, 딱 한 명 있었지만, 그 친구와도 최종적으로는 결별하고 말았다.

그래도 모니카에게는 마술에 재능이 있었기에, 미네르바에서는 연구실에 틀어박히는 게 허락되었다. 그러나 세렌디아 학원에서는 모니카가 그 재능을 발휘할 수 없다.

세렌디아 학원에서도 마술에 관한 교과는 선택제로 마련되었지만, 그곳에서 마술을 써 버리면 큰일이 벌어지리라.

울렁증인 모니카는 무영창으로만 마술을 쓸 수 있다.

그리고 여기서 무영창 마술을 보여 주면 '침묵의 마녀' 라는 게 들켜 버린다.

모니카는 한숨을 내쉬면서 머리에 묶인 리본을 매만졌다.

(나…… 고맙다는 한마디조차, 하지 못했어.)

언제나 하고 싶은 말은 모니카의 목에 걸려서 그대로 나오지 못하고 삼켜졌다.

(반 아이들과도, 제대로 이야기를 못 하는데, 왕자님에게 어떻게 접근해야 할까.)

호위하려면 제2왕자에게 접근해야 하는데, 제2왕자는 3학년, 모니카는 2학년. 애초에 학년이 다르다.

(……왕자의 호위가 목적이라면, 루이스 씨는 나를 같은 학년에 집어넣는 일 정도는 가능했을 텐데…… 아냐. 애초에 확실히 호위하고 싶다면, 남자를 보냈을, 거야. 왜냐하면, 남자와 여자는 기숙사가 떨어져 있으니까.)

루이스 밀러는 방약무인에 말도 안 되게 성격이 나쁘지만 유능하다.

이 호위 임무를 절대로 실패해선 안 된다는 건 루이스도 알 거다.

그런데도 '왕자를 호위하는' 것은 계획에 구멍이 너무 많다. 애초에 극도로 낯을 가리는 모니카를 이 학원에 보낸 시점에서 무모하다.

(루이스 씨는, 뭔가 다른 생각이 있는 게 아닐까…….)

그런 생각을 하면서 정원을 가로지른 모니카는 문득 학교 안쪽에 있는 커다란 울타리를 발견했다.

그 너머도 학원 부지 안일 텐데 울타리 철문은 그 이상 앞으로 나아가지 못하도록 닫혀있다.

문에는 '구 정원, 현재 정비 중'이라는 안내판이 걸렸지만, 자세히 보니 잠겨 있지 않았다.

(……여기라면, 사람이 안 오겠지.)

모니카는 주변에 사람이 없는 걸 확인하고는 구 정원으로 빠르게 들어갔다. 이런 폐쇄된 공간은 절호의 은신처다.

정비 중이라는 안내판이 걸렸지만, 숲은 생각보다 어지럽지 않았다.

그런데 꽃 종류는 거의 보이지 않았다. 아무래도 꽃은 모두 앞쪽 화단에 옮긴 모양이다. 핀 거라고 해 봤자 가을의 들풀 정도였다.

(그래도, 조용해서 좋은 장소…….)

여기라면 마음 편히 보낼 수 있을 것 같다.

모니카는 조금 기분이 나아져서 앉기 좋은 곳을 찾았다.

그러나 그 들뜬 발걸음은 진달래 덤불을 하나 지난 지점에서 뚝 멈추고 말았다.

구 정원 안쪽, 낡은 분수 가장자리에 금발 청년이 앉아서 뭔가를 읽고 있다. 고개를 숙여서 얼굴은 잘 안 보였지만, 교복을 입은 걸 보니 이 학원의 학생이리라.

모니카는 솔직히 낙담했다. 이 장소가 좋은 은신처인 줄 알았는데, 이미 먼저 온 손님이 있는 모양이다.

(……다른 곳을 찾자.)

어깨를 떨구며 되돌아가려던 그때, 뒤에서 퍼석 하고 풀을 밟는 소리가 들렸다.

어 하고 생각한 순간, 뒤에서 뻗어온 팔이 모니카의 손목을 잡았다.

"히익……!"

"잡았다! 그대로 걸렸구나!"

공포에 질려 숨을 삼킨 모니카의 뒤에서, 모니카를 붙잡은 누군가가 날카롭게 외쳤다.

모니카가 고개만 틀어서 돌아보자, 모니카를 내려다보는 진한 갈색 머리 청년과 눈이 마주쳤다.

조금 어른스러운 인상에 처진 눈. 모니카는 그 얼굴—— 구체적으로는 처진 눈의 각도가 기억에 있었다.

(확실히, 이자벨 님이 말씀하셨던…… 어어어, 더즈비 백작가의, 엘리엇 하워드 님.)

엘리엇이 모니카의 손목을 잡은 힘은 장난치고는 너무나도 강했다.

덤으로 엘리엇은 모니카를 향한 적의를 감추려 하지도 않았다.

엘리엇의 손이 모니카의 교복 주머니에 닿았다. 옷 위에서 알 수 있는 굴곡을 느낀 엘리엇이 눈살을 찌푸렸다.

"주머니에 뭔가 들어있군. 그게 무기냐?"

"아, 아니, 이건, 제, 점심밥……!"

모니카가 필사적으로 변명했지만, 엘리엇은 바보 같다는 듯이 코웃음 쳤다.

"주머니에 점심밥을 넣고 다니는 녀석이 이 학원에 있을 리가 없잖아."

"으으……."

확실히 귀족 자녀가 다니는 세렌디아 학원에 점심밥으로 나무 열매를 지참하는 사람은 없겠지.

모니카가 우물거리자, 엘리엇은 불손하게 씨익 웃으면서 모니카를 내려다봤다.

"무엇보다, 나는 이 학원 학생의 얼굴은 신입생 말고는 거의 전원 기억하거든. 교복 스카프 색으로 추측하건대, 그건 2학년 교복이지. 하지만 네 얼굴은 본 적이 없어. 교복을 입은 침입자라고 생각하는 게 타당하잖아? ……자, 자백해라. 누가 고용했지."

모니카는 엘리엇과 어제 스쳐 지나갔지만, 아주 짧은 시간이었고 모니카는 고개를 숙이고 있어서 엘리엇은 모니카의 얼굴을 제대로 보지 못했을 거다.

적의로 가득한 목소리로 윽박지르자 모니카는 작은 동물처럼 떨었다.

(싫어싫어싫어싫어싫어싫어. 무서워무서워무서워무서워무서워!)

패닉에 빠진 모니카는 순간적으로 무영창 마술을 써서 바람을 일으켰다. 살상 능력은 없는 거나 마찬가지인, 다리가 비틀거리는 수준의 강풍이다.

그런데 솟구친 흙이 마침 엘리엇의 눈에 직격했는지, 엘리엇은 모니카에게서 손을 떼고 눈을 비볐다.

(지, 지금 이럴 때, 도망쳐야…….)

모니카는 무아지경으로 엘리엇의 구속에서 벗어나 뛰어서 그 자리에서 도망치려 했다…… 도망치려고, 했다.

그러나 절망적으로 운동신경이 없는 모니카가 방향을 바꾼 순간, 발이 꼬여서 그 자리에 넘어졌다.

"으아앗!"

얼빠진 소리를 내며 호쾌하게 넘어진 모니카의 주머니에서 나무 열매가 튀어나와 뿔뿔이 흩어졌다.

"앗, 앗, 앗……."

모니카가 당황하면서 일어나려 하자, 그녀의 팔을 누군가가 잡았다. 조심조심 돌아보자, 엘리엇의 처진 눈과 눈이 마주쳤다.

"놓~칠~것~같~냐~!"

"시, 싫이이이이이이!"

모니카가 눈물을 펑펑 쏟은 그때, 이 대화를 분수 가장자리에 앉아서 지켜보던 금발 청년이 입을 열었다.

"엘리엇. 그 아이를 놓아줘."

"뭐? 어째서. 이런 곳까지 찾아오다니 절대 우리 학원 학생이 아니잖아. 분명 아론이 보낸 자객일 게……."

엘리엇이 전부 말하기보다 먼저, 금발 청년이 검지를 입에 댔다.

엘리엇은 겸연쩍은 듯이 입을 다물고 모니카의 팔에서 손을 뗐다.

모니카가 멍하니 있자, 청년은 그 자리에서 쪼그려 앉아 바닥에 흩어진 나무 열매를 줍기 시작했다.

다시금 잘 보니, 굉장히 단정한 얼굴의 청년이다. 긴 속눈썹으로 장식된 푸른 눈은 밝은 물색에 녹색을 한 방울 섞은 듯한 신기한 색을 가졌다.

“올해는 2학년에 편입생이 왔다고 들었어. 혹시 네가 그 사람 아닌가? 이름이 뭐라고 했더라…… 그래. 모니카 노튼 양.”

모니카가 코를 훌치며 끄덕이자, 금발 청년은 나무 열매를 모으면서 엘리엇을 바라봤다.

“보라고. 이 아이는 자객이 아니라 우연히 헤매서 들어왔을 뿐인 아기 다람쥐야.”

청년은 모니카의 손을 잡더니 그 위에 주운 나무 열매를 올려놨다.

“식사를 방해해서 미안하네.”

모니카는 일부러 무릎을 꿇고 나무 열매를 주워준 청년에게 감사를 표하려고 했다. 그러나 긴장해서 말이 잘 나오지 않았다.

(제대로, 고맙다고 말해야…….)

모니카가 입을 ‘고’ 자 모양으로 만들고 입술을 떼려고 하는데, 갑자기 청년이 고개를 확 들고는 모니카를 안았다.

“위험해!”

“……네?”

청년의 시선을 따라간 모니카는 머리 위로 무언가가 떨어지고 있는 걸 깨달았다. 이대로 가면 모니카와 청년 둘 중 한 명에게 부딪힌다.

모니카는 곧바로 무영창 마술을 써서 강풍을 일으켰다.

강한 바람에 휩쓸린 낙하물은 모니카에게서 조금 떨어진 땅에 떨어졌다.

쨍그랑 하고 커다란 소리를 내며 산산이 부서진 것은 화분이었다. 그것이 두 사람의 머리 위에서 떨어진 거다.

자칫 잘못 맞았다면 부상 정도로 그치지 않았을 거다.

"때마침 바람이 불어서 다행이네……. 괜찮니?"

청년이 모니카를 안고 걱정스레 말을 걸었지만, 모니카는 대답할 경황이 없었다.

수상한 사람 취급을 받아 붙잡히고, 하늘에서 화분이 떨어지고, 그리고 처음 만난 사람에게 안겼다.

모니카의 머리는 연속해서 일어난 예상 밖의 사태를 따라가지 못했고, 한계까지 팽팽해진 긴장의 실이 그만 뚝 끊어지고 말았다.

"…………휴우우."

흰자위를 드러내며 쓰러진 모니카를 금발 청년이 황급히 끌어안았다.

* * *

검고 커다란 그림자가 모니카의 눈앞을 가로막았다.

그림자는 촛불에 비친 것처럼 흔들렸다.

일렁일렁 흔들리는 그림자를 올려다본 모니카는 멍하니 생각했다.

(아아, 싫다. 저 아저씨, 오늘은 술을 마시는구나.)

검은 그림자가 모니카를 보고는 뭐라고 악악 아우성쳤다.

이럴 때는 쓸데없는 말을 해선 안 된다. 그래서 모니카는 입을 다물고, 고개를 수그리고, 샘 아저씨의 돼지를 생각했다.

돼지가 한 마리, 한 마리, 두 마리, 세 마리, 다섯 마리, 여덟 마리, 열세 마리, 스물한 마리…….

(이웃한 항이 1 이외의 공통된 약수를 갖지 않는 상태가 되는 걸 깨달았을 땐 기뻤지…… 아버지께 말했으면, 용케 알아챘다고 칭찬해 줬을 텐데…….)

멍하니 그런 생각을 하는데, 갑자기 검은 그림자가 움켜쥔 술병을 모니카를 향해 내리쳤다.

'쨍그랑!' 커다란 소리가 났다.

주변에 흩어진 조각은 술병? 아니, 아니다, 이건…….

……화분이다.

"흐악!"

괴성을 내지르며 일어난 모니카는 두근두근 시끄러운 가슴을 눌렀다.

뭔가 무서운 꿈을 꾼 것 같다. 머릿속이 욱신거린다.

천천히 숨을 내쉬며 호흡을 가다듬는데 바로 옆에서 목소리가 들렸다.

"……괜찮아?"

모니카가 어색하게 고개를 옆으로 돌리자, 본 적 없는 여학생이 걱정스레 모니카를 바라보고 있었다.

헤이즐넛색 머리를 한, 어른스러운 분위기를 가진 작은 체구의 소녀다.

"당, 신은 누구……?"

낯을 가리는 모니카가 어색하게 묻자, 소녀는 살짝 미소 지었다.

"셀마 카쉬. 당신과는 같은 반이고 보건위원이야. 당신이 쓰러져서 의무실에 실려 왔다고 들어서 상태를 보러 왔어."

과연, 자신이 자던 곳은 의무실 침대였던 모양이다. 분명히 그 금발 청년이 데려온 것이리라.

(뭐였던 걸까. 그 사람들…….)

자신은 그저 점심을 먹을 곳을 찾아다녔을 뿐인데 어째서인지 침입자라고 오해받고, 하늘에서는 화분이 떨어져서…… 점심시간만 해도 많은 사건과 마주한 것 같다.

화분을 무영창 마술의 바람으로 피한 건 우연이었다. 조금만 눈치채는 게 늦었다면 무영창 마술로도 대처하지 못했을 거다.

그때의 공포를 떠올리고 몸을 떨자, 셀마가 하얀 손을 뻗어서 모니카의 흐트러진 앞머리를 살짝 정돈해 줬다.

하얗고 가느다란 손에 살짝 붉은 손톱. 흠집 하나 없는 깨끗한 손은 일이라곤 해 본 적 없는 숙녀의 손이다. 펜을 잡아 생긴 굳은살투성이 모니카의 손과는 전혀 다르다.

"오늘은 더 이상 수업이 없으니까 기숙사로 돌아가도 좋아. 당신이 눈을 떴다고 손리 선생님에게 말해둘게."

그 말을 끝으로 셀마는 조용히 의무실에서 나갔다.

창문으로 보이는 하늘은 저녁놀로 붉게 물들어 있었다. 아무래도 상당히 오래 잔 모양이다.

모니카는 침대에서 내려와 고개를 숙이고 터덜터덜 기숙사로 향했다.

오랜만에 많은 사람과 만난 탓에 몸도 마음도 닳아 버렸다. 납으로 된 족쇄라도 찬 것처럼 다리가 무겁다.

여자 기숙사에서는 저녁 식사를 앞둔 여학생들이 이곳저곳에서 즐겁게 담소를 나누고 있었다.

그런 소녀들과 눈을 마주치지 않게 고개를 숙인 모니카는 최상층으로 향했다.

이렇게 남들 눈을 피해 구석에서 몰래몰래 걷는 건, 학원이든 도시든 어디에 있든 똑같았다. 예나 지금이나 모니카는 언제라도 사람이 모이는 곳에는 잘 녹아들지 못하는 이분자다.

이윽고 최상층 창고 방에 도착한 모니카는 안쪽에 있는 사다리를 타고 다락방의 입구를 밀어 올렸다.

느릿느릿 걷는 사이에 해가 완전히 저문 모양이다. 다락방은 주변이 잘 안 보일 정도로 어두웠다.

모니카는 촛대의 양초에 무영창 마술로 불을 붙였다.

사람들은 이 무영창 마술을 기적이라며 절찬하지만, 모니카는 무영창 마술을 쓰는 것보다 평범한 학원 생활을 보내는 쪽이 훨씬 어려웠다.

모니카는 라나가 묶어준 리본을 풀고 책상에 올려놨다. 그리고 손수건을 펼쳐서 주머니에 넣어뒀던 나무 열매도 그 위에 놓았다.

——똑똑.

창문을 두드리는 소리가 들렸다.

시선을 돌리자, 밤의 어둠 속에 녹아든 검은 고양이의 실루엣이 어렴풋이 보였다.

모니카가 창문의 열쇠를 돌리자, 네로가 용케 앞발로 문을 열었다.

"네로, 어서 와."

"그래, 다녀왔다. 이 몸이 정보를 수집해 왔다고! 어서 칭찬해!"

"……응, 고마워."

"듣고 놀라지나 마시지. 제2왕자는 3학년이고 학생회장이야."

이미 아는 정보였다. 그러나 네로의 노력을 헛되이 하는 것도 마음에 걸린 모니카는 말없이 귀를 기울였다.

"즉, 네가 학생회 임원이 되면 왕자와 자연스레 가까워질 수 있겠네! 이 몸은 똑똑해!"

확실히 네로의 의견은 타당했다.

제2왕자와 모니카는 학년이 다르니 평범하게 접촉하기란 어렵다.

같은 학생회 임원이라면 자연스레 접촉할 수 있지……만.

"……무리야아아."

학생회 임원이 되려면 성적이 우수한 것이 절대 조건이다. 게다가 학생회 임원과의 연줄도 필요하다.

모니카가 침대에 엎어져서 우는소리를 하자, 네로가 금색 눈으로 바라봤다.

"그래도 모니카, 너는 칠현인이잖냐? 천재잖아? 그럼 다음 시험에서 엄청 좋은 성적을 거두면, 분명 학생회 임원이……."

모니카는 말없이 고개를 가로저으며 교과서를 침대에 올려놨다.

교과서는 역사나 어학에 관한 것이 압도적으로 많다. 귀족 자녀가 갖춰야 할 지식이니 당연하다.

그러나 모니카의 전공은 마술 전반이다.

마술사(史), 기초 마술, 마법 생물학, 마도 공학, 마술과 관련된 법률은 자세히 알지만, 그걸 제외하면 산술 말고는 전부 평균 이하다.

마술에 관한 것은 잘 암기하지만, 오등작의 서열은 떠오르지 않을 만큼 기억력이 편중됐기 때문이다.

"너는 미네르바라는 학교에 다녔었지? 그곳에서 어학 공부는 안 한 거냐?"

"……미, 미네르바에서 내가 전공한 건…… 고대 마법 문자하고, 정령어라……."

당연히 이쪽도 귀족 자녀가 갖출 만한 지식은 아니다. 사실 대부분의 인간에겐 평생 연이 없는 분야다.

모니카는 네로를 가슴에 품고 늘어졌다.

"……어쩌지, 어쩌지, 어쩌지."

이미 모니카는 제2왕자를 호위할 정신이 없었다. 이 학원에서 낙제하지 않는 것만으로도 한계다.

아니, 애초에 그 이전에…….

"……나, 오늘, 여러 사람이, 친절하게 대해 줬어."

모니카는 책상 위에 올려둔 리본과 나무 열매를 힐끔 바라봤다.

라나는 거만한 태도였지만, 반에서 처음으로 모니카에게 말을 걸어준 인물이다.

구 정원에서 만난 청년은 모니카의 나무 열매를 주워 주었다.

이자벨은 여러 방면에서 서포트를 해 주고, 보건위원 셀마는 내 몸 상태를 봐줬다.

"실은, 제대로, 고맙다고, 말하고 싶었는데."

모니카가 시무룩하게 늘어지자 네로는 모니카를 올려다봤다.

"너, 이 몸한테는 잘만 고맙다고 하잖냐. 아까 말했잖아. 이 몸은 들었다고."

"그건, 네로는 인간이 아니, 니까……."

네로는 마치 인간처럼 복잡한 표정을 지었지만, 문득 뭔가 떠올렸다는 듯이 꼬리를 흔들고는 모니카의 무릎 위에서 내려왔다.

"좋아좋아. 그럼 이 몸이 너의 낯가림을 극복하는 연습을 도와주지."

"네로? 서, 설, 마……."

"그 설마다."

네로는 의자 위로 훌쩍 뛰어오르더니 꼬리를 한 번 내저었다.

갑자기 그 모습이 흐물흐물 일그러지더니 검은 고양이는 검은 그림자 덩어리가 되었다. 이윽고 그 그림자는 팽창해서 인간의 실루엣이 되었다.

눈 두 번 깜빡하는 사이에 이번에는 그림자에 색이 붙었다. 마치 먹을 씻어 내는 것처럼, 그림자 속에서 건강한 색의 피부가 드러났다.

"자, 이러면 어떠냐."

의자에 앉은 건 검은 고양이가 아니라, 검은 머리에 금색 눈을 가진 20대 중반 정도의 청년이다. 어딘가 고풍스러운 로브를 입었다.

당연하지만 이 사람은 인간이 아니다. 네로가 인간의 모습으로 변한 거다.

모니카는 네로가 인간으로 변할 수 있는 것도 알고, 이 모습을 한 네로를 몇 번 본 적도 있다.

그러나 눈앞에 성인 남성이 있다는 현실 앞에서 모니카의 몸이 멋대로 움츠러들었다.

"히, 억………… 싫, 어……."

언제나 멍하니 아래를 바라보던 모니카가 이 이상 크게 뜰 수 없을 만큼 눈을 크게 떴고, 가느다란 몸을 덜덜 떨었다.

모니카는 침대 위에서 몸을 웅크리고는 스스로를 감싸듯이 머리를 양손으로 잡았다.

"싫어…… 그거, 싫어…… 네로, 부탁이야…… 고양이 모습으로……."

당장에라도 눈물을 흘릴 것 같은 모니카를 보자, 네로는 입술을 삐죽였다. 그러고 있으니, 성인 남성치고는 묘하게 어리게 보였다.

"싫~거~든~. 그런데 너, 루루루 룬탓타하고는 어찌어찌 말하잖냐!"

아무래도 네로는 루이스 밀러의 이름을 기억할 생각이 없는 모양이다.

일단 모니카는 루이스의 이름을 정정하면서 주장했다.

"루이스 씨는! 제대로 대답 안하면 귀를 꼬집는단 말이야!"

"우와…… 진짜냐. 그 남자. 최악이구먼. 뭐, 이 몸은 너를 꼬집지는 않는다고! 어때, 다정하지!"

루이스가 과격할 뿐, 그게 일반적이다.

그러나 네로는 자랑스럽게 큼큼거리고는 모니카에게 따졌다.

"자, 이 몸에게 감사해라~ 숭배해~ 고맙다고 말해~."

네로가 성큼성큼 다가오자, 모니카는 몸을 젖히면서 입을 뻐끔거렸다.

"허, 어어억…… 으, 고오…… 오…… 마…… 으………… 고마…… 압, 압……."

'고맙' 이라고 가까스로 두 글자를 꺼냈을 때, 모니카가 우물우물 의미 없는 말을 꺼내더니, 이윽고 후욱후욱 거친 호흡만 되풀이하게 되었다. 옆에서 보면 몸 상태가 안 좋은 사람으로만 보인다.

네로는 퉁명스러운 어린애처럼 고개를 돌렸다.

"흐응, 그~러냐. 모니카는 학원에 잠입해서 조사하고 온 이 몸에게 고마워하지 않는 거냐. 아~ 이 몸은 무지 충격이야~. 상~처받~았어~."

"아, 아냐, 미안……."

"미안하다는 말보다 고맙다는 말을 듣고 싶은데. 자자, 제대로 사역마를 칭찬하라고, 주인님."

그렇게 말한 네로는 불량하게 의자 위에서 다리를 흔들었다.

모니카는 눈을 꽉 감고 무릎 위로 주먹을 움켜쥐며 목소리를 쥐어짜냈다.

"어, 언제나, 고마워. 네로!"

"오 좋아. 그 느낌, 그 느낌이야. 그래, 다음은 네로 님 만세~!"

"네로 님 만세!"

"네로 님 멋져~!"

"네로 님 멋져!"

모니카가 눈을 뱅글뱅글 돌리면서 복창하자, 네로는 뺨을 긁적였다.

"……왠지 이 몸, 선량한 인간을 세뇌하는 악인 같아졌어."

"네로 너무해……."

"뭣이라아! 이 몸은 너를 생각해서………… 응?"

네로가 금색 눈을 빙그르르 움직여서 창밖을 보더니 창문을 열고 몸을 내밀었다.

모니카는 황급히 네로의 옷자락을 당겼다.

"네, 네로! 위, 위험해. 떨어져……!"

"이봐, 모니카. 저기 봐. 남자 기숙사 뜰에 수상한 놈이 있어."

"…………어?"

모니카는 네로와 나란히 창문에서 몸을 내밀고 인접한 남자 기숙사 쪽을 바라봤다.

다락방 창문은 높아서 전망이 좋지만, 달도 안 보이는 밤에 먼 곳을 보는 건 역시 무리다.

모니카는 무영창으로 원시(遠視)와 암시(暗視) 마술을 사용했다. 이 마술은 투시하는 게 아니라 장해물이 있으면 사용할 수 없다. 그래서 모니카는 창문에서 몸을 내밀었다.

(……네로의 말대로야…… 남자 기숙사 뜰에, 누군가 있어…….)

그 인물은 후드가 달린 망토를 머리부터 뒤집어써서 얼굴은 보이지 않았다. 그러나 후드 틈새로 금색 눈이 슬쩍슬쩍 흔들리는 게 보였다.

그 순간, 강풍이 불어서 후드가 벗겨졌다.

모니카의 위치에서는 그 인물의 뒷머리밖에 안 보인다. 모니카는 곧바로 그 인물의 뒷머리를 살피며 가로세로비를 눈에 새겼다.

그 인물이 걸음을 멈추고 후드를 쓰자, 또 한 번 바람이 불어서 망토 속 옷도 잠깐 드러났다.

망토 속에 입은 옷은 고급 프록코트였다.

모니카가 몸통과 다리 길이를 눈으로 재자, 그 인물은 남자 기숙사 뜰을 가로질러서 건물 모퉁이로 사라졌다.

네로가 미간에 주름을 잡으며 실눈을 떴다.

"이제 안 보이잖아. 네 마술로 어떻게 할 수 없어?"

"……건물 뒤로 들어가서, 이 이상은 추적할 수 없어…… 그런데……."

모니카는 턱에 손을 괴고 눈을 감았다.

지금, 모니카의 머릿속에서 엄청난 속도로 숫자가 오갔다.

그 숫자가 모니카에게 한 가지 사실을 가르쳐 줬다.

"……나, 저 사람과…… 만난 적 있어."

5장 침묵의 마녀, 황금비로 열변을 토하다

모니카는 다섯 살 정도 무렵에 어느 물건이 필요하다고 아버지에게 조른 적이 있다.

어느 물건—— 그건, 줄자다.

모니카는 또래 아이들보다 숫자나 사칙연산을 익히는 게 빨라서, 이 무렵에는 이미 학자인 아버지에게 면적이나 부피를 구하는 법을 배우고 있었다.

그래서 자기 주변에 있는 물건의 면적이나 부피를 조사하려고 줄자를 달라고 조른 거다.

우연히 그곳에 있던 아버지의 지인은 졸라 대는 모니카에게 무척 당황했지만, 모니카의 아버지는 줄자를 원하는 이유를 묻고는 부드럽게 웃으며 줄자를 선물로 주었다.

염원하던 줄자를 손에 넣은 모니카는 그야말로 정신없이 온 집안의 가구라는 가구, 자신과 아버지의 손이나 발 사이즈를 재고 다녔다.

"——세상은 숫자로 가득하단다. 인간의 몸도 그렇지. 인체는 막대한 숫자로 이루어졌어."

어린 모니카에게 아버지가 자주 해 준 말이다.

줄자로 근처에 있는 물건을 재고, 면적이나 부피를 구할 때마다 세상은 숫자로 이루어졌다는 아버지의 말을 실감했다.

어린 모니카는 그것이 기쁘고 즐거워서 견딜 수 없었다.

* * *

(……그 줄자. 눈금이 닳아 버려서 못 읽게 될 때까지, 언제나 늘 가지고 다녔던가.)

어린 시절의 꿈에 잠기면서 뒤척이던 모니카는, 창문으로 들어오는 눈부신 아침 햇살에 얼굴을 찌푸리며 느릿느릿 일어났다.

다락방에는 커튼이 없어서 아침 해가 그대로 실내를 비춘다.

일어난 모니카는 몸단장보다 먼저, 서랍에서 커피포트를 꺼냈다. 그리고 무영창 마술로 물을 만들어 커피포트를 채웠다.

마술로 제조한 물은 마력이 많이 들어가 있기에 음료로 쓰기에는 부적합하다.

인간의 몸은 많은 마력을 담아둘 수 없어서, 마력이 함유된 물을 대량 섭취하면 마력 중독을 일으키기 때문이다. 그래서 모니카도 평소에는 우물에서 물을 퍼다 썼다.

그래도 소량이라면 괜찮겠지. 칠현인인 모니카는 원래 일반인보다 마력 허용량이 높다. 간단히 마력 중독을 일으키지는 않는다.

모니카는 제조한 물을 포트에 붓고 커피콩을 갈아서 포트에 세팅했다.

그리고 작은 철제 삼각대를 꺼내서 그 위에 포트를 올리고, 무영창 마술로 불을 피웠다.

이런 작은 불이라도 일정한 화력과 위치 좌표를 유지해야 하기에 치밀한 술식과 조작이 필요한 부류다.

검은 고양이 모습으로 침대를 뒹굴던 네로가 어이없다는 듯이 모니카를 바라봤다.

"커피 한 잔 타는데 너무 기술을 낭비하는 거 아니냐?"

"그, 그치만…… 멋대로 주방을 쓸 수도 없고……."

모니카는 작은 목소리로 변명하고는 포트의 커피를 컵에 따랐다.

그러자 네로는 책상 위로 올라와서 금색 눈으로 모니카를 올려다봤다.

"모니카. 이 몸도 그거 마셔 보고 싶다."

"갑자기 왜 그래?"

"최근에 읽은 소설에 적혀 있었거든. 주인공 바솔로뮤가 묵묵히 커피를 마시는 게 진중해서 멋있었다고."

모니카는 잠시 고민하다가 컵에 담긴 커피를 숟가락으로 약간 떠서 네로 앞에 올려놨다.

고양이에게 커피는 주면 안 좋지만, 네로는 평범한 고양이가 아니니 괜찮겠지…… 아마도.

"괜찮아? 꽤 쓴데?"

"모험심을 잊은 생물은 퇴화한다고."

“……그거, 책에 적혀있었지?”
“그럼. 더스틴 권터는 최고라고.”
왕도에서 유행하는 소설가의 이름을 거론한 네로는 숟가락에 든 커피를 할짝할짝 핥았다.
그러자, 갑자기 전신의 털이 화악 곤두섰다.
“혼갸라븟보~!”
네로는, 분명 인간도 고양이도 못 낼 비명을 지르더니 책상 위를 데굴데굴 굴렀다.
역시 입에 맞지 않았던 모양이다.
네로는 마치 사지(死地)에서 생환한 전사처럼 거친 숨을 내쉬며 모니카의 얼굴을 올려다봤다.
“모험심으로 가득한 자극적인 맛이었어. 이걸 맛있게 마시는 너의 미각은 이상해.”
“………………….”
모니카는 네로의 말을 무시하고 자기 커피를 홀짝였다.
혀 위를 흐르는 뜨겁고 쓴 커피는 모니카의 머리를 선명하게 깨어나게 해줬다.
문득, 세상을 떠난 아버지의 말이 스쳤다.
――먼저 쓸데없는 것은 생략해 보거라. 그러면 남은 숫자는 매우 단순하지.
(……쓸데없는 것이, 뭘까.)
예를 들어 모니카에게 모닝커피는 결코 쓸데없는 것이 아니다. 중요한 것이다.

모니카의 사역마
네로

하지만 커피를 싫어하는 사람에게 그 습관은 쓸데없어 보이겠지.

(……수식이라면, 바로 해답을 알 수 있을 텐데.)

사람의 마음에서 '쓸데없는 것'을 찾아내는 건 얼마나 어려울까.

모니카는 다시 커피를 한 모금 홀짝이고는 책상 위 리본과 나무 열매를 힐끔 바라봤다.

지금까지 모니카는 머리 모양 같은 건 신경 쓰지 않았다. 그래서 지금까지의 모니카라면 리본 같은 건 쓸데없다고 단언했으리라.

나무 열매도 그렇다. 모니카는 먹을 것에 관심이 별로 없으니까, 나무 열매가 없어도 상관없다면서 점심을 한 끼 걸렀을 테다.

모니카는 나무 열매를 잡아서 까득까득 씹었다. 평소에는 맛을 음미하며 먹지 않지만, 지금은 뭔가 굉장히 아끼며 먹고 싶은 기분이어서 차분히 맛을 보며 삼켰다.

"……저기, 네로가…… 가치 있게 여기는 건, 뭐야?"

"으응? 뭐야? 갑자기 철학적인 질문인데? ……철학적이라는 말을 아는 이 몸, 똑똑해서 멋있구먼. 칭찬해!"

"……응, 굉장해, 굉장해."

모니카가 영혼 없이 칭찬하자, 네로는 "그거다!"라며 오른 앞발로 모니카를 척 가리켰다.

"이 몸에게 네 칭찬은 듣는 가치가 있어. 그러니까 더 칭찬해! 칭송해! 뭣하면 발라드를 만들고, 소설을 쓰고, 초상화를 그려서 후세에 전해도 된다고!"

마지막은 상당히 말도 안되는 말이었지만, 네로에게 모니카의 칭찬이 쓸데없는 게 아니라는 사실은, 모니카에게는 조금 기쁜 일이었다.

"하지만 앞으로는 무가치한 걸 즐겨 보는 것도 좋아…….

'인생은 무가치한 것으로 넘쳐나지. 그렇다면, 그 무가치한 것을 마음껏 즐겨 보지 않겠나' 라고 더스틴 권터도 소설에 적었다고."

삶을 살아가는 게 고작인 모니카에게 쓸데없는 것을 즐기라는 건 상당한 난제다. 하지만…….

"한번 도전……해 볼게."

그렇게 말한 모니카는 책상 위의 리본을 쥐었다.

——어려운 도전이야말로 즐거운 법이란다. 모니카.

아버지의 말이 모니카의 마음속에서 다정하게 되살아났다.

* * *

라나 콜레트는 자기 자리에 앉아서 손으로 턱을 괴고 교과서를 팔랑팔랑 넘겼다.

모니카는 라나의 모습을 확인하고는 떨리는 다리를 움직여서 다가갔다.

"저…… 저, 저기……."

"뭔데."

팔로 턱을 괸 라나는 얼굴을 책자에 향한 채, 눈만 움직여서 모니카를 봤다.

그 눈이 모니카를 포착하더니 곧바로 크게 확 뜨였다.

"그 머리 뭐야?!"

모니카의 머리 모양은 어제 라나가 해 줬던 머리 모양도, 평소의 땋아서 내린 머리도 아니었다.

정수리 쪽 머리카락은 부자연스럽게 부풀었고, 그곳에 두 갈래로 땋은 머리를 억지로 고정해서 내린 전위적인 머리 모양이었다.

"저, 저기, 어제 해 줬던 것처럼, 하고 싶어서……."

"그냥 양갈래로 내린 머리가 그나마 나아!"

"……으으."

라나에게 혼난 모니카는 고개를 숙이면서 주머니에 손을 넣었다.

그리고 어제 빌린 리본을 꺼내서 조심조심 라나에게 내밀었다.

"……이거…… 저기…… 어, 어제는, 고마, 웠습니다……!"

모니카는 어제 네로와 했던 연습을 떠올리며 가느다란 목소리로 감사를 표했다.

당장에라도 사라질 듯한 목소리가 되어 버렸지만, 제대로 끝까지 말했다.

그러나 라나는 모니카가 내민 리본을 보더니 흥 하고 코웃음을 치면서 고개를 돌렸다.

"필요 없어. 그거, 이제 유행이 아니니까."
라나의 쌀쌀맞은 태도는 이 이상의 대화를 거절하고 있었다.
평소 모니카였다면 여기서 울상을 지으며 물러났으리라.
그러나 모니카는 그 자리에 멈춰서 필사적으로 목소리를 쥐어짜냈다.
"……어, 어제…… 어떻게 묶었는지…… 가, 가, 가르쳐, 주실 수 있으싱가여!"
발음이 샜다.
모니카는 귀까지 새빨개져서 고개를 수그리느라 눈치채지 못했다.
라나가 웃음을 참으려는 듯이 입가를 실룩실룩 움직이는 것을.
"어쩔 수 없네! 자, 여기 앉아."
라나는 거만하게 말하면서 턱짓했다.
모니카가 그 말대로 자기 의자를 가져와서 앉자, 라나는 재빨리 모니카의 머리를 풀었다.
"나 참. 대체 어떻게 해야 이런 기묘한 머리 모양이 되는 걸까! 믿을 수가 없네! 너, 빗은 있어?"
"어, 없어요……."
모니카가 가냘픈 목소리로 말하자, 라나는 모니카의 머리를 홱 잡아당겼다.
"……그러고도 용케 가르쳐 달라는 말이 나오네?"
"죄, 죄죄, 죄송, 합니다."
라나는 어이없다는 듯이 코웃음을 치고는 자기 빗을 꺼냈다.

손잡이에 섬세하게 가공한 은세공 빗에는, 자세히 보니 작은 보석이 아담한 꽃처럼 박혀 있었다.

"얼마 전까지는 새를 모티브로 한 금세공 빗이 유행했는데, 요즘 유행은 단연 이거야. 작은 보석을 박아 넣은 게 귀여워. 특히 안멜 지방의 세공사는 실력이 좋으니까, 일류 제품을 산다면 안멜제로 하는 게……."

거기까지 말한 라나는 어째서인지 입을 다물고 말없이 모니카의 머리를 빗기 시작했다.

어째서 갑자기 입을 다문 걸까. 모니카가 의아하게 생각하자, 라나는 모니카에게만 들릴 작은 목소리로 속삭였다.

"……내 이야기, 재미없지?"

어딘가 퉁명스러운 목소리에, 모니카는 눈을 동그랗게 뜨고 뒤쪽에 있는 라나를 올려다봤다.

라나는 입술을 삐죽 일그러뜨리면서 뭔가 상처받은 표정을 했다.

"……어차피 나는 졸부 집안이야. 너도 내 이야기 같은 건 천박하고, 들을 가치도 없다고 생각하지?"

"저, 저기…… 그게……."

모니카는 의미도 없이 손을 파닥거리면서 필사적으로 입을 움직였다.

"저, 저도, 자주 이야기가 재미없다는, 말을 들어요…… 수학 이야기만, 해버리, 니까……."

모니카는 수식이나 마술식 이야기라면 얼마든지 할 수 있지만, 그러다 상대의 반응을 살피는 것도 잊어버린 채 계속 떠들고 만다.

그러다가 루이스 밀러에게 혼난 적도 한두 번이 아니다.

그 미모의 마술사는 때때로 모니카의 귀를 가차 없이 꼬집으면서 '동기님, 이제 좀 사람이 되셨습니까?' 라고 웃으며 말한다.

그때의 일을 떠올리며 몸을 떨자, 라나가 풉 하고 살짝 웃음을 터뜨렸다.

"뭐야 그게. 이상해."

"이, 이상, 한가요……?"

"이상하지. 자, 앞을 보고 있어."

라나는 모니카의 옆머리를 익숙한 손짓으로 땋아 줬다. 그렇게 양옆을 땋고는 남은 머리와 함께 모으고 리본으로 보기 좋게 묶었다.

"자, 다 됐다. 이런 건 간단해."

"괴, 굉장해…… 빨라……. 중요한 건 땋는 위치와 각도인가? 아냐, 머리를 모으는 비율도……."

"이런 건 수학이 아니라 손으로 기억하는 거야. 자, 풀어서 직접 한번 해 봐."

라나의 말을 듣자 모니카는 눈을 크게 뜨고는 뒤집힌 목소리로 외쳤다.

"에엑. 이렇게 예쁜데…… 푸, 풀라고……요?"

'이렇게 예쁜데' 라는 한마디를 들은 라나는 기분이 좋아진 듯 입을 실룩이면서 언니 같은 표정으로 헛기침했다.

"직접 해 봐야 익히지. 정 못 하겠으면 내가 해 줄 테니까. 자, 해 봐."

"으으…… 완성된 아름다운 수식을 분해해서 엉망진창인 수식으로 고치는 것 같아……."

"그건 대체 무슨 표현이야……."

라나가 어이없음 절반, 싫지만은 않은 마음 절반이라는 표정으로 웃은 그때, 교실이 약간 소란스러워졌다.

교사가 오기에는 아직 이른 시간이다. 무슨 일일까 싶어서 모니카가 소란의 중심으로 눈을 돌리자, 그곳에는 눈에 익은 남학생이 있었다. 진한 갈색 머리에 처진 눈을 한 청년이다.

(저, 저 사람…….)

어제, 구 정원에서 모니카를 침입자라 부르던 학생회 임원 엘리엇 하워드다.

엘리엇은 교실 안을 빙그르르 돌아보고, 모니카와 눈이 마주치자 씨익 웃었다.

모니카는 헉 하고 숨을 삼키며 라나 뒤에 숨었다. 그러나 때는 이미 늦었다.

엘리엇은 가죽 신발을 뚜벅이면서 모니카의 자리로 똑바로 다가왔다. 모니카는 즉시 라나의 등 뒤에서 뛰쳐나가 근처 커튼 속으로 파고들었다.

그런 모니카의 기행을 보며 엘리엇이 냉소했다.

"설마 정말로 우리 학원 학생이었을 줄이야. 지금도 좀처럼 믿을 수가 없다니까. 사람 얼굴을 보자마자 도망치다니, 숙녀가 할 일 같지는 않은데. 과연, 확실히 겁 많은 아기 다람쥐야."

모니카는 덜덜 떨면서 커튼 틈새로 엘리엇을 바라봤다.

"저, 저는, 사람, 이에요……."

"그렇게 주장하려면, 적어도 거기서 나오라고."

"…………."

모니카가 흠칫흠칫 커튼에서 나오자, 엘리엇은 씨익 웃었다. 입가는 웃은 것처럼 휘었지만, 처진 눈은 전혀 웃지 않았다.

"잠깐 너에게 볼일이 있는데. 조용히 따라와 주겠어?"

"지, 지, 지금부터 수업 [illegible]."

"이 반 담임은 손리 선생님이잖아? 그럼 내가 말해 두지. 어차피 새 학기 이틀째에는 대단한 수업도 없고."

엘리엇은 그렇게 말하고는 몇 발짝 앞서 걸어가더니, 고개만 돌려서 모니카를 바라봤다.

"나는 학생회 임원이야. 앞으로 평화로운 학원 생활을 보내고 싶다면 얌전히 따르는 게 좋아. 편입생."

여기서 "싫어요!"라며 울면서 도망친다면 어제까지와 아무것도 다른 게 없다.

모니카는 "스읍~ 하아." 하고 한 번 심호흡을 하고는 살짝 끄덕였다.

"……아, 알겠, 습니다."

엘리엇 하워드는 모니카를 향한 멸시를 숨기지 않았고 말 하나하나에 가시가 있었다.

그래도 웃으며 공격 마술을 날려 대는 무시무시한 동기보다는 확실히 나은 편이다.

모니카는 그렇게 자신을 타이르면서 떨리는 다리를 움직였다.

＊＊＊

엘리엇이 발걸음을 멈춘 곳은 4층의 화려한 문 앞이었다. 세렌디아 학원은 어디나 상급 귀족의 저택에 필적하는 호화로움을 자랑하지만, 눈앞에 있는 문은 한층 화려했다.

엘리엇이 살짝 노크하자, 대답도 없이 문이 열렸다.

"들어간다."

"들어와."

안에서 들려온 부드러운 목소리는 들은 적이 있었다.

엘리엇이 문을 밀고는 눈빛으로 모니카에게 들어오라 재촉했다.

모니카는 가슴 앞으로 손을 꼭 모아 쥐고는 앞으로 나아갔다.

"……시, 실례, 합니다!"

실내는 빨간 융단이 깔린 넓은 방이었다.

세렌디아 학원은 어느 곳도 일반 학교와는 비교도 되지 않을 만큼 호화로운 구조지만, 그중에서도 이 방은 특히 사치스러웠다. 테이블이나 의자, 기둥 등에 걸린 장식은 굉장히 공들인 것이었다. 누구나 알 만한 그림이나 조각 등을 늘어놓은 학원장실과는 또 다른 호화롭고 우아한 방이었다.

그런 방 안쪽 집무 책상 앞에 한 남학생이 앉아 있었다.

창문에서 들어오는 빛을 받으며 빛나는 허니 블론드색 머리칼에 물색에 녹색을 한 방울 섞은 듯한 아름다운 눈.

"갑자기 불러내서 미안하네. 모니카 노튼 양."

"당신은, 어제……."

구 정원에서 모니카의 나무 열매를 주워 주고, 떨어지는 화분에서 감싸 줬던 그 청년은 그때와 똑같이 부드러운 미소를 지으며 모니카를 바라봤다.

"점심은 제대로 먹었어? 아기 다람쥐?"

"저기, 이, 어제는…… 그게, 고, 고마웠습니다!"

말했다. 제대로 감사를 표했다.

오늘 모니카의 목표는 라나와 이 청년에게 어제 일의 감사를 표하는 것이었다. 그 목표를 빨리 달성하게 되어 모니카는 몰래 기쁨을 곱씹었다.

그런 모니카를 향해 청년은 천천히 고개를 기울였다.

"응? 나는 딱히 감사를 받을 일은 하지 않았는데?"

"저기, 나무 열매를 주워 주신 것하고…… 그리고 의무실로 데려다 주신 것도……."

모니카가 손가락을 꼬면서 말하자, 청년은 "아아." 하고 납득한 표정을 지었다.

"신경 쓸 것 없어. 학생의 안전을 지키는 것도 학생회장의 의무니까."

다정한 사람이라고 감탄한 모니카는 문득 흘려들어서는 안 되는 단어를 깨닫고 천천히, 천천히 고개를 들었다.

"……학생, 회장?"

"응."

청년은 싱긋 웃으며 끄덕이고는, 조용히 일어나 모니카 앞에서 우아하게 인사했다.

"소개가 늦었네. 세렌디아 학원 제75대 학생회장 펠릭스 아크 리디르야. 잘 부탁해. 모니카 노튼 양."

"………………."

어제의 친절한 남학생은 사실 학생회장이었다. 즉, 제2왕자고, 모니카의 호위 대상이다.

그 사실을 깨달은 순간, 모니카가 생각한 건…….

"저기이……."

"응? 왜?"

"……어째서, 왕자님이, 밤중에 기숙사를 빠져나간, 건가요?"

문 앞에서 대기하던 엘리엇이 모니카의 말을 듣자 깜짝 놀란 표정으로 펠릭스를 봤다.

"밤중에 빠져나갔다? 이봐, 그건 처음 듣는 말인데."

펠릭스는 엘리엇의 날카로운 시선을 가볍게 피하고는 모니카를 향해 웃었다.

"무슨 이야기인지 잘 모르겠는데."

"저기, 저, 어젯밤에, 전하가 남자 기숙사 밖에서 어슬렁거리시던 거, 창문으로 봤는데요……."

어젯밤 네로가 발견한 수상한 사람은, 틀림없이 눈앞에 있는 펠릭스다.
하지만 왜 펠릭스는 외출 금지 시간에 밖을 돌아다닌 걸까?
모니카의 소박한 질문을 들은 펠릭스는 여전히 부드러운 미소를 유지한 채 대답했다.
“어젯밤에는 달이 안 보였지? 그 덕분에 별이 예쁘더라고.”
넌지시, 창문 밖은 어두워서 보일 리가 없다고 말하고 있다.
모니카가 뭐라고 반박하려 하자, 펠릭스는 책상 위로 깍지를 끼고 그 위에 턱을 올린 채 말을 이었다.
“너는 밤에 남자 기숙사에서 누군가가 나가는 모습을 본 건지? 아아, 그건 분명 수상한 사람일지도 모르지. 하지만 너는 아니야. 네가 본 그 인물의 특징을 가르쳐 주겠어? 학원 측의 경비를 강화해야겠네.”
“후, 후드를 써서, 얼굴은 안 보였어요. 금색 머리칼과 뒷머리가, 살짝 보인 정도……예요.”
“금발인 사람은 이 학원에 얼마든지 있어.”
반박당한 순간, 모니카의 마음에 불이 붙었다. 다른 말로 ‘증명하고 싶다’ 라는 학자 특유의 사고라고 해도 좋다.
모니카는 주먹을 움켜쥐고 여유를 부리는 펠릭스를 향해 단언했다.
“어, 어제 본 후드 쓴 사람은, 전하와, 체격이 똑같았고.”
“체격이 비슷한 사람은 흔하잖아?”
“비슷한 게 아니라, 황금비, 그 자체였어요!”
“……응?”

모니카는 한번 불이 붙어 버리면 주변을 신경 쓰지 않고, 증명에만 정신이 팔리는 나쁜 버릇이 있었다. 그게 바로 지금이다.

벽 쪽에 회의용 이동식 칠판이 있는 것도 안성맞춤이었다. 모니카는 그곳에 간단한 사람을 그리고 머리 부분에 직사각형을 그렸다.

"저는 눈으로 본 것의 길이를 거의 정확하게 맞출 수 있어요. 먼저 전하는 머리 모양의 가로와 세로 비율이 1:1.618이었어요. 이건 인간이 가장 아름답다고 느끼는 황금비에 한없이 가까운 수치죠. 황금비는 더 정확하게 말하면 1:1.61803398……로 계속 이어지지만, 여기서는 생략할게요."

모니카는 어안이 벙벙해진 펠릭스와 엘리엇에게는 눈길도 주지 않은 채, 칠판에 그린 그림의 배꼽 부분에 가로줄을 그었다. 이른바 인체도를 위아래로 나눈 형태다.

모니카는 배꼽을 기준으로 윗부분에 1, 아랫부분에 1.618이라고 적었다.

"옷을 입었어도 다리 길이를 보면 대략적인 배꼽의 위치를 알아낼 수 있어요. 어젯밤 그 사람과 전하는, 몸통을 배꼽 근처를 기준으로 나눴을 때, 상반신과 하반신의 비율이 이 황금비와 같았죠. 그리고 또! 하반신을 1이라고 했을 때, 상반신과 하반신을 합친 전체 길이가 1.618이 돼요. 마치 계산된 듯한 황금비예요! 이런 사람은 거의 없어요! 줄자로 측정하면 저의 가설이 옳다는 걸 이해하실…… 거, 라고……."

거칠게 콧김을 내뿜으며 역설하던 모니카는 그제야 겨우 정신을 차렸다.

(내, 내가, 무슨 짓을…….)

모니카는 분필을 쥔 채, 어색하게 펠릭스와 엘리엇을 봤다.

엘리엇은 눈과 입을 동그랗게 벌린 채 멍하니 서 있다.

한편, 펠릭스는 "마지막으로 옷 치수를 쟀을 때……." 하고 느긋하게 중얼거리며 뭔가를 계산했다.

잠시 뒤, 펠릭스가 납득한 표정으로 중얼거렸다.

"아, 정말로 1:1.6이네."

"…………."

"용모를 칭찬받은 일이야 뭐 그럭저럭 있지만, 이런 칭찬을 들은 적은 처음이려나."

비아냥댄다기보다는 어딘가 재미있다는 듯한 말투에 모니카는 저도 모르게 머리를 감싸 쥐었다.

(아아아아아, 또 저질렀다아아아…….)

모니카는 수식이나 마술식이 얽히면 제정신을 잃을 때가 종종 있다.

그때마다 동기인 루이스가 귀를 꼬집는데…… 아아, 하필이면 호위 대상 앞에서 그걸 저질러 버리다니!

아무튼 펠릭스의 심기를 거스르지 않도록 어떻게든 해결해야 했기에, 모니카는 필사적으로 변명을 생각했다.

루이스에게 변명이 허접하다는 평가를 들은 적이 있는 모니카가 생각하고, 생각하고, 생각하고, 너무 생각한 나머지 엉뚱한 길로 빠진 끝에 하게 된 변명이 이거다.

"황금비를 바탕으로 만들어진 황금 나선의 반경 값은 '샘 아저씨의 돼지' 노래에도 나와요! 이 수열은 이웃한 두 숫자의 비율이 점점 황금비에 가까워지는, 굉장히 아름다운 수열이라…… 다시 말해서 '샘 아저씨의 돼지'는 굉장…… 이게 아니라, 전하의 신체 비율은 황금비라서, 굉장해요!"

이 변명으로 뭘 수습할 생각인가. 루이스가 이 자리에 있었다면 무조건 꿀밤을 맞았을 변명이었다.

엘리엇이 돼지 노래와 왕족을 같은 선상에 놓고 칭찬한 모니카를 향해 눈을 반쯤 뜨며 신음했다.

"아니, '샘 아저씨의 돼지'가 대체 뭔데."

저잣거리의 동요를 이해 못 하는 엘리엇 옆에서, 펠릭스가 손을 탁 두드렸다.

"아아, 동요…… 그렇군. 그 숫자는 그런 거였나."

펠릭스가 진심으로 감탄하자, 엘리엇이 처진 눈을 가늘게 뜨며 노려봤다.

"다시 말해 이 아기 다람쥐의 증언대로, 전하가 밤중에 기숙사 밖을 이리저리 돌아다니면서 혼자 함정 수사를 하고 있었다는 건가."

"맞아, 유감스럽게도 진전은 없었지만."

"시릴이 들었다가는 졸도할 거다."

"응. 그러니까 비밀로 해 주면 좋겠어."

펠릭스와 엘리엇의 대화로 추측하건대, 펠릭스는 어떤 사건의 범인을 끌어내기 위해 미끼가 되었던 모양이다. 그것도 누구에게도 말하지 않은 채 벌인 독단 행동이다.

(그, 그건, 호위인 내가, 방치해선 안 되는 안건인 게…….)

그러나 외부인인 자신이 끼어든다고 해서 펠릭스가 사정을 말해 줄까?

모니카가 고민하는 사이에도 펠릭스와 엘리엇의 말다툼은 이어졌다.

"엘리엇. 역시 이 아이는 무해한 아기 다람쥐야. 어젯밤 내 행동을 보고도 아무 짓 않고, 끝내 이 자리에서 떠벌리기까지 하다니. 자객이라면 할 수 없는 행동이야."

"아니. 그것도 우리를 방심하게 하려는 작전일지도 모르잖아. 어제 화분 건은 너무나도 부자연스러워. 이 노튼 양이 전하를 화분 낙하 지점까지 유도했을 가능성을 무시할 수 없어."

엘리엇의 말을 듣자, 모니카는 "에윽?!" 하고 괴성을 질렀다.

뭔가, 흘려들을 수 없는 의심을 산 것 같다.

"저, 저기, 어제 화분은…… 우연히, 떨어졌던 게……."

모니카가 조심조심 끼어들자, 엘리엇은 무슨 소리냐는 표정으로 펠릭스에게 눈짓했다.

펠릭스는 싱긋 웃으면서 의자에 앉아 다리를 꼬았다.

"……먼저, 맨처음부터 사정을 설명할까. 사태의 시작은 이틀 전, 학생회 임원인 아론 오브라이언 회계가 학생회 예산을 횡령한 것이 발각되었어. 그걸 추궁했더니 오브라이언 회계가 착란 상태에 빠져서…… 퇴학 수속을 마칠 때까지 기숙사에서 근신하게 되었지."

아론 오브라이언이라는 이름은 모니카도 들은 기억이 있다.

이틀 전 복도에서 큰 소리로 외치다가 억류된 흑발의 남학생. 그 사람의 이름이 아론 오브라이언이라고 이자벨이 말했다.

"우리 학생회도 내부의 치부는 별로 공개하고 싶지 않거든. 오브라이언 회계의 횡령은 다른 학생들에게는 덮어두고, 급병으로 자퇴하는 것으로 원만하게 사태를 수습하려고 했지. 하지만, 그 후에 작은 사건이 일어난 거야."

* * *

시업식 전날, 오전 회의에서 아론 오브라이언을 단죄한 펠릭스는, 그 후 아론의 부정을 뒤처리하기 위해 다른 학생회 임원들과 함께 일에 전념했다.

특히 성가신 것은 회계 기록 재검토였다. 아론은 예산을 횡령하면서 회계 기록을 다수 조작했다.

그리고 그 조작을 감추기 위해 다른 값을 꼬아서 앞뒤를 맞추고…… 그런 방식을 되풀이했기에 장부 기록이 엉망진창이 되었다.

학생회 임원이 총출동해서 재검토했지만, 모든 값을 고치는 데는 상당한 시간이 필요했다.

결국 이날은 작업을 거의 진행하지 못한 채 시간만 허비했다.

내일 있을 식전 준비도 해야 했기에, 회계 기록 재검토에만 시간을 할애할 수도 없었다.

시간이 오후 세 시에 가까울 무렵, 학생회 고문인 손리 선생이 학생회실에 얼굴을 내밀고 말을 걸었다.

“슬슬 내일 시업식과 입학식 준비에 착수하도록.”

식전 준비를 지휘하려면 반드시 펠릭스가 나서야만 했다.

그 밖에도 이런저런 짐을 날라야 하기에 남자 일손이 필요했다.

그래서 펠릭스는 서기인 브리짓과 서무인 닐 두 사람에게 회계 기록 재검토를 맡기고, 부회장 시릴과 서기 엘리엇 두 사람을 데리고 행사장으로 향했다.

행사장에는 이미 신입생이 앉을 의자가 놓였고 입구 주변에는 간판이 설치되어 있었다.

행사장 준비는 거의 다 됐기에, 학생회가 할 일은 최종 확인 정도였다. 그런데 막상 하나하나 점검해 보니 의자 개수가 안 맞는 등 자잘한 실수가 나왔다.

“신입생이 다는 리본은 반별로 상자에 나눠 담자. 그 편이 당일에 원만하게…….”

펠릭스가 엘리엇에게 지시를 내리던 그때, 펠릭스의 머리 위를 보고 놀란 손리 선생의 안색이 변했다.

“위험해!”

조금 늦게 부회장 시릴이 비명 같은 목소리로 “전하!” 하고 외쳤다.

손리와 시릴의 목소리를 들은 펠릭스는 머리보다 몸을 먼저 움직여 그 자리를 벗어났다.

몇 초 뒤, 펠릭스가 서 있던 곳 주변으로 무언가가 세게 떨어졌다……. 그건 입구 위에 매달려 있던 간판이었다.

간판은 행사장 2층 창문에 있는 낙하 방지용 펜스에 잠금쇠로 고정했을 터였다. 즉, 누군가가 창문에서 손을 뻗어 잠금쇠를 연 것이다.

올려다보니 2층 창문이 조금 열려 있었고, 순간적으로 창가를 떠나는 그림자가 보였다.

＊＊＊

"……그런 일이 있었거든."

펠릭스의 설명을 들은 모니카는 졸도할 것만 같았다.

펠릭스는 '작은 사건' 이라고 말했지만, 어딜 어떻게 들어도 암살 미수 사건이다.

(내, 내가 세렌디아 학원에 도착한 그날, 그런 사건이 일어났다니……!)

모니카는 핏기가 가신 입술을 떨면서 펠릭스와 엘리엇을 교대로 바라봤다.

펠릭스는 말하는 동안에도 부드러운 미소를 지었지만, 엘리엇은 그때의 일이 떠올랐는지 벌레 씹은 표정을 지었다.

이런 경우에는 엘리엇의 반응이 정상이다. 누군가가 목숨을 노리는데도 느긋하게 싱글벙글 웃고 있는 펠릭스의 정신 상태가 의심된다.

(아, 아니면, 왕족은, 목숨을 위협받는 게 익숙한, 걸까…….)
모니카가 머리 한구석에서 그런 생각을 하며 물었다.
"저, 저기, 간판을 떨어뜨린 범인은……?"
"유감이지만 도망쳐 버렸어. 그렇지? 엘리엇."
"……붙잡지 못해서 미안하군."
엘리엇은 퉁명스럽게 입술을 삐죽이고는 그때의 상황을 조금 더 자세히 말해 줬다.
간판이 낙하했을 때, 펠릭스의 곁에 있던 건 교사 손리와 부회장 시릴, 서기 엘리엇 이렇게 셋.
그 자리에 있던 유일한 교사인 손리는 시릴을 펠릭스의 호위로 남기고 엘리엇과 함께 범인을 쫓았다.
그러나 손리와 엘리엇이 두 패로 갈라져서 찾았는데도 범인을 못 발견했다고 한다.
펠릭스는 후우 하고 한숨을 내쉬고는 어깨를 살짝 으쓱했다.
"아론 오브라이언을 단죄한 지 몇 시간 후에 이런 사건이 일어났어. 두 사건에 모종의 관계가 있다고 생각하는 게 타당하겠지? 하지만 간판 낙하 사건이 일어났을 때 오브라이언 전 회계는 남자 기숙사에서 근신 중이었어. 그렇다면 간판을 떨어뜨린 건 다른 인간이라는 뜻이 돼."
펠릭스는 푸른 눈을 살짝 가늘게 뜨고는 의미심장하게 모니카를 바라봤다.
"오브라이언 전 회계는 횡령에 협력한 공범이 있음을 암시했어. 간판을 떨어뜨린 건, 그 공범일 가능성이 커."

펠릭스는 아론을 심문했지만, 심신 상실 상태인 아론은 '그 녀석이…… 그 녀석이 잘못한 거야.'라는 말만 수시로 반복할 뿐이어서 공범에 관해서는 듣지 못했다고 한다.

그 모습을 이야기하던 엘리엇이 비꼬듯이 입술을 일그러뜨렸다.

"그래서 우리는 그 공범을 끌어내기 위해 함정을 깔았지. 어제 점심시간에."

"……아, 그래서, 뒤뜰에 있었던, 건가요……?"

"그래."

인적이 없는 뒤뜰에 펠릭스 혼자 있으면 범인은 다시 사건을 일으킬 가능성이 높다.

그래서 뒤뜰에 혼자 있는 펠릭스를 노린 범인이 접근하면 숨어 있던 엘리엇이 붙잡는다는 계획을 세운 모양이다. 그러나 그곳에 우연히 찾아온 게 모니카였다.

"솔직히 말해서 나는 네가 범인의 동료라고 생각해. 화분 낙하 지점으로 전하를 유도한 공범이라고 말이지."

제2왕자의 호위로 이 학원에 찾아왔는데 오히려 자객 취급이라니.

만약 루이스 밀러가 들었다면 "역시 동기님은 하는 일마다 엉뚱하군요. 하하하!"라고 웃으면서 굳은살이 박인 주먹을 쥐었을 것이다.

(자, 잠입하자마자 바로 퇴학이라니 웃을 일이 아니야……! 루이스 씨에게 들키면 분명 화낼 거야아…… 게다가, 임무에

실패하면 최악의 경우엔 사형이랬어……!)

모니카는 거의 머리가 꺾일 기세로 힘차게 고개를 가로저었다.

"저, 저는, 범인이, 아니에요……!"

"그럼 이틀 전 오후 세 시 전후…… 행사장에서 간판 낙하 사건이 일어났을 때, 너는 어디서 뭘 하고 있었지?"

엘리엇이 심문하자 모니카는 손가락을 꼬물거리며 기억을 더듬어 봤다.

이틀 전 오후 세 시. 모니카는 다락방에서 방 청소를 했다.

네로에게 '고양이가 되고 싶어어~.' 하고 투덜대면서.

"그, 그날은, 여자 기숙사에서…… 방 청소를 [illegible]."

"그걸 증명할 사람은?"

"……없어요."

그 시간에 같이 있었던 건 네로뿐이다. 아무리 그래도 말하는 검은 고양이를 증인이라고 할 수 있을 리가 없다.

엘리엇은 고개를 수그린 모니카를 죄인을 보는 시선으로 바라봤다.

그 시선을 느낀 모니카는 심장을 붙잡힌 듯한 심경으로 짧고 얕은 호흡을 반복했다. 긴장한 나머지 산소가 폐로 들어오지 않는다. 꺼림칙한 땀이 끈적하게 장갑을 적셨다.

팽팽하게 긴장된 분위기 속에서 펠릭스가 엘리엇을 달래듯이 끼어들었다.

"엘리엇, 작은 동물을 지나치게 괴롭히는 건 좋지 않아."

"하지만 이 아기 다람쥐가 수상한 건 사실이잖아."

가시 돋친 어조로 말한 엘리엇은, 그때 뭔가를 떠올린 듯이 입꼬리를 들어 심술궂게 웃었다.

"그래. 그럼 이렇게 하자. 아기 다람쥐, 네가 간판과 화분을 떨어뜨린 범인을 찾아보라고. 그럼 너는 무고하다고 믿어줄 수도 있어."

엘리엇의 제안을 들은 모니카는 눈을 동그랗게 떴다.

"저기, 제가…… 말인가요?"

"우리가 움직이면 아무래도 눈에 띄거든. 솔직히 말하자면, 이번 건은 큰일로 만들고 싶지 않아. 그래서 함정 수사도 다른 학생회 임원에게는 이야기하지 않았어."

"네엣?!"

모니카가 깜짝 놀라서 눈을 크게 뜨며 펠릭스를 보자, 펠릭스는 쓴웃음을 지으며 수긍했다.

"맞아. 특히 부회장인 시릴은 걱정이 많으니까."

과연, 어젯밤 네로와 모니카가 목격한 펠릭스는 암살 미수 사건의 범인을 끌어내려고 했던 모양이다. 그것도 엘리엇에게는 말하지 않고 펠릭스의 단독 행동으로.

그러나 범인은 경계하는지, 혹은 다른 이유에서인지 어젯밤에는 펠릭스를 노리지 않았다.

이대로 범인을 못 찾는다면 사건은 미궁에 빠진다. 펠릭스와 엘리엇도 그건 피하고 싶겠지.

"그래서, 할 거냐? 범인 찾기."

엘리엇이 심술궂게 히죽히죽 웃는 걸 보니, 어차피 무리겠지 하고 말하려는 듯했다.

모니카는 가슴 앞에 주먹을 움켜쥐었다.

굉장히 내키지 않고, 가능하면 기숙사 자기 방에 틀어박히고 싶었다. 하나 모니카는 펠릭스의 호위다.

"하, 하, 할께욧……!"

모니카의 한심한 대답이 나오자, 엘리엇은 "그렇다는데?"라고 심술궂게 웃으면서 펠릭스를 바라봤다.

화제를 넘겨받은 펠릭스는 감정을 읽을 수 없는 부드러운 표정으로 모니카를 바라보았다.

"그래, 그럼 부탁해 볼까. 잘 부탁해, 모니카 노튼 양."

6장 롤링 마녀

간판 낙하 사건과 화분 낙하 사건, 두 가지 사건의 범인 찾기를 맡은 모니카는 맨 먼저 뒤뜰로 향했다.

간판 낙하 사건에서 쓰인 간판은 입학식 종료와 동시에 철거되었기에, 아마 단서는 남지 않았으리라.

반면, 화분이 떨어진 뒤뜰은 화분 조각 등을 정리하지 않고 그대로 놔둔 모양이다. 뒤뜰은 사람이 드나들지도 않으니까, 관련 없는 사람이 현장을 어지럽힐 염려도 없다.

모니카가 뒤뜰로 가는 문을 지나자, 바로 근처 덤불이 부스럭거리는 소리를 내며 흔들렸다.

"여어, 모니카. 왕자의 호위는 순조롭냐."

덤불에서 뛰쳐나온 네로는 몸을 휙휙 흔들면서 달라붙은 나뭇잎을 떼어 냈다.

모니카는 쪼그려 앉아서 네로와 시선을 맞췄다.

"……네로, 어쩌지."

"오, 무슨 일이야."

"어제, 떨어지는 화분으로부터 날 감싼 사람은, 사실 왕자님이었어……."

모니카가 호위 대상의 얼굴을 기억하지 못했기에 일어난 불행한 사고였다.

네로는 꼬리를 슬쩍 흔들고는 게슴츠레한 눈으로 모니카를 올려다봤다.

"너, 호위잖아?"

"……응."

"그쪽이 너를 감싸면 안 되지 않아?"

지당한 말이다.

모니카는 당황해서 손을 무의미하게 움직이며 필사적으로 변명했다.

"제, 제대로 무영창 마술로 막아 냈는걸!"

"예~예~. 그래서, 너는 뭘 하러 여기에 온 거야?"

"내가, 화분을 떨어뜨린 범인과 공범이라는, 의심을 받아서…… 결백을 증명하기 위해, 범인 찾기를……."

네로는 몇 초 동안 침묵하고는, 인간과 같이 어이없다는 표정으로 모니카를 올려다봤다.

"너, 호위잖아?"

"……네."

"자객 취급을 받으면, 안 되잖아?"

이제 할 말도 없다.

"……어차피 나 따위는, 추가 합격 칠현인일 뿐인걸…… 무능한 방구석 폐인인걸……."

그냥 산속 오두막으로 돌아가고 싶다며 모니카가 우는소리를 하자, 네로는 못 말리겠다는 듯이 한숨을 내쉬었다.

"나 참. 어쩔 수 없는 주인님이구먼. 자, 기운 내라고. 발바닥으로 꾹꾹이 해 줄까?"

"……해줘어."

모니카가 킁킁 코를 훔치면서 네로를 안아 들었다.

네로는 앞발을 들어 발바닥으로 모니카의 얼굴을 꾹꾹 눌렀다.

그 부드러운 감촉을 느끼자, 모니카의 마음은 조금 침착함을 되찾았다.

모니카가 눈물을 거둔 걸 가늠한 네로가 물었다.

"근데 범인 찾기라니, 뭐부터 시작할 건데?"

"먼저 화분이 어디서 떨어졌는지 조사하고 싶어."

어제 그 화분은 정리되지 않은 채, 떨어졌을 때 위치 그대로 지면에 흩어져 있었다.

모니카는 그 조각을 몇 개 주워 들었다.

"……원래는 모아심기용 커다란 화분이었던 것 같아. 이 정도 크기의, 동그란 화분……."

모니카가 이 정도라면서 양팔로 윤곽을 그리자, 네로는 귀를 쫑긋쫑긋하며 의아한 듯이 모니카를 바라봤다.

"어떻게 조각만 보고도 원래 모양이 어떤지 아는 거야?"

"……? 조각을 보면, 대충 알잖아?"

"모른다고."

네로의 지적에도 "그런가아?" 하고 고개를 갸웃한 모니카는 손에 든 조각을 손바닥에 올려놨다.

모니카는 한 손에 올라가는 물건이라면 대략적인 무게를 알아맞출 수 있다.

그렇게 모니카는 흩어진 조각을 보고 화분의 대략적인 크기, 형상, 무게를 계산했다.

(……화분 조각에 흙은 안 묻어 있었어. 분명 새 거거나, 아니면 씻어 둔 빈 화분이었을 거야…….)

머릿속에서 깨지기 전 화분을 떠올린 모니카는 천천히 고개를 들어 학교를 바라봤다.

세렌디아 학원은 발코니에 꽃을 심어둔 곳이 많다.

그래서 대부분 발코니에는 화분이 놓여 있다. 오히려 화분이 없는 발코니가 손에 꼽을 정도니 펠릭스가 모니카에게 조사를 부탁한 것도 납득이 간다.

(어제는 거의 바람이 불지 않았어. 게다가, 내가 쓴 바람 마술의 저항도 감안해서 생각하면…….)

모니카는 바라보는 것만으로 학교의 높이를 도출해 냈고, 거기서 화분의 낙하 속도를 계산했다.

발코니 난간은 꽤 높으니까, 아래로 내려치듯이 던졌다기보다는 슬쩍 손을 놓았다고 생각하는 게 타당하겠지.

(화분이 떨어진 지점엔 흙이 있어서 어느 정도 쿠션이 되었어. 그런데도 조각은 이렇게나 자잘하고, 넓은 범위로 흩어졌어…….)

다소의 오차는 있겠지만, 모니카는 화분의 잔해를 보고 어느 발코니에서 낙하했는지 대략적으로 파악했다.

(……저기. 4층, 오른쪽에서 두 번째 발코니.)

모니카가 방 위치를 확인하는데, 네로가 앞발로 모니카의 스커트 자락을 당겼다.

"모니카, 이 몸도 학교 안에 들어가 보고 싶어."

"……안 돼. 들키면, 쫓겨날 거야."

"쫓겨날 것 같냐. 들키더라도 인간들은 이 몸의 매력에 헤롱헤롱이라고."

확실히 고양이를 좋아한다면 귀여워할지도 모르지만, 손리 선생처럼 엄격한 사람에게 들키면 쫓겨날 게 분명하다.

모니카는 "안 되거든!"이라고 거듭 말하고는 목표인 발코니를 조사하기 위해 학교로 향했다.

* * *

"어머 당신, 이런 곳에서 뭐 해?"

모니카가 학교 계단을 오르자, 계단 밑에서 귀에 익은 목소리가 들렸다.

발을 멈추고 돌아보자, 아까 모니카의 머리를 땋아 줬던 같은 반 라나가 황갈색 머리를 흔들며 계단을 올라오고 있었다.

(어, 어쩌지. 뭐라고 말해야 하지……. 발코니 조사를 부탁받은 건, 비밀로 하는 게 좋, 겠지? 그냥 부탁받은 거라고 말하면, 괜찮, 겠지?)

모니카는 발을 멈추고, 고개를 수그리면서 손가락을 꼬았다.

이럴 때, 적절한 변명 같은 건 못하는 모니카는 "저기이……그게에……."라고 입으로만 꿍얼댈 수밖에 없었다.

그런 모니카를 힐끔 본 라나는 옆머리를 손가락으로 쓸어 올리면서 말했다.

"학생회 사람한테 불려간 뒤로 안 돌아왔었잖아. 걱정했어."

"…………어."

같은 반 아이가 자신을 걱정해 줬다.

고작 그것뿐이었는데도, 모니카의 심장이 살짝 뛰었다.

모니카는 정신이 들자, 어느새 풀어지려는 빵을 양손으로 붙잡고 어색하게 입을 뗐다.

"저기, 그게…… 잠깐, 학생회 사람들에게, 부탁을, 받아서……."

모니카가 빵을 붙잡고는 이리저리 시선을 옮기며 말하자, 라나가 의아한 표정을 지었다.

편입생인 모니카가 학생회 임원에게 부탁을 받았다는 게 신기한 것이리라.

"흐으응. 그래서, 어디로 가고 싶은데?"

"저기…… 4, 4층 동쪽 건물의, 안쪽에서 두 번째 교실……."

"아아, 제2음악실이네. 그럼 이쪽이야."

라나는 올라가려던 계단을 내려와 모니카에게 손짓했다.

4층에 가려면 계단을 올라가야 하는데 어째서 내려온 걸까? 모니카가 의아하게 생각하면서 뒤를 따라가자, 라나는 의기양양하게 콧소리를 냈다.

"이 시간, 이쪽 복도는 교실 이동이 있는 반과 부딪치니까 혼잡하거든. 이쪽으로 가는 게 빨라."

모니카가 인파를 거북해하는 걸 눈치챈 걸까, 아니면 우연일까.

어느 쪽이든, 모니카에게 라나의 제안은 매우 고마웠다.

"고, 고마어오……!"

힘을 줘서 감사를 전하려했지만, 아니나 다를까 발음이 샜다.

모니카가 새빨개지자, 라나가 풉 하고 웃음을 터뜨렸다.

"뭐야 그거, 이상해!"

라나는 즐거운 듯이 키득키득 웃었다. 놀리는 투가 섞였지만 친근함이 있는, 불쾌하지 않은 웃음이다. 라나는 "천만의 말씀!"이라고 말하며 경쾌한 발걸음으로 걸었다.

"이 시간에 계단으로 이동할 거라면 동쪽 계단이 좋아. 파우더 룸 같은 곳도 이쪽이 훨씬 더 비어 있어."

"……파우더 룸?"

모니카에게는 다른 세상 이야기지만, 세렌디아 학원에는 여학생이 화장을 고치기 위한 방이 몇 군데 존재한다고 한다. 역시 귀족 자녀가 다니는 학원이다.

(나하고는, 평생 인연이 없는 방이겠지…….)

그런 생각을 하던 와중, 앞에서 걷던 라나가 발을 멈췄다. 그녀의 시선 너머에는 동쪽 계단이 있다.

음악실로 가려면 이 계단을 올라가야 하는데, 라나는 험악한 표정으로 층계참을 올려다보며 눈썹을 찡그리고 있었다.

계단 층계참에는 여학생 몇 명이 서서 이야기를 나누고 있다.
아무래도 여학생 한 명을, 다수가 둘러싼 모양이다.
(……앗. 저 사람, 은.)
둘러싸여서 곤란한 듯이 고개를 숙인 헤이즐넛색 머리 소녀는, 셀마 카쉬.
어제, 의무실에 실려 온 모니카의 몸 상태를 보러 와준 보건위원 소녀다.
작은 체구의 셀마를 둘러싼 것은 세 명의 여학생이다.
그중에서도 리더로 보이는 캐러멜색 머리 소녀가 크게 울리는 목소리로 말했다.
"있잖아. 소문으로는 아론이 급병으로 자퇴한다더라. 그 사람, 안 좋은 가게에 드나들었다던데 뭔가 나쁜 병이라도 옮은 게 아닐까? 불쌍한 셀마! 그렇게 아론에게 헌신했는데!"
리더 소녀가 말하자, 추종자로 보이는 소녀들도 부채로 입가를 가리면서 "정말 불쌍해요.", "네, 불쌍하네요."라며 맞장구를 쳤다.
불쌍하다, 불쌍하다 말하는 것과 달리, 그 여학생들은 멸시하며 비웃는 듯한 눈빛을 했다.
라나가 리더로 보이는 캐러멜색 머리 소녀를 보고는 "캐럴라인이야."라고 씁쓸한 표정으로 중얼거렸다.
아무래도 아는 사이인 모양이다. 그러나 그다지 우호적인 관계가 아닌 건, 라나의 표정만 봐도 알 수 있었다.
"얘, 셀마. 다음에 우리 집이 주최하는 무도회에 당신도 불러줄게!"

"어머, 좋은 생각이에요. 캐럴라인 님! 실연의 상처는 새로운 사랑으로 치유하는 게 제일이니까요!"

"어차피 아론과의 혼약도 파기되겠지? 좋은 사람을 다시 찾는 게 좋아, 셀마!"

추종자 한 명의 제안을 들은 캐럴라인은 부채를 흔들며 웃고는 셀마의 얼굴을 들여다봤다.

"그럼 내 숙부님은 어때? 새로운 아내를 찾고 계시거든. 당신보다 30살 연상이지만, 멋지고 부자야."

이런 말까지 들었는데 셀마는 아무 말도 하지 않았다. 장갑을 낀 손을 움켜쥐고는, 묵묵히 고개를 숙이고 있다.

라나는 몸을 돌려서 모니카에게 귓속말했다.

"쟤들은 상대하지 말고 빨리 지나가는 게 제일이야. 가자."

라나는 선두에 서서 재빨리 계단을 올랐다. 모니카도 황급히 그 뒤를 따랐다.

라나가 층계참에 접어들면서 길을 막은 캐럴라인에게 말을 걸었다.

"저기, 지나가게 해 주지 않을래?"

"어라, 졸부 남작가의 라나 콜레트잖아. 변함없이 예절이라곤 모르네. 우리 집이 당신 집보다 훨씬 유서 깊고 격이 높거든? 먼저 인사말 정도는 하는 게 어때?"

도발적인 캐럴라인의 말을 듣자, 라나가 가느다란 눈썹을 치켜들었다.

"길을 막고 계속 서서 이야기하는 게 격식 있는 집의 예절이라니 몰랐네. 저기, 당장 길 좀 비켜 줄래? 우리를 탈출한 소도 주인이 고삐를 당기면 바로 움직이는데…… 아아, 미안해. 당신은 엉덩이가 무거워서 움직이기 싫은가 보네."

"누가 소라는 거야?!"

격양한 캐럴라인이 손을 들어서 라나의 어깨를 밀었다. 라나가 살짝 비명을 지르며 비틀거렸다.

그래도 라나는 층계참에 접어드는 곳에 있었기에 비틀거리는 정도로 그쳤다.

그러나 라나 뒤에 있던 모니카는 비틀거리는 라나와 부딪치서 균형을 잃었다.

눈 깜짝할 새에 모니카의 몸이 기울어지며 공중에 떴다.

"모니카!"

돌아본 라나가 모니카에게 손을 뻗었지만 닿지 않았다.

(……떨어, 진다.)

그 순간, 모니카의 두뇌는 엄청난 속도로 회전했다.

(실내에서 바람 마술을 쓰면 내가 마술사라는 게 들켜 버려. 그럼 몸 주변에 방어 결계를 칠까? 아니, 안 돼. 아무리 해도 낙하 방식이 부자연스러워져…… 그렇다면…… 그렇다면…….)

모니카는 즉시 무영창으로 방어 결계를 쳤다. 단, 자신의 몸이 아니라 계단의 굴곡을 메우도록 보이지 않는 결계를 쳤다.

이렇게 계단을 평범한 언덕으로 만들어 버리면 떨어지더라도 크게 아프진 않게 넘길 수 있다.

국내 최고봉이라 불리는 치밀한 마력 조작 기술을 아낌없이 사용해서 만든, 계단의 굴곡을 메우는 결계. 모니카는 그 위로 굴러떨어졌다.

모니카의 계산대로, 언덕 위를 구를 뿐이라면 몸은 그렇게 아프지 않다. 아프지는 않……지만.

굴곡이 있는 계단과, 굴곡이 없는 언덕길.

위에서 무언가가 구른다면, 둘 중 어느 쪽이 더 속도가 빠를까?

……말할 것도 없이 후자다.

그 사례와 한 치의 어긋남도 없이 모니카의 몸은 그야말로 엄청난 기세로 데구르르 굴러갔다.

"흐우아아아아아아아아아아아아아아아아아아?!"

혀를 안 깨문 게 기적일 정도의 기세로 계단에서 굴러떨어져서, 그 기세를 타고 한동안 복도를 구르던 모니카는 지나가던 남학생과 격돌했다.

으갸악! 하는 모니카의 얼빠진 비명과 으윽 하는 낮은 신음 소리가 겹쳤다. 모니카와 부딪친 누군가의 목소리다.

모니카는 울상을 지으며 일어나서 엉덩방아를 찧은 남학생에게 빠르게 사과했다.

"죄, 죄송합니다죄송합니다죄송합니다!"

모니카가 부딪친 건, 은발을 뒤로 묶은 청년이었다. 모니카는 이 청년을 한 번 본 적이 있었지만, 패닉에 빠진 탓에 제대로 확인할 만한 정신이 아니었다.

"……다친 데는 없어?"

부딪친 상대는 모니카를 걱정하듯이 손을 내밀었다.

그러나 모니카는 내민 손조차 깨닫지 못하고 빠르게 사과만 계속했다.

"죄송합니다, 민폐를 끼쳐서 죄송합니다!"

"…………."

그 남학생은 말없이 모니카를 내려다보다가, 이윽고 장갑 낀 손을 모니카의 머리로 뻗었다.

모니카는 반사적으로 양손을 들어 머리를 감쌌다. 얻어맞는다고 생각해서다. 그러나 청년의 손가락은 모니카의 앞머리를 살짝 걷어 낼 뿐이었다.

"이마가 조금 빨간데. 어디 부딪쳤나? 달리 아픈 곳은 없나?"

"……어, 아."

그제야 모니카는 눈앞의 청년이 자신을 질책하는 게 아님을 깨달았다.

그뿐 아니라, 청년은 모니카를 걱정하고 있었다.

청년이 손끝으로 만진 이마는 아주 조금 차가웠다.

(……? 얼음 마술인가? 하지만, 영창은 안 했으니까…… 혹시, 무의식적으로 마력이 샜나?)

그런 생각을 하는데, 라나가 황급히 계단을 내려왔다.

계단에 걸린 결계를 바로 해제해서 다행이다. 그게 아니었다면, 지금쯤 라나가 계단에서 미끄러졌을 것이다. 모니카는 몰래 가슴을 쓸어내렸다.

"잠깐, 얘! 괘, 괜찮아?!"

"……앗, 네……."

모니카가 고개를 끄덕이자, 라나는 깊은 안도의 한숨을 내쉬었다. 라나도 모니카를 걱정한 거다.

이럴 때는 신경 써 줘서 고맙다고 말해야 할까, 걱정을 끼쳐서 미안하다고 말해야 할까. 모니카가 고민하는 사이, 은발 청년이 끼어들었다.

"……그래서, 이건 무슨 소란인 거냐?"

의아하다는 듯이 찌푸린 얼굴을 본 모니카는, 그제 서야 이 청년을 떠올렸다.

이 청년은 날뛰던 아론 오브라이언을 얼음 마술로 입 다물게 한 청년이다.

"학생회 부회장 시릴 애슐리 님이야."

라나가 작은 목소리로 모니카에게 속삭였다.

그렇구나, 이 청년이 펠릭스가 말하던 '걱정이 많은 부회장' 인 모양이다.

"누구, 이 상황을 설명할 사람 없나?"

시릴이 묻자, 계단 층계참에 있던 캐럴라인이 여유로운 발걸음으로 계단을 내려왔다. 얼굴에는 여유로운 미소를 띠면서.

"저기 있는 라나 콜레트 양이 장난을 치다 학우를 계단에서 떨어뜨린 거예요."

"뭐어?!"

사과는 고사하고 책임을 전가하려는 캐럴라인을 본 라나는 가느다란 눈썹을 치켜세우며 외쳤다.

"네가 나를 밀쳤잖아?! 모니카는 말려들었고!"

"어머, 내게 책임을 전가하려는 거야? 역시 졸부 가문 사람은 뻔뻔해서 싫다니까."

캐럴라인의 말과 함께 추종자 소녀들이 "맞아, 맞아." 하고 동조했다.

그 동조하는 말을 듣고 기분이 좋아진 캐럴라인은 입꼬리를 올리면서 시릴을 올려다봤다.

"물론, 애슐리 님은 이런 졸부 남작가의 딸보다는 유서 깊은 노른 백작가의 영애인 저를 믿어 주시겠죠?"

캐럴라인의 말을 들은 다나가 이를 으득 갈았다.

모니카는 안다. 설령 이쪽에 잘못이 없더라도, 신분이 높은 자가 '너는 악이다.' 라고 말하면 그게 사실이 된다는 걸.

"……저, 저기……!"

모니카가 조심조심 입을 열자, 팔짱을 낀 시릴이 푸른 눈을 날카롭게 움직여서 모니카를 바라봤다. 기분 탓인지, 주변 분위기가 단숨에 차가워진 것 같다.

시릴의 시선을 느낀 모니카는 고개를 수그리며 위축됐다.

이 청년은 계단에서 떨어진 모니카를 걱정해 준 사람이다.

하지만 아무리 모니카가 캐럴라인의 잘못을 호소해 본들 귀를 기울여 주지 않겠지.

시릴은 이 학원의 질서를 지키는 학생회 임원이고, 귀족 사회를 반영하는 이 학원에서는 신분이 전부다.

(나 따위가 뭔가 말해 봤자, 소용없을 게 분명해…….)

모니카는 눈앞에 선 시릴에게 체념의 시선을 보내고는 입술을 깨물었다.

(……그래도.)

만약 캐럴라인이 자신이 아무것도 모른다고 시치미를 뗐다면, 모니카는 포기하고 그 말을 받아들였을 거다. 그러나 캐럴라인은 라나에게 죄를 뒤집어씌웠다.

이대로 가면 라나가 악인이 되고 만다.

——누명을 쓰고 비난을 받게 된다.

(그것만큼은, 절대로, 안 돼……!)

모니카는 핏기가 가신 입술을 열었다.

(부탁이야, 움직여, 내 성대.)

울 것 같은 마음으로 자신을 재촉한 모니카는 말했다.

"제, 제가, 발을 헛디뎠을, 뿐, 이에요……!"

캐럴라인에게 따지는 건 무리라도, 적어도 라나가 죄를 뒤집어쓰는 건 피하고 싶다.

그 마음으로 모니카는 시릴에게 호소했다.

"아무도 잘못하지 않았고…… 제, 제가, 부주의했던 것뿐이에요. 죄송합니다!"

모니카가 고개를 숙이자, 라나가 "잠깐만!" 하고 불만스럽게 외쳤다.

모니카는 빠르게 라나의 말을 가로막았다.

"그러니까, 저기, 이제 괜찮……으니까요! 소, 소란, 피워서 죄송합니다……!"

피해자인 모니카가 없어진다면 이 자리는 흐지부지될 것이다.

그렇게 생각한 모니카는 둔한 발걸음으로 계단을 올라서 그 자리를 떠났다.

* * *

계단을 단숨에 올라간 모니카는 거칠어진 호흡을 가다듬었다.

떨리는 이가 맞부딪치는 딱딱 소리가 왠지 평소보다 더 시끄럽다.

(……괜찮아, 괜찮아. 내가 참으면, 쓸데없는 말을 하지 않으면, 제대로 원만하게 수습될, 테니까…….)

모니카는 계단에서 떨어질 때 조금 더러워진 치맛자락을 털고, 흐트러진 장갑을 제대로 꼈다.

지금은 펠릭스의 목숨을 노리는 자객 찾기에 집중하고 싶다.

화분 낙하 사건은 명백한 살의를 갖고 벌인 암살 미수 사건이다. 호위로서 간과할 수는 없다.

(그런데, 범인은 어째서, 전하를 노린 걸까……?)

펠릭스는 부정을 저지른 아론 오브라이언의 공범이 원한을 품고 화분을 떨어뜨렸다고 생각한 모양이지만, 모니카는 위화감이 들었다.

아론 오브라이언은 공범이 있음을 암시했다.

그렇다면 공범은 아론을 먼저 제거해서 입을 막아야 하지 않을까?

(왠지, 구멍투성이 불완전한 수식 같아…….)

그 구멍을 메우기에는 아직 정보가 부족하다.

지금은 우선 정보 수집을 할 때라고 자신을 타이른 모니카는, 목적지── 동쪽 건물 4층, 제2음악실 앞에서 발을 멈췄다.

안에서 피아노 소리가 들린다. 누군가가 연주를 하는 모양이다. 멋대로 들어가면 혼날까? 하지만 최대한 빨리 정보를 모으고 싶다.

모니카는 고민한 끝에 문을 살짝 노크하고 열었다.

작은 살롱 같은 고급스러운 음악실에는 훌륭한 피아노가 설치되어 있었다.

피아노는 서민이 결코 손댈 수 없는 고급 악기다. 그런 피아노 앞에 앉아 건반 위로 손가락을 미끄러뜨리는 건, 금색 곱슬머리 여학생이다. 옷깃의 스카프 색을 보건대, 고등과 3학년이리라.

그 여학생은 피아노를 치는 손을 멈추고는 모니카를 돌아보지도 않고 말했다.

"이 교실은 지금, 내가 쓰고 있어요. 용건이 있다면 나중에 오세요."

"저, 저기, 죄송합니다. 발코니에…… 저기…… 까, 깜빡 두고 온 물건이, 있어서……."

모니카의 말을 듣자, 금발 영애는 말없이 악보를 넘겼다. 그리고 혼잣말처럼 "빨리 끝내요."라고만 말했다.

모니카는 꾸벅꾸벅 감사를 표하고는 재빨리 발코니로 나갔다.

발코니에는 예상대로 화분이 몇 개 놓여 있었다. 뒤뜰에 떨어진 것과 모양이 아주 비슷하다.

(……모아심기용 화분이 세 개, 그리고…….)

빈 화분이 하나, 위아래가 거꾸로 뒤집힌 채 발코니 구석에 있었다. 모니카는 쪼그려 앉아서 그 화분을 확인했다.

들어봤지만 안에는 아무것도 없다. 정말로 그저 빈 화분을 뒤집어 놨을 뿐이다.

(어째서, 이 화분만 뒤집혀 있는 걸까?)

모니카는 궁금해 하면서 화분을 원래 위치로 되돌려 놨다.

뒤집힌 화분이 매우 더러워서 장갑에 흙이 묻었다. 모니카는 장갑에 묻은 흙을 털었지만, 흙이 묻은 자국이 선명하게 남아 버렸다.

기숙사로 돌아가면 먼저 장갑부터 빨아야 했다. 모니카에게는 여분 장갑이 없으니까.

추락을 막기 위해서인지 발코니 난간은 꽤 높았다. 체구가 작고 힘이 없는 모니카가 여기서 무거운 화분을 떨어뜨리려면 상당히 고생해야겠지.

(……혹시.)

모니카가 잠시 고민하는데, 안에서 들리던 피아노 소리가 멈췄다.

모니카가 놀라서 음악실 안으로 시선을 돌렸다. 피아노 앞에 앉은 여학생은 차가운 눈으로 모니카를 보고 있었다.

다시 보니, 무척 아름다운 영애다. 미적 감각이 둔한 모니카조차도 상당한 미인이라고 생각했을 정도였다.

박력 있는 미모 앞에서 모니카가 움츠러들자, 영애는 피아노 뚜껑을 닫으며 말했다.

"나는 이만 교실로 돌아가겠어요. 그러니 문을 잠그고 싶은데요."

"앗. 죄, 죄송합니다. 나갈게요."

모니카는 발코니와 음악실을 잇는 문을 잠갔다.

그리고 피아노를 잠그는 미모의 영애에게 조심조심 물었다.

"저기, 이 교실의 열쇠는⋯⋯ 평소에, 어디에 두시나요?"

"음악실을 이용하려면 직원실에서 열쇠를 빌려야 해요. 쓰고 싶다면 제2음악실 사용 신청서를 제출하도록 하세요."

모니카는 작은 목소리로 우물우물 감사를 표하고는 황급히 음악실을 나갔다.

미모의 영애가 호박색 눈으로 그 뒷모습을 가만히 바라봤다.

＊＊＊

엉터리로 조작되어 엉망진창이 된 회계 기록은 그야말로 아론 오브라이언이 남기고 간 선물이었다.

펠릭스가 조작투성이 회계 기록을 묵묵히 고치고 있자, 영수증을 재검토하던 엘리엇이 잡담이라도 하듯 말했다.

"이봐, 내기하자고. 그 아기 다람쥐가 며칠 만에 항복할지.

나는 사흘이야."

"너는 그 아이가 마음에 들지 않나?"

모니카 노튼이 미덥지 못한 건 사실이지만, 엘리엇의 태도는 지나치게 노골적이다.

펠릭스가 묻자, 엘리엇은 흥 하고 코웃음을 쳤다.

"그래, 마음에 안 들어. 그 여자, 어디를 봐도 귀족이 아니잖아? ……그런데도 이 학원에 다니다니, 분수를 모르는 것도 정도가 있어."

그렇게 중얼거린 엘리엇은 겉으로는 가벼운 말투였지만, 목소리에서는 진짜 혐오가 베어 나왔다.

엘리엇은 펠릭스를 바라보며 낮은 목소리로 말했다.

"나는 분수를 모르는 평민이 너무 싫다고."

"그래, 나도 알아."

세렌디아 학원에 다니는 건 대부분 귀족 자녀이지만, 준귀족 이하 신분인 사람도 적잖이 있다. 기본적으로 돈만 내면 입학이 가능하니까.

하지만 엘리엇처럼 그걸 좋게 보지 않는 사람도 많았다.

"그나저나 심술궂네, 엘리엇. 뒤뜰에 인접한 교실만으로도 몇 개지? 편입생인 그 아이가 모든 교실을 돌면서 탐문 조사를 하는 건 불가능하다고 생각하는데."

"그래도 우리가 움직여서 눈에 띄는 것보다는 낫잖아. 하물며, 어제처럼 몰래 밤중에 방을 빠져나가다니…… 도저히 왕족이 할 일 같지 않아."

엘리엇이 가시 돋친 어조로 말하면서 처진 눈을 가늘게 뜨며 펠릭스를 노려봤다.

어젯밤, 펠릭스가 누구에게도 말하지 않고 단독 행동을 한 게 마음에 안 든 거겠지.

그러나 엘리엇의 꾸짖는 듯한 시선을 가볍게 흘려버린 펠릭스는 태연한 표정으로 깃펜을 움직였다.

"학원 내 문제는 가급적 내밀하게 처리하고 싶어. 크록포드 공작의 개입은 원치 않으니까."

크록포드 공작은 펠릭스의 어머니의 조부에 해당하는, 이 나라에서 손꼽히는 대귀족이다.

이 세렌디아 학원은 크록포드 공작 산하에 있는 학원.

만약, 학원 안에서 커다란 사건이 일어나면 크록포드 공작 얼굴에 먹칠을 하게 된다……. 그것만큼은 절대 용납되지 않는다.

설령 '공작의 개' 라 불리더라도 펠릭스는 크록포드 공작의 뜻을 거스를 수 없다. 절대로.

"무엇보다…… 펠릭스 아크 리디르가 이 정도의 사건도 처리 못하는 무능한 놈이라고 여겨지면 곤란하거든."

펠릭스의 말에 엘리엇이 뭐라 말하려던 그때, 누가 학생회실 문을 조심스럽게 노크했다.

들어오라고 말하자, 천천히 문이 열리더니 작은 체구의 소녀가 모습을 드러냈다.

모니카 노튼. 고등부 2학년 편입생. 옷차림도 행동거지도, 그 무엇도 세렌디아 학원에는 어울리지 않는 말라깽이 소녀.

엘리엇은 괴롭힘을 당하는 소녀에게 아주 약간의 연민을 보냈고, 펠릭스는 다정하게 말을 걸었다.

"여어, 노튼 양. 뭔가 진전은 있었어?"

아직 몇 시간밖에 지나지 않았는데 진전이 있을 리가 없다. 애초에 펠릭스는 처음부터 이 소녀에게 기대 따위는 하지 않았다.

그러나 작은 체구의 편입생은 손가락을 꼬면서 작디작은 목소리로 말했다.

"……범인, 알아, 냈어요."

7장 제2왕자의 비밀

“아아, 불쌍한 셀마. 약혼자인 아론이 자퇴하게 되다니.”

“급병이라지? 어머, 아까워라. 모처럼 학생회 회계가 됐는데.”

“학원에 남게 된 셀마가 불쌍해!”

친구들이 조금도 불쌍하다고 생각하지 않는 표정으로 셀마에게 속삭였다.

친구…… 그래, 친구다. 설령 셀마가 이 아이들의 들러리고, 잡일꾼이어도, 친구라는 간판을 단 인간이 있으면 셀마는 안심할 수 있다.

왜냐하면, 수수하고 특기도 없는 셀마에게는 아무것도 없으니까. 친구가 있다면 ‘아무것도 없는 셀마’ 가 아니다.

“나, 아론이 3학년의 브리짓 님에게 푹 빠졌다고 들었어.”

“어머, 셀마라는 약혼자가 있으면서!”

“하지만 어쩔 수 없어. 브리짓 님은 정말로 아름다우시니까.”

수수한 셀마와는 달리 말이지. 친구는 부채 속에서 살짝 중얼거렸다.

아론 오브라이언. 아무것도 없는 셀마의 소중하고 또 소중한 약혼자.

설령 아론이 셀마를 사랑하지 않더라도, 셀마에게는 소중한 사람이다.

(그러니까, 내가 그 사람을 도와야 해. 그 사람을 구할 수 있는 건 나뿐이라고 그 사람도 말했으니까…….)

셀마는 새 장갑을 낀 손을 꽉 움켜쥐었다.

그때, 친구들이 일제히 고개를 들어 화사한 목소리로 말했다.

그에 이끌려 셀마도 고개를 들자, 진한 갈색 머리에 처진 눈을 한 청년—— 학생회 서기 엘리엇 하워드가 이리로 다가오는 게 보였다.

"여어. 셀마 카쉬 양. 귀중한 쉬는 시간에 실례지만 잠깐 괜찮을까?"

아아, 때가 왔구나. 셀마는 말없이 입술을 깨물었다.

* * *

화분 낙하 사건의 범인을 밝혀낸 지 몇 시간 뒤인 점심시간. 모니카가 학생회실에서 대기하자 엘리엇이 셀마 카쉬를 데리고 돌아왔다.

셀마는 작은 체구를 더욱 웅크리며 고개를 숙이고 있었다. 그건 자신이 왜 불려왔는지 잘 아는 얼굴이었다.

핏기가 가신 새파란 얼굴은 비장한 각오로 가득했고 헤이즐넛색 눈은 어둡고 혼탁했다.

셀마를 제외하면 학생회실에 있는 건 펠릭스와 엘리엇, 그리고 모니카 이렇게 셋.

셀마의 눈이 순간적으로 의아한 듯이 모니카를 바라봤다. 어째서 학생회실에 모니카가 있는 건지 신경 쓰인 것이리라.

"본론으로 들어가서."

펠릭스가 꺼낸 짧은 한마디에 이곳의 분위기가 변했다.

언제나 평온한 펠릭스의 목소리에 차가운 분위기가 깃든 것만으로도 분위기가 단숨에 팽팽해졌다.

다정한 푸른 눈을 조금 가늘게 뜬 것만으로도 웃음의 질이 변했다.

음색이나 표정만으로 상대를 압도하고, 이 자리를 좌지우지 한다. 그것이 왕족이다. 모니카는 움츠러든 셀마를 보면서 다시금 깨달았다.

"이틀 전, 입학식 전날에 식전행사장에서 내 위로 간판이 떨어졌어. 그리고 어제, 뒤뜰에 있던 내 위로 화분이 떨어졌지. 아주 비슷한 수법이네. 분명 동일범이야."

펠릭스는 손끝으로 책상을 톡톡 두드렸다.

고작 그뿐인 동작이었지만, 셀마는 겁먹은 듯이 어깨를 떨었다.

"이 두 가지 사건의 범인이 너라고, 여기 있는 모니카 노튼 양이 주장했거든. 그럼, 노튼 양. 그 이유를 설명해 주겠어?"

"으읏?!"

모니카는 조금 전 펠릭스와 엘리엇에게 자신이 조사한 결과를 말했다.

그러면 전하가 셀마에게 말하면 되지 않나 생각하면서도, 모니카는 마지못해 입을 열었다.

"그게, 간판이 떨어진 현장은 이미 정리가 끝나서 조사할 방법이 없었어요……. 하지만 화분이 떨어진 곳이, 어느 발코니인지는…… 화분이 부서진 방식과 낙하한 위치를 보면, 대략적으로 파악할 수 있죠. 그 화분은 4층의 제2음악실에서 떨어졌어요."

모니카가 칠판에 계산식을 쓰면서 구체적으로 설명하려고 하자, 펠릭스가 "그건 생략해도 좋아."라며 부드럽게 말렸다.

(으으…… 계산식 해설이라면 얼마든지 할 수 있는데…….)

모니카는 시무룩하게 분필을 놓고는 말을 이었다.

"……어느 발코니에서 화분이 떨어졌는지 알면 그 뒤부터는 간단해요. 제2음악실을 쓰려면 사용 신청서를 제출해야만, 하니까……."

"내 쪽에서도 확인했어. 어제 점심시간에 제2음악실 사용 신청서를 제출한 건, 셀마 카쉬 양. 너였지."

그렇게 말한 엘리엇이 셀마를 힐끗 노려봤다.

셀마는 고개를 숙이고 침묵한 채 아무런 말도 하지 않았다. 모니카는 신중하게 말을 골랐다.

"발코니 난간 근처에, 더러운 화분이 하나, 거꾸로 놓여 있었어요. 그건 체구가 작은 범인이 발판 대신으로 썼기 때문, 이에요. 그 발코니는, 난간이 높으니까……."

화분을 발판으로 쓴 것도, 가볍고 안이 빈 화분을 범행에 사용한 것도, 범인이 힘없고 체구가 작은 여학생이라는 걸 나타낸다.

(그리고 무엇보다…….)

모니카는 셀마의 손을 봤다. 셀마는 새 장갑을 꼈다.

이 학원에서는 장갑도 교복의 일부다. 그러나 모니카가 의무실에서 눈을 떴을 때, 셀마는 장갑을 끼지 않았다.

하얗고 섬세한 손가락── 일이라곤 해 본 적 없는 숙녀의 손은, 지금도 모니카의 눈에 선하다.

셀마가 장갑을 끼지 않은 건, 발판 대신으로 쓴 화분을 옮길 때 더러워졌기 때문이다.

발코니에서 떨어진 화분은 깨끗했고, 더러운 건 뒤집힌 화분뿐이었다.

장갑이 더러워지는데도 화분을 뒤집은 이유는, 체구가 작은 셀마에게 발판이 필요했기 때문이다.

"……제2음악실 옆에 있는 파우더 룸 쓰레기통에 흙으로 더러워진 장갑이 버려져 있었어요. 장갑에는 셀마 씨의 이니셜이, 새겨져 있었죠."

그 말이 결정타였다.

고개를 숙인 셀마는 그 자리에서 무릎을 꿇고는 양손으로 얼굴을 가렸다.

"그래요…… 맞아요. 제가 했어요!"

셀마는 오열하며 외치고는 고개를 들었다.

눈물에 젖은 뺨은 일그러진 미소를 지으며 떨리고 있었다.

부릅뜬 눈은 초점이 맞지 않았다.

"화분도, 간판을 떨어뜨린 것도…… 학생회 예산을 횡령한 것도 저예요! 전부 다 제가 했어요! 아론을 부추긴 것도 저예요! 그 사람은 저에게 속았을 뿐이에요! 그러니까…… 아아, 부탁합니다. 부디, 아론에게 자비를…… 아론은 잘못이 없어요. 횡령한 돈은, 전부 제가 갚을 테니!"

셀마가 필사적으로 외쳤지만, 펠릭스는 딱하다는 눈으로 고개를 가로저었다.

"유감이지만, 아론 오브라이언이 횡령에 연관된 건 알고 있어. 네가 어떤 주장을 해 봤자, 내가 내린 처분은 바뀌지 않아."

"부탁이에요…… 부탁이에요…… 저는 어떻게 되어도 좋으니까…… 그 사람을 용서해 주세요……."

셀마가 훌쩍이면서 애원하자, 엘리엇이 꺼림칙한 표정을 지었다.

"왜 그렇게까지 해서 아론을 감싸려고 하지? 그 녀석은 횡령한 돈을, 약혼자인 네가 아닌 다른 여성에게 쏟아부었다고?"

잔혹한 지적을 받았지만, 셀마가 충격을 받은 낌새는 없었다. 아마 알고 있었던 것이리라. 아론이 셀마를 사랑하지 않는다는 걸.

그래도 셀마는 아론을 단죄한 펠릭스를 원망해 위해를 가하고, 끝에는 횡령죄를 전부 자신이 떠안으려고 했다.

그게 헌신하고 싶었기 때문인지, 아니면 그렇게까지 해서라도 아론의 마음을 붙들어두고 싶었던 것인지, 모니카는 모른다.

모니카는 화분 조각을 본 것만으로도 범인이 셀마라는 사실에 도달했다.

하지만 어떤 말을 늘어놓더라도 셀마의 동기—— 아론에게 사랑받고 싶다는 셀마의 마음은 이해할 수 없었다.

셀마의 범행은 너무나도 우발적이고 치졸하다. 게다가 아론을 감쌀 수만 있다면 자신이 범인이 되어도 상관없어 하는 것 같았다.

(……어째서, 그렇게까지 타인에게 기대할 수 있는 걸까.)

모니카가 무표정하게 셀마를 바라보자, 펠릭스가 엘리엇에게 지시를 내려서 셀마를 별실로 데려갔다. 언젠가 셀마에게도 아론과 비슷한 처분이 내려지겠지.

셀마와 엘리엇이 방을 나가는 걸 확인한 모니카는 펠릭스를 힐끔 바라봤다.

"저, 저기…… 저 사람은, 어떻게, 되나요?"

"간판과 화분 건은 왕족 암살 미수. 그러니 그 아이도, 그 일족도 극형에 처하는 게 당연하겠지?"

펠릭스의 목소리는 부드러우면서도 차가웠다.

모니카는 양손을 가슴 앞으로 움켜쥐고는 몸을 덜덜 떨었다.

모니카가 셀마의 죄를 밝혔기에, 셀마와 그 가족이 처형당한다.

……왕족을 호위한다는 건, 그런 뜻이다.

모니카가 새파래져서 고개를 숙이자, 펠릭스는 목소리 톤을 아주 약간 더 부드럽게 바꿨다.

"……그렇게 말하고 싶지만, 셀마 카쉬 양이 일으킨 사건을 공공연하게 드러내긴 어려우니, 그 아이는 몸이 좋지 않아 자퇴했다고 하는 게 좋겠지."

그렇게 말한 펠릭스는 다시 의자에 앉아 살짝 한숨을 내쉬었다.

"무엇보다 소중한 사람을 위해 모든 것을 내던지려 한 그 아이의 모습에서…… 짚이는 데가 있으니까."

그렇게 중얼거린 펠릭스의 푸른 눈은 모니카가 아니라 머나먼 어딘가를 보는 것 같았다.

모니카는 눈썹을 내리며 고개를 갸웃했다.

"그런, 가요?"

보답받는다고 확신할 수 없는데 모든 걸 내던지려고 한 셀마의 모습은, 모니카에게는 존귀한 게 아니라 무섭게 보였다.

집착이라면 모니카도 가지고 있다.

하지만 모니카가 집착하는 건 수식이나 마술식뿐이다. 모니카는 사람에게는 집착하지 않는다. 그래서 셀마를 이해할 수 없었다.

(……나는, 잘 모르겠어.)

뭐가 어찌 됐든, 사건은 무사히 해결됐다. 이걸로 모니카의 의혹도 풀렸다.

모니카는 이제 교실로 돌아가도 되겠지 싶어서 펠릭스를 힐끔 바라봤다.

"그럼, 저기, 전, 이만……."

거기까지 말한 모니카는 어쩌다 펠릭스가 책상 위에 펼친 자료를 보게 되었다.

주르륵 늘어선 숫자로 추측하건대, 회계 기록 같았다. 드문드문 수정한 흔적이 있는 건, 아마 아론 오브라이언이 조작한 부분을 정정하고 있기 때문이리라.

자료에 늘어선 숫자를 바라보자, 모니카의 마음이 조금 들떴다. 모니카는 회계 기록처럼 숫자가 늘어선 자료를 보면 마음이 들뜨는 성격이다.

……그러나 반짝반짝 빛나던 모니카의 눈이 바로 흐려졌다.

"……세 군데."

모니카가 자료를 응시하며 중얼거리자, 펠릭스가 "응?" 하며 고개를 갸웃했다.

지금까지 펠릭스와는 거리를 두던 모니카가 성큼성큼 빠르게 책상으로 다가오더니, 자료를 가리키며 모니카치고는 드물게 강한 어조로 말했다.

"여기와, 여기와, 여기의 숫자가 맞지 않, 아요."

모니카는 아름다운 수식을 좋아한다. 사람들이 미술품을 보고 아름답다고 칭찬하며 사랑하듯이, 모니카는 수식을 사랑한다.

그렇기에 불완전한 수식이나 계산이 맞지 않는 회계 기록을 보면 매우 근질근질하다. 완벽한 미술품에 생긴 얼룩처럼, 계산의 착오가 신경 쓰여서 견딜 수가 없다.

그리고 눈앞에 있는 이 자료는 그야말로 얼룩투성이다.

"너, 회계 기록 보는 법을 아나?"

“중앙식, 서부 표준식의 회계 기록이라면요.”

모니카는 펠릭스에게는 눈길도 주지 않고 기록의 숫자만을 응시하며 대답했다. 그건 왕족을 향한 불경으로 봐도 무방한 태도였다.

그러나 펠릭스는 재미있다는 듯이 입가에 미소를 지었다.

“있잖아, 노튼 양. 혹시 괜찮다면 회계 기록 재검토를 도와줄 수 있을까?”

펠릭스가 제안하자, 기록을 보던 모니카는 고개를 홱 들었다.

“그래도 되나요!”

산속 오두막에 쌓인 업무는 루이스 밀러가 다른 사람에게 넘겼고, 세렌디아 학원의 수업은 어학이나 역사, 교양이 중심이었다.

다시 말해서, 모니카는 숫자에 굶주려 있었다.

“이리 와 봐.”

펠릭스는 모니카를 손짓으로 부르고는, 학생회실과 이어진 자료실로 안내했다.

아름답게 장식된 열쇠가 달린 선반에는 끈으로 엮인 자료가 빼곡히 들어가 있었다.

“안쪽 선반은 역대 학생 명부, 그 옆은 현역 학생 명부, 그 옆은 교사 관련. 행사 관련은 이쪽.”

펠릭스는 선반 하나하나에 무엇이 수납됐는지를 설명하고는, 제일 오른쪽 끝에 있는 선반 앞에서 발을 멈췄다.

“여기가 회계 관련 선반이야.”

펠릭스는 윗옷 주머니에서 열쇠 다발을 꺼내 선반의 자물쇠를 열고 자료를 꺼냈다.

자료실에는 작업용 책상과 의자가 있다. 펠릭스는 그곳에 자료를 놓았다.

"너에게는 과거 5년 치 회계 기록의 재검토를 부탁하고 싶어."

"아, 알겠습니다!"

모니카가 기쁨을 감추지 못하고 들뜬 목소리로 말하자, 펠릭스는 "고마워."라며 아름답게 웃었다. 어지간한 영애라면 어질어질해질 미소지만, 모니카의 동그란 눈은 이미 눈앞에 있는 산더미 같은 자료에 못 박혀있었다.

"수업이라면 내가 교사에게 말해 둘게. 양이 많으니까, 할 수 있는 데까지만 해도 좋아."

"네!"

대답과 동시에 모니카는 힘차게 장부를 넘겼다.

오랜만에 의욕을 낸 모니카의 눈은 찬란하게 빛났다.

* * *

(……자, 그럼.)

바로 장부와 마주하기 시작한 모니카의 옆모습을 바라보던 펠릭스는 최대한 자연스러운 움직임으로 주머니에서 열쇠 다발을 떨어뜨렸다.

"짤랑." 하는 가벼운 소리가 났지만, 모니카는 눈치챈 낌새가 없다. 그래도 작업 책상과 자료 선반을 오가는 동선 사이에 떨어뜨렸으니 이동할 때 반드시 눈치챌 것이다.

펠릭스는 모니카를 자료실에 남겨둔 채 그 자리를 나왔다.

그리고 복도 모퉁이를 돌더니, 주변에 사람이 없는 걸 확인하고 가볍게 주머니를 두드렸다.

"윌디아누."

펠릭스의 부름에 응하듯이 주머니에서 작은 도마뱀이 스르륵 기어 나왔다.

물색이 섞인 하얀 비늘의 도마뱀은 옅은 물색 눈을 가졌다.

평범한 도마뱀에게는 절대로 있을 수 없는 색채를 가진 도마뱀은 펠릭스와 계약한 상위 정령이다.

"부르셨습니까?"

펠릭스는 주머니 근처로 손을 뻗었다. 윌디아누는 펠릭스의 손끝을 따라 손등으로 올라왔다.

펠릭스는 윌디아누를 자기 얼굴 옆까지 오게 한 뒤에 작은 목소리로 명했다.

"자료실에 붙어서 노튼 양을 감시해 줘."

"……그래서 일부러 열쇠를 떨어뜨리신 겁니까?"

펠릭스는 킥킥 소리를 내며 웃었다. 그 웃음은 평온하고 다정한 왕자님의 웃음과는 다르다. 함정을 깔아 둔 사냥꾼의 웃음이다.

펠릭스는 자신에게 접근하여 회계 기록을 보고 싶어 하는 모니카를 일반인이라고 생각하지 않았다. 뭔가 목적이 있어서 접근했다고 보는 게 타당했다.

생각할 수 있는 패턴은 세 가지.

1. 펠릭스 어머니의 조부인 크록포드 공작이 보낸 감시자.

2. 펠릭스의 아버지인 국왕이 보낸 감시자, 혹은 호위.

3. 펠릭스의 목숨을 노리는 자객.

그러나 크록포드 공작이나 국왕이 보냈다기엔 모니카는 너무나도 무능하다.

저렇게 이것저것 부족한 소녀를 크록포드 공작이나 국왕이 보냈다고 생각하기는 힘들다.

그렇다고 해서 모니카 노튼이 펠릭스의 목숨을 노리는 자객이냐고 하면, 역시 고개를 갸웃할 수밖에 없다.

모니카는 펠릭스의 얼굴을 몰랐던 모양이고, 무엇보다 모니카가 자객이라면 어젯밤 펠릭스가 외출했을 때 위해를 가할 수도 있었다.

펠릭스의 손등 위에서 하얀 도마뱀이 조심스럽게 물었다.

"모니카 노튼 양이 정말 아무것도 모르는 평범한 여학생……이라는 가능성도 있지 않습니까?"

"그러니까 시험해 보는 거지."

만약 모니카 노튼이 모종의 목적을 가지고 이 학원에 왔다고 한다면, 분명 자료실의 자료를 뒤질 것이다. 펠릭스가 떨어뜨린 열쇠를 써서.

"만약 노튼 양이 주운 열쇠로 회계와 상관없는 선반을 뒤진다면 보고해 줘."

그래서 펠릭스는 어느 자료가 어느 선반에 있는지를 모니카에게 가르쳐 줬다.

펠릭스는 "알겠습니다." 하고 대답한 윌디아누를 살며시 바닥에 내려놨다.

"그럼 방과 후가 되기를 기다려 볼까. 그 무렵에는 그 아이의 가면도 벗겨지겠지."

"……만약, 벗겨지지 않는다면요?"

윌디아누가 묻자, 펠릭스는 푸른 눈을 가늘게 뜨며 웃었다.

"글쎄, 그때는……."

＊＊＊

방과 후가 되면 클럽 활동을 하는 사람, 다과회를 하는 사람 등등 사람의 이동이 많아지고, 필연적으로 복도에도 사람이 늘어난다.

그런 가운데, 학생회실로 이어지는 복도 옆에서 세 명의 여학생이 서서 이야기를 나누고 있었다.

대화의 중심에 있는 건, 캐러멜색 머리를 한 노른 백작 영애 캐럴라인 시몬즈다.

"어째서 셀마가 학생회 사람에게 불려간 걸까?"

캐럴라인이 부채 속에서 의문의 목소리를 내자, 추종자 소녀들이 목소리를 죽이고 대답했다.

"글쎄요. 아론 관련으로 무슨 일이 있었던 게 아닐까요? 셀마는 아론의 약혼자니까요."

"있잖아, 혹시나…… 셀마가 학생회 회계 후임이 되는 일은 없겠지?"

소녀의 말을 듣자, 캐럴라인은 코웃음을 쳤다. 그 수수하고 시원찮은 셀마가 학생회 임원이라니!

학생회 임원은 세렌디아 학원의 정점에 서는 자다. 가문과 성적 모두 뛰어난 자만이 선택된다.

하물며 현재 학생회장은 이 나라의 제2왕자 펠릭스 아크 리디르다.

리디르 왕국에는 세 명의 왕자가 있지만, 현 국왕은 누가 차기 국왕이 될지 아직 확언하지 않았다.

현재, 국내 귀족들 사이에서는 제2왕자 펠릭스를 차기 국왕으로 옹립하려는 움직임이 강하다.

뭐니 뭐니 해도 펠릭스에게는 대귀족 크록포드 공작의 뒷배가 있다. 제2왕자파의 세력은 나날이 강해지고 있다.

이대로 평온하게 지나가면 펠릭스가 왕이 되는 건 틀림없었다.

그렇기에 이 학원 영애들은 누구나 눈을 부릅뜨고 펠릭스의 약혼자 자리를 노린다. 캐럴라인도 그렇다.

무엇보다 펠릭스는 투박한 제1왕자나 어려서 존재감이 흐릿한 제3왕자와 비교하면 월등한 미모의 소유자다.

펠릭스를 보고 한눈에 사랑에 빠진 캐럴라인은 틈만 나면 학생회실 근처를 배회했다.

3학년인 펠릭스와 2학년인 캐럴라인은 학년이 다르니까, 같은 학원에 있어도 만날 기회가 적다. 그렇기에 기회는 자신이 만들 수밖에 없었다.

(슬슬 펠릭스 님이 이 복도를 지나가실 시간이야.)

오늘이야말로 가까워지기 위해 캐럴라인이 몰래 결의를 다지는데, 뒤에서 발소리가 들렸다.

혹시 펠릭스인가 싶어서 기대감에 가슴을 부풀리며 돌아본 캐럴라인의 눈에 비친 것은, 윤기 나는 금발에 완벽한 미모를 가진 영애.

학생회 임원 중 유일한 여학생. 셰일베리 후작 영애 브리짓 그레이엄이었다.

세렌디아 학원이 자랑하는 3대 미인 중 한 명으로 꼽히는 미모의 영애는, 그 아름다운 얼굴을 여학생들에게 향하더니 차갑게 말했다.

"통행에 방해돼. 비켜 주겠어?"

그 한마디와 함께 캐럴라인의 추종자 소녀들은 부끄러운 듯이 고개를 숙이며 벽 쪽으로 향했다. 캐럴라인도 따라서 이동했다.

만약 이게 건방진 졸부 남작가의 라나 콜레트였다면 '당신이 돌아가면 되잖아?' 라고 말했겠지만, 브리짓은 너무나도 격이 다르다.

성적이 우수해서 항상 고등과 3학년 상위 성적을 유지했다. 특히 어학 분야에서는 종합 성적 1위인 펠릭스와 비견되는 재녀다. 용모와 가문 모두 출중하고 펠릭스와는 소꿉친구 사이이다.

무엇보다 현재 학생회에서 유일하게 펠릭스가 지명한 여학생, 그게 브리짓이다. 그만큼 브리짓은 펠릭스의 신뢰를 받고 있고, 주변에서도 브리짓이야말로 펠릭스의 약혼자로 어울린다는 말이 돌았다.

흠잡을 데 없는 완벽한 숙녀 앞에서 캐럴라인은 묵묵히 고개를 숙이며 길을 양보할 수밖에 없었다.

미모의 영애 브리짓은 학생회실 옆에서 어슬렁대던 여학생들은 거들떠보지도 않고 똑바로 학생회실로 향했다.

그리고 문고리를 돌린 브리짓은, 의아한 듯이 눈살을 찌푸렸다. 문 자물쇠가 열려 있다.

오늘은 자신이 제일 먼저 왔다고 생각했는데. 그렇게 조금 의아해하던 브리짓은 안으로 발을 들였다.

학생회실에 사람의 모습은 없다. 그러나 인접한 자료실에서 미약한 소리가 들린다.

누군가가 작업 중이라면 말을 걸려고 브리짓은 자료실을 들여다보다가, 이내 침묵했다.

자료실 선반 하나가 비었고 바닥에는 자료가 쌓였다.

그리고 안쪽에 있는 작업 책상에는 못 보던 연갈색 머리 소녀가 묵묵히 자료를 읽고 있는 게 아닌가.

"너는 얼마 전에 음악실에 왔던 여학생이네. 반과 이름을 대도록 해. 누구 허가를 받아서 이 방에 들어왔어?"

브리짓이 말을 걸었지만, 조그만 등은 조금도 반응하지 않았다.

"대답해."

강한 어조로 말했는데도 소녀는 반응하지 않았다.

조바심이 난 브리짓이 더 크게 외치려고 한 그때, 뒤에서 남학생 둘이 나타났다. 모두 학생회 임원이다.

"어라, 오늘은 브리짓 양이 제일 일찍 왔나…… 아니 이게 뭐야?!"

"자료가 나와 있잖아요! 어라, 그쪽은 누구시죠?"

브리짓 뒤에서 깜짝 놀란 건 서기인 엘리엇과 서무인 닐이었다. 두 사람 모두 브리짓과 같은 학생회 임원이다.

엘리엇은 이 자료실을 어지럽힌 소녀를 아는지, 책상으로 다가가 말을 걸었다.

"노튼 양. 이봐, 이런 곳에서 뭘 하고 있어? 그건 회계 자료잖아. 네가 멋대로 봐도 되는 게 아니야. 이봐, 노튼 양. 모니카 노튼 양. 안 들리는 거냐?"

모니카라 불린 소녀는 엘리엇이 말을 걸었는데도 조금도 반응하지 않고 묵묵히 회계 자료만 읽었다.

서무인 닐이 곤란한 듯 눈썹을 늘어뜨렸다.

"보아하니 저와 같은 2학년인 것 같은데…… 처음 보는 분이네요오."

닐은 책상으로 다가가서 소녀의 등에 대고 말을 걸었다.

"저기~ 실례합니다~. 이야기를 들어봐도 괜찮을까요~?"

역시나 대답은 없었고, 소녀는 묵묵히 자료 페이지를 넘기더니 때때로 작은 종이에 숫자를 적어서 자료에 끼워 넣었다. 그 눈은 항상 자료만을 볼 뿐, 학생회 임원들을 돌아볼 기색은 없었다.

엘리엇과 닐이 어찌할 바를 모르고 있을 때, 브리짓이 두 사람을 밀쳐 내고 소녀에게 다가갔다.

그리고 손에 든 부채를 들어서 소녀의 뺨을 힘껏 후려쳤다.

찰싹! 큰 소리가 들리면서 소녀의 움직임이 순간 멈췄다.

엘리엇과 닐이 동시에 허어억 하고 숨을 삼키면서 무서운 것을 보는 듯한 시선으로 브리짓을 바라봤다.

그런 가운데, 브리짓은 후려친 부채를 펼쳐서 차가운 목소리로 소녀에게 말했다.

"정신이 좀 들어?"

"…………."

소녀는 고작 몇 초 간 손을 멈췄을 뿐, 이윽고 아무 일도 없었다는 듯이 페이지를 넘겼다.

* * *

——아프다.

숫자의 세계에 몰두하던 모니카는 갑자기 뺨에 강한 아픔을 느꼈다.

——아픈 건, 무서워. 무서운 건, 괴로워.

아픈 것이나 무서운 것이 있을수록, 모니카의 사고는 숫자의 세계에 잠긴다.

왜냐하면 이렇게 숫자를 생각하는 동안에는 괴롭다고 느끼지 않으니까.

아름다운 숫자의 세계는 모니카를 상처입히지 않는다.

심한 말을 하거나, 아픈 짓을 하지도 않는다.

그래서 뺨의 아픔을 느낀 모니카는 현실에서 눈을 돌리듯이 다시 숫자의 세계에 몰두했다.

* * *

(큰일이다아아아아. 모니카 녀석, 완전히 폭주하고 있어!)

학교 탐색을 하던 검은 고양이 네로는 학생회실 창문 밖에서 그 광경을 보고 있었다.

모니카가 부채로 뺨을 얻어맞은 것까지 전부.

(안 돼, 안 돼! 때리는 건 역효과라고! 지금 모니카에게 공포를 주면, 더더욱 숫자의 세계에 몰두해 버려!)

네로는 이 상태의 모니카를 제정신으로 되돌리는 방법을 안다.

그건 바로, 발바닥 젤리로 꾹꾹이 하기다.

모니카는 발바닥으로 뺨을 꾹꾹 눌러주면 정신을 차린다. 그렇기에 어떻게든 모니카에게 다가가고 싶지만, 창문이 잠겨서 안으로 들어갈 수 없었다.

네로는 창문을 긁으면서 야옹야옹 울었다.

가장 체구가 작은 소년이 제일 먼저 네로를 알아채고 "아, 고양이다."라고 목소리를 높였다. 다른 두 사람도 그에 이끌려서 창문으로 시선을 돌렸다.

(좋아, 지금이다!)

네로는 창틀에 살며시 앉아서 혼신의 힘을 다해 귀여운 포즈로 "야오옹." 하고 울었다.

(어떠냐! 이 몸의 필살기! 혼신의 섹시 포즈! 이러면 계집애들은 다들 이 몸에게 헤롱헤롱이라고!)

이 포즈를 하면 어지간한 인간은 네로에게 빠져서 안으로 들여보내 준다.

덤으로 털을 빗겨주거나, 밥을 주기도 한다! 그래서 네로가 자랑스럽게 코웃음을 치는데, 부채를 든 영애가 단호하게 말했다.

"나는 아양 떠는 것 말곤 능력이 없는 생물은 싫어."

(뭐, 뭐…… 뭣이라——!)

네로는 격노했다. 이런 일이 용납될 수 있는가. 아니, 결단코 용납할 수 없다. 이 몸이 이렇게나 귀여운데!

(누우우우우가 아양 떠는 것 말고는 능력이 없는 생물이냐, 인간 계집애 주제에에에! 이 몸의 진심을 보여주마아아아!)

네로가 캬악, 키잇 하고 울면서 발을 굴렀지만, 모니카는 네로를 알아채지 못했다.

역시 모니카를 제정신으로 되돌리려면 발바닥 젤리로 뺨을 꾹꾹 눌러 줄 수밖에 없다.

(됐~으~니~까~ 열~라~고~! 발바닥 젤리로 꾹꾹 누르게 해 줘!)

네로가 난폭하게 문을 드득드득 긁는 사이, 다른 두 명의 인간이 자료실로 찾아왔다.

모니카의 호위 대상인 학생회장 제2왕자와 그 측근으로 보이는 은발 청년이다.

반짝반짝 빛나는 금발의 제2왕자가 자료실을 돌아보며 입을 열었다.

"여어, 무슨 소란이야?"

＊＊＊

펠릭스가 자료실로 들어오자마자 한 일은 열쇠 다발 확인이었다.

(……처음 위치에서 움직이지 않았어.)

자연스러운 움직임으로 다른 선반을 바라봤지만 어지럽힌 흔적은 없다. 내용물이 통째로 반출된 건 회계 기록 선반뿐이었다.

자료실 안에 숨어들어 모니카 노튼의 거동을 지켜보던 도마뱀 윌디아누가 펠릭스의 옷으로 기어 올라왔다.

이윽고 펠릭스의 어깨에 도착한 윌디아누는 다른 임원에게는 들리지 않는 작은 목소리로 속삭였다.

(이 아이는 점심시간부터 방과 후까지 몇 시간 동안 줄곧 회

계 기록 재검토만을 했습니다.)

(……으으응?)

펠릭스는 발밑에 늘어선 자료를 하나 들고 팔랑팔랑 넘겨서 내용을 확인했다.

지금으로부터 24년 전의 회계 기록에는 수정해야 할 곳에 올바른 숫자를 적은 종이가 끼워져 있었다. 다른 자료도 똑같았다.

펠릭스가 자료를 확인하자, 부회장 시릴이 의아하다는 듯이 모니카를 바라봤다.

"이 아이는 아까 계단에서……? 이런 곳에서 뭘……."

"계단? 시릴, 너 노튼 양을 알아?"

펠릭스가 묻자, 시릴은 어색하게 "네에, 뭐."라고 애매하게 수긍했다.

모니카는 그런 대화에도 전혀 반응하지 않고 묵묵히 손을 움직였다.

문득 펠릭스는 깨달았다. 모니카의 오른뺨이 부었다.

"……여긴 어떻게 된 거야?"

"제가 무례한 자에게 잠시 지도를 했습니다."

펠릭스가 의문에 차서 묻자, 브리짓이 태연한 얼굴로 대답하며 부채를 펼쳐 입가를 가렸다.

과연, 모니카의 태도가 브리짓의 분노를 일으킨 모양이다.

펠릭스는 장갑을 낀 손으로 모니카의 뺨을 스르륵 어루만졌다. 역시나 모니카는 눈도 깜빡하지 않는다.

“이 아이에게는 내가 회계 기록 재검토를 부탁했어.”

학생회 멤버에게 그렇게 설명한 펠릭스는 정정해야 할 내용이 적힌 종이가 낀 페이지의 값을 암산했다.

과연. 모니카의 지적대로 문제가 있었다.

(……하지만, 과거 기록을 전부 재검토하다니.)

아무리 펠릭스라도 이것에는 놀랐다……. 무언가에 이렇게나 놀라 본 게 얼마만일까.

약간의 감동을 느낀 펠릭스는 모니카의 어깨를 살짝 두드렸다.

“노튼 양, 수고했어. 슬슬 휴식해도 괜찮아.”

모니카는 대답하지 않았다.

“노튼 양.”

펠릭스가 모니카의 어깨를 조금 강하게 흔들자, 놀랍게도 모니카는 오른팔을 들어서 펠릭스의 팔을 거슬린다는 듯 떨쳐 냈다.

학생회 멤버가 웅성거렸다. 특히 펠릭스에게 충성을 맹세한 시릴은 관자놀이에 푸른 핏대를 세우며 격양하고는 얼음의 마력을 흩뿌리기 시작했다.

시릴은 기본적으로 여학생에게도 예의 바른 청년이지만, 펠릭스에게 해를 끼친다면 그렇지만도 않다.

“이 자시이이익! 전하에게 어찌 그런 무례한 태도를! 만 번 죽어 마땅하다!”

격양해서 고함을 친 시릴이 영창을 시작했기에 펠릭스는 한 손을 들어 시릴을 제지했다.

지금의 모니카는 계산하는 것에만 의식을 전부 쏟아붓고 있다. 그렇게나 흠칫흠칫하면서 펠릭스의 안색을 엿보던 소녀가, 지금은 이쪽을 돌아보지도 않는다.

작은 호기심이 펠릭스의 가슴을 스쳤다.

펠릭스는 입술에 살짝 미소를 지으면서 모니카의 뺨에 손가락을 대고는, 조금 부어오른 뺨에 입맞춤을 했다.

학생회 임원들의 말문이 막힌 가운데, 모니카의 움직임이 뚝 멈췄다. 단, 시선은 자료를 향했다.

"……네로, 기다려…… 조금만 더 하면 끝나니까……."

"네로라니?"

펠릭스가 고개를 갸웃하며 묻자, 모니카의 가느다란 어깨가 흠칫 떨리더니 손에서 깃펜이 툭 떨어졌다.

이윽고 전신을 부들부들 떨고는, 조금씩 천천히 머리를 펠릭스 쪽으로 돌렸다.

"저저저저저저, 전, 전, 저전……."

"음, 경쾌하네."

신기한 목소리를 내는 모니카에게 펠릭스가 씨익 웃어 주자, 모니카는 의자에서 굴러떨어져서 그대로 바닥에 엎드렸다.

"대, 대대, 대단히, 실례했습…… 아윽?!"

아무래도 마지막에 혀를 깨문 모양이다.

모니카는 입을 가리며 "아파아~." 하고 훌쩍훌쩍 울었다.

펠릭스는 참으로 유쾌하고도 신기한 생물을 보는 기분으로 모니카의 머리를 살며시 쓰다듬었다.

“고개를 들어 줄래? 너는 내 부탁을 열심히 들어준 거잖아? 혼날 일은 아니야.”

“히이잉…… 네, 네에…….”

모니카가 훌쩍이면서 끄덕이자, 엘리엇이 “이봐, 전하.”라며 끼어들었다.

“전하가 이 아기 다람쥐한테 기록 재검토를 명했다고?”

“맞아. 과거 5년 치를 부탁했는데…… 설마 이 단시간에 과거 기록을 전부 재검토할 줄은 몰랐네.”

그때 펠릭스는 말을 끊고, 킁킁 코를 훌치던 모니카를 향해 웃었다.

“노튼 양. 너는 이 회계 기록을 보고 어떻게 생각했지?”

“저, 저기…… 그게…….”

“화내지 않을 테니까, 솔직하게 생각한 대로 말해 줘.”

펠릭스가 부드러운 목소리로 재촉하자, 모니카는 손가락을 비비 꼬면서 말했다.

“……움직이는 돈은 깜짝 놀랄 정도로 큰데, 깜짝 놀랄 정도로 관리가 엉성해서 깜짝 놀랐어요.”

“이 자식이!”

시릴이 격양해서 고함치자, 모니카는 “화내지 않는다고, 했으면서어…….”라며 머리를 부여잡고 울었다.

펠릭스는 입가에 살짝 미소를 지으며 학생회 멤버를 바라봤다.

“그게 역대 학생회의 현실이야. 나조차도 아론 오브라이언의 부정을 바로 눈치채지 못했어……. 그 반성도 할 겸, 이 자리에서 선언하지."

펠릭스는 몸을 웅크리며 우는 모니카의 손을 잡고 우렁차게 선언했다.

"고등과 2학년, 모니카 노튼 양을 학생회 회계로 임명한다."

다음 순간, 모니카는 흰자위를 드러내며 그 자리에서 쓰러졌다.

창밖에서는 검은 고양이가 야옹야옹 시끄럽게 울어 댔다.

* * *

"이봐, 모니카. 일어나, 이봐."

네로의 목소리가 들렸다. 그리고 말랑말랑 뺨을 누르는 발바닥 젤리의 부드러운 감촉도.

살며시 눈을 뜬 모니카는 자신이 간소한 침대 위에 누워 있다는 걸 깨달았다.

침대 주변은 커튼으로 막혔다. 희미하게 소독약 냄새가 난다.

이 천장은 본 적이 있었다. 화분 사건 뒤에 왔던 의무실이다.

침대 위에서 뒹굴 몸을 돌리자, 침대 옆에 살며시 앉은 네로가 보였다. 의무실에 동물 출입은 엄금이니 분명 몰래 창문에서 들어온 것이리라.

"……네로, 들어봐. 나, 굉장한 꿈을 꿨어. 내가 학생회 회계에 임명되는 꿈인데……."

"듣고 놀라라, 모니카. 그건 꿈이 아니라 현실이야."

그렇게 말한 네로는 모니카의 옷깃을 앞발로 쿡쿡 건드렸다.

모니카의 소매에는 낯익은 장식 핀이 달려 있었다. 그건 펠릭스나 다른 학생회 임원의 옷깃에도 달린 학생회 임원의 증표다.

모니카는 침대에서 상반신을 일으키더니 자신의 옷깃을 응시했다.

"이, 이이, 이건……?!"

"그 반짝반짝 왕자가 네 옷깃에 달아 줬어. 인간은 이런~ 걸 좋아한단 말이지. 권력의 상징이라는 거."

네로는 고개를 끄덕이고는 모니카의 허벅지를 발바닥 젤리로 툭툭 두드렸다.

"뭐가 어찌 됐든 공적이잖냐. 이걸로 학생회 임원으로서 당당하게 왕자 옆에 있을 수 있다고."

"그, 그건…… 그렇, 지만……."

제2왕자를 비밀리에 호위해야 한다는 걸 고려하면 회계 취임은 매우 기쁜 일이다……. 그러나 모니카처럼 시원찮은 소녀가 학생회 임원에 선발되다니 모두가 안 좋게 볼 게 분명하다.

그때 모니카는 거의 바닥을 기어 다녔으니까, 학생회 임원 전원의 얼굴을 보지도 못했다.

하지만 바닥에 엎어져 있었는데도 학생회 임원들의 차가운 적의는 아플 만큼 전해졌다.

특히 부회장 시릴 애슐리는 당장에라도 공격 마술 한두 개는 날릴 듯한 분위기였다.

“부, 분명, 괴롭힘당할 거야……. 시, 신발에 압정을 넣고 필기도구를 숨기고 교복에 물을 뿌리고…… 싫어어. 이제 교실에 가기 싫어어어어어…….”

“오, 그 시추에이션 소설에서 본 적 있어! 진짜로 그런 짓을 하는 녀석이 있는 거냐?”

“왜 조금 즐거워하는 건데에?!”

모니카가 비통한 목소리로 외친 그때, 네로가 귀를 쫑긋 세웠다.

“이봐, 모니카. 누가 온다.”

그렇게 말한 네로는 재빨리 침대 밑에 숨었다.

누가 온다니 누구일까? 의무실 직원일까?

모니카가 그런 생각을 하는데, 침대를 둘러싼 커튼이 열렸다.

커튼을 연 건 의무실 직원이 아니었다. 펠릭스다.

모니카는 반사적으로 이불을 머리부터 뒤집어썼다. 실례인 건 당연히 알지만, 몸이 멋대로 움직여서 어쩔 수 없다. 방어 본능인 셈이다.

펠릭스는 불쾌한 표정도 짓지 않고 오히려 재미있다는 듯 웃었다.

“어라, 일어난 거야? 말도 안 하고 열다니 실례했어. 아직 자는 줄 알았거든.”

“아, 아뇨, 처, 처처처처처처처천…….”

“처천?”

“천만의, 말씀, 입니……다.”

모니카가 죽을 것 같은 얼굴로 말을 쥐어짜내자, 펠릭스는 "그래?" 하고 즐겁게 웃으면서 놀랍게도 모니카의 침대에 앉고는 다리를 꼬았다.

모니카는 조금이라도 펠릭스와 거리를 벌리려고 이불을 만 채 침대 구석 아슬아슬한 곳으로 이동했고…… 이내 균형을 잃고 침대에서 데구르르 굴러떨어졌다.

"꺄앙!"

다행히 이불에 감싸여서 다치지는 않았지만, 오늘은 계단에서도 그렇고 참 자주 떨어지는 날이다.

바닥에서 훌쩍 코를 훔치자, 침대 밑에 숨은 네로가 "뭐 하는 거야!" 라고 말하려는 듯이 모니카를 바라봤다.

이불을 두르면서 차라리 자기도 침대 밑에 들어가 버릴까 생각하던 모니카에게 펠릭스가 물었다.

"아기 다람쥐 양. 그렇게 이불을 두르다니…… 지금부터 겨울잠 준비라도 하려고?"

"네, 넷. 마마마마맞아요. 저기, 오늘은, 굉장히, 추워서, 말이죠……."

물론, 지금은 여름에서 가을로 계절이 바뀌면서 굉장히 지내기 좋은 시기다.

그럼에도 모니카는 이불을 움켜쥐고 추워서 이불을 덮었다고 필사적으로 주장했다.

그러자 펠릭스는 이불을 움켜쥔 모니카의 손을 자기 손으로 감쌌다.

“그래? 딱하게도. 그럼 따스하게 해 줘야지.”

모니카는 재빨리 이불을 놓고 일어나서 백스텝으로 펠릭스와 거리를 벌렸다……. 그러나 익숙하지 않은 백스텝을 하다가 다리가 걸려서 “으갸!” 하고 바닥을 굴렀다.

또다시 침대 밑 네로와 눈이 마주쳤다. 울고 싶다.

하지만 언제까지나 바닥에 엎어져 있을 수만은 없기에 모니카는 느릿느릿 일어나 침대 뒤에 숨으며 펠릭스를 올려다봤다.

“저, 저기. 전하…….”

“학생회장이든 펠릭스든 마음대로 불러도 좋아. 너도 오늘부터 같은 학생회 동료니까.”

펠릭스의 말이 모니카에게 현실을 들이밀었다.

모니카는 옷깃의 장식 핀을 손가락으로 잡고는, 떨면서 펠릭스에게 말했다.

“저, 저한테, 회계 역할은, 짐이 무거, 워요.”

“내 선정에 불만이라도 있어?”

목소리에 아주 약간 냉기가 섞인 것만으로도 위압감이 확 강해졌다.

모니카가 목을 가로젓다 못해 끊어질 듯한 기세로 흔들자, 펠릭스는 “그럼 아무 문제도 없네.”라고 미소 지으며 모니카의 손을 잡았다.

그리고 모니카의 손바닥을 위로 하고는, 그곳에 뭔가를 올렸다. 그것은 나무 열매를 잔뜩 사용한 구운 과자였다.

“오늘의 포상이야. 정말 애썼어.”

"소, 송구합…… 으읍."

송구스러워하는 모니카의 입에 펠릭스가 과자를 집어넣었다.

그러고 보니 점심도 아직 안 먹은 걸 떠올린 모니카는 말없이 우물우물 과자를 씹어 먹었다.

조금 딱딱한 쿠키에 벌꿀로 굳힌 나무 열매가 올라갔는데, 처음 먹는 맛이었다. 이게 참 맛있었다.

한번 먹기 시작하면 식사에 집중해 버리는 성미인 모니카는 회계를 사퇴하는 것조차 잊고 정신없이 와구와구 우물우물 과자를 먹었다.

"맛있어?"

펠릭스가 즐거운 듯 질문하자, 모니카는 과자를 물면서 고개를 끄덕였다.

펠릭스는 그런 모니카에게 과자를 더 쥐여 주고는 조용히 일어났다.

"열심히 하면 좀 더 포상을 줄게."

내일 또 보자며 모니카에게 손을 흔든 펠릭스는 의무실을 나갔다.

혼자 남은 모니카는 입속 과자를 삼키고 나서 겨우 정신을 차렸다.

"아아아아아, 회계 역할, 거절 못 했어어어어어, 어쩌지 네로오오오오오오."

"너…… 과자 움켜쥐면서 말해도 아무런 설득력이 없거든?"

모니카는 킁 하고 코를 훔치더니 과자를 주머니에 넣었다.

(아, 맞다…….)

모니카는 부은 뺨에 손을 대고는 진지한 표정으로 네로를 봤다.

"네로, 들어줘. 나, 전하의 중대한 비밀을 알고 말았어."

"뭔데? 그 왕자의 약점이냐?"

꼬리를 좌우로 슬쩍슬쩍 흔들며 눈을 반짝이는 네로에게, 모니카는 진지한 표정으로 침을 꿀꺽 삼키며 대답했다.

"전하한테는……………………………… 발바닥 젤리가 있어."

네로는 단호하게 말했다.

"없어."

"그, 그렇지만, 아까 자료실에서, 뺨에 발바닥 젤리가 툭 닿았는데, 돌아보니까 전하가 있던데……."

모니카가 뺨을 어루만지며 주장하자, 네로는 여느 때보다 훨씬 진지한 태도로 말했다.

"잊어버려, 모니카. 알겠냐. 그때의 일은 잊는 거야."

"어? 아, 응?"

＊＊＊

펠릭스가 기숙사 자기 방으로 돌아오자, 교복 주머니에서 하얀 도마뱀 윌디아누가 스르륵 기어나왔다.

윌디아누는 바닥에 착지함과 동시에 흐릿한 연기에 감싸여 모습을 감췄고, 비늘과 아주 비슷한 머리색을 한 청년으로 변했다.

얼굴은 그럭저럭 단정하지만, 어딘가 존재감이 옅은 패기 없는 청년이었다.

고급 특주복을 몸에 걸쳤고 인간에게는 불가능한 물색이 깃든 백발을 올백으로 넘겼다.

사람으로 변한 정령 윌디아누는 공손하게 인사하고는 펠릭스의 겉옷을 벗겼다. 그리고 옷걸이에 걸면서 조심스레 입을 열었다.

"……괜찮으신 겁니까? 마스터."

윌디아누가 하려는 말은 구태여 더 설명할 것도 없이…… 모니카 노튼을 회계로 임명한 것이리라.

펠릭스는 소파에 앉아서 가볍게 어깨를 으쓱했다.

"그 아이는 내가 일부러 떨어뜨린 자료실 열쇠에 손을 대지 않았어. 너도 그 모습을 보고 있었잖아? 그렇다면 그 아이를 책망할 이유는 안 떠오르는데."

모니카가 기절한 뒤, 자료실 자료를 얼추 확인해 봤는데 모니카의 지적은 모두 정확했다.

모니카는 74년에 이르는 기록 모두를 고작 몇 시간 만에 전부 재검토한 것이다. 그녀의 계산 능력은 회계로서 충분하고도 남는다.

"물론, 나는 그 아이가 일반인이라고는 생각하지 않아. 분명 뭔가 사정이 있어서 내게 접촉한 거겠지."

현재 시점에서는 모니카 노튼이 어느 세력 소속이고 무슨 목적으로 펠릭스에게 접근했는지는 모른다.

그러나 펠릭스는 모니카에게 무언가 있다고 확신했다.

소파에 기댄 펠릭스는 고개를 조금 돌려 윌디아누를 올려다봤다.

"그 아이가 일반인이 아닌 걸 알면서도 어째서 회계로 삼았는지 묻고 싶은 모양이네?"

"……네. 애초에 마스터는 전 회계 아론 오브라이언의 부정도 처음부터 눈치채고 계셨겠죠?"

그래도 한두 번의 부정으로는 벌을 내릴 수 없으니 1년간 내버려 둔 것이다. 아론 오브라이언을 확실하게 학원에서 추방하기 위해서.

"그렇게까지 해서 겨우 아론 오브라이언을 퇴학으로 몰아넣었는데…… 어째서 그 아이를 후임으로 정하신 겁니까?"

종자가 묻자, 펠릭스는 바로 대답하지 않고 낮은 테이블에 둔 체스 판에 손을 뻗었다. 그리고 하얀 폰을 들어 손에서 굴렸다.

"이건 게임이야. 윌."

"……게임, 말씀이십니까?"

"그래. 그 겁많은 아기 다람쥐를 어떻게 길들여 꿍꿍이를 자백하게 할까…… 그런 게임이지."

펠릭스는 폰을 체스 판에 탁 올려놓고는 즐겁다는 듯이 실눈을 떴다.

"너도 봤잖아? 그 아이는 나에게 전, 혀 흥미가 없어. 그야말로, 나보다 '샘 아저씨의 돼지'를 훨씬 멋지다고 생각하는 모양이야."

"그, 그건……."

자료를 일심불란 바라보던 모니카의 시야에 펠릭스 따위는 조금도 없었다.

게다가 의무실에서 거리를 좁히자, 새파래져서 침대에서 굴러떨어질 지경이다.

그건 쑥스러움을 감추는 게 아니다. 정말로 무서워하고 있었다.

"하지만 차기 국왕 선정이 가까운 이 시기에 너무 장난을 치시면……."

"윌디아누."

윌디아누가 등을 쭉 뻗자, 펠릭스는 노래하는 말투로 말했다.

"나의 인생은, 차기 국왕이 정해지기까지가 여생이야. 그러니…… 조금은 즐기게 해 달라고?"

펠릭스는 아주 약간 눈썹을 내리고는 입가에 덧없는 미소를 지었다.

펠릭스의 소원을 아는 윌디아누는 정중히 허리를 굽히고 고개를 숙였다.

"……나의 주인의 뜻대로."

펠릭스는 만족스럽게 끄덕이고는 하얀 퀸을 체스 판 끝으로 움직였다.

"아아, 그나저나 어젯밤에 몰래 밤놀이를 나가는 건 실패였

네. 설마 노튼 양에게 들켰을 줄이야……. 함정 수사라는 말로 얼버무리긴 했지만."

어젯밤, 펠릭스가 밖을 어슬렁거리던 건 암살 미수 사건의 범인을 끌어내기 위해서가 아니다.

기숙사를 나가서 외출하기 위해서다. 심지어 엘리엇에게도 비밀로 하고.

"그 아기 다람쥐는 의외로 날카로워……. 밤놀이는 한동안 미뤄야겠어."

"그대로 밤놀이는 그만둬 주세요."

"그래. 심심풀이로 아기 다람쥐를 길들이는 방법이라도 생각해 보자."

펠릭스는 키득키득 웃고는 하얀 폰을 손가락으로 튕겼다. 폰은 체스 판 위에서 데구르르 굴러떨어졌다.

마치, 침대에서 떨어진 모니카처럼.

8장 속눈썹의 역학

"아아, 정말이지…… 전하는 무슨 생각을 하고 계신 건지."

학생회 부회장 시릴 애슐리는 투덜투덜 중얼거리면서 자료실의 자료를 재검토했다.

자료 재검토는 딱히 펠릭스가 명한 게 아니다. 이미 다른 학생회 임원들은 기숙사로 돌아갔다.

시릴이 자주적으로 남아서 자료 재검토를 하는 건, 모니카 노튼을 믿을 수 없었기 때문이다.

펠릭스는 모니카가 과거 자료를 전부 재검토했다고 말했지만, 점심시간에서 방과 후까지의 몇 시간 사이에 그걸 다 재검토할 수 있을 리가 없다.

분명 어떤 착오가 있었다. 시릴은 혈안이 되어 모니카의 흠을 찾으려 했다.

그러나 재검토하면 할수록 깨닫게 된다.

모니카의 재검토는 완벽했다. 시릴조차도 못 보고 지나친 세세한 실수까지 정확하게 지적했다.

여기까지 온 이상, 모니카의 계산 능력이 뛰어난 걸 인정할 수밖에 없다. 인정할 수 밖에 없지만…….

"……마음에 안 들어."

제2왕자인 펠릭스가 말을 거는데도 무시하고, 자료와 마주 보던 그 태도! 왕족 앞에서 그 무슨 불손한 짓이란 말인가!

그때의 광경을 떠올리며 짜증을 낸 시릴은 자료를 정리하다가 문득 깨달았다.

(……그 숫자의, 특징은.)

모니카의 지적으로 판명된 수많은 문제점.

그것이 어느 연도를 경계로 늘어난 것 같았다.

시릴은 그렇게 고친 부분의 필적을 알고 있었다.

왼손잡이인 사람 특유의 오른쪽으로 기울어진 숫자.

(……혹시, 하지만, 아니, 설마…….)

시릴은 몇 번이고 자료를 재검토하고, 이내 말없이 일어났다.

그리고 의심을 불식하기 위해 그 자료를 들고 학생회실을 나와…………로 향하………….

"……?"

학생회실 문 앞에서 시릴은 정신을 차렸다.

방금까지 자신은 무엇을 하고 있었던 걸까?

(그래. 문단속을 하고, 손리 선생님에게 학생회실 열쇠를 반납해야지.)

학생회실 열쇠는 시릴 손에 있었다. 자기 손바닥 안에 있는 열쇠를 내려다본 시릴은 묘한 위화감이 들었다.

자신이 들고 있던 것은 열쇠가 아니라 무슨 자료이지 않았나? 맞다. 자신은 그 자료의 무언가가 신경 쓰여서, 그래서…….

"……윽."

갑자기 머리가 욱신거려 시릴은 관자놀이를 누르며 문에 기댔다.

분명 자신은 피곤한 거다. 그래서 조금 멍해진 게 분명하다.

(……오늘은, 일찍 쉴까.)

시릴은 무겁게 쑤시는 머리를 누르면서 직원실을 향해 걸어갔다.

* * *

"당신 같은 우리 가문의 수치가 학생회 임원이라니, 어떻게 된 거지?! 자, 솔직하게 자백해! 대체 어떻게 전하를 꼬드겼는지!"

케르벡 백작 영애 이자벨 노튼이 방 전체는 물론이고 복도에까지 울리는 목소리로 외치며 찻잔을 바닥에 내리쳤다.

도자기가 쨍그랑 깨지는 소리가 나자, 모니카는 허억 숨을 삼켰다.

그리고 이자벨은 침대 옆에 놓인 인형을 들어서 그걸 크게 휘둘러 벽에 내던졌다.

퍽, 퍽, 희미한 타격음이 들린다.

"어머, 그 반항적인 눈은 뭐지?! 네 처지를 모르는 모양이네? 그럼, 그 몸으로 깨닫게 해 주겠어!"

그렇게 말한 이자벨은 인형을 있는 힘껏 내려치고는 상쾌한 얼굴로 이마의 땀을 닦았다.

그 얼굴은 한바탕 일을 끝낸 장인 같은 성취감으로 가득했다.

"악역 영애는 이런 식일까?"

"그, 그게……."

모니카가 대답하기 곤란해하자, 깨진 찻잔을 정리하던 이자벨 전속 시녀 애거서가 웃으며 끄덕였다.

"역시 이자벨 아가씨, 훌륭한 악역 영애 연기셨어요!"

"그렇지? 그렇지? '특히 그 몸으로 깨닫게 해 주겠어!' 부분은 최신간 대사에서 인용했어."

"꺄아! 봤어요, 봤어요! 백작 영애가 히로인 얼굴에 상처를 입히려고 포크를 휘두를 때, 프린스가 도와주러 왔었죠!"

"맞아! 그 장면이 너무너무 근사했어!"

꺄아꺄아 하며 달아오르는 이자벨과 그 시녀의 이야기를 따라가지 못한 모니카는 자신 몫으로 준비된 홍차를 홀짝홀짝 마시며 끼어들었다.

"저, 저기…… 찻잔을 깨는 건, 역시 좀 지나친…… 게……."

모니카가 산산조각 난 찻잔을 힐끔 바라보자, 이자벨은 자랑스럽게 가슴을 폈다.

"문제없어요. 원래 금이 간 물건이니까요! 이걸 위해서 깨진 식기를 모아두고 있었거든요!"

"그, 그런가요……."

"참고로 내려칠 때는 소리가 잘 들리도록 융단이 아니라 단단한 바닥에 내려치는 게 포인트예요!"

쓸데없이 기술이 섬세한 이자벨에게 애거서가 활짝 웃으면서 "역시 아가씨! 연출이 뭔지 알고 계신다니까요!" 라며 손뼉을 쳤다.

학생회 회계 취임이 결정된 모니카는 그날 밤, 임무 협력자인 이자벨의 방을 찾아가서 자신이 회계로 선정된 걸 보고했다. 협력자에게는 일단 정보 공유를 해 두는 게 좋겠다고 생각해서다.

그러자 이자벨은 마치 자기 일처럼 뛸 듯이 기뻐하면서 축하다과회를 열어요! 라며 모니카에게 권유했다.

유복한 이자벨은 개인실만 쓰는 게 아니라 시녀도 두 명 데리고 있다. 그 시녀 중에서도 애거서는 제일 젊고, 이자벨의 독서 동료이기도 했다. 이자벨의 '악역 영애 흉내' 에도 희희낙락 협력해 주고 있다.

(자, 자기 아가씨가 악역 취급을 받는데 괜찮은 걸까…….)

무척 즐거워 보이는 애거서와 이자벨을 바라보면서 모니카는 조용히 머리를 감싸 쥐었다.

이 방 근처를 지나가는 사람은 모니카가 이자벨의 방에서 혼난다고 오해하겠지.

하지만 이래서는 이자벨의 평판이 떨어지지 않을까?

모니카의 걱정을 제쳐놓은 채, 이자벨은 인형을 원래 위치에 돌려놓고는 무척 우아한 자세로 다시 의자에 앉았다.

"그럼 다시금…… 모니카 언니, 학생회 회계 취임 축하드려요. 입학한 지 고작 이틀 만에 학생회 임원으로 선발되다니……역시, 역시 언니는 특별한 거예요~!"

이자벨이 뺨에 손을 대고 꺄아꺄아 떠들자, 애거서가 복도에 눈짓을 보내더니 입술에 손을 댔다.

"아가씨, 쉬잇. 큰소리를 내면 복도에 들리니까요."

"헉, 그랬었죠. 그럼 작은 목소리로…… 언니, 정말 축하드려요. 저, 자기 일보다 기뻐요."

모니카는 의미도 없이 컵을 매만지면서 연약한 목소리로 "고마워요……."라고 감사를 표했다.

이자벨은 우아하게 컵을 기울여 홍차를 마시고는 기품 있게 방긋 웃었다.

그 동작이나 미소는 조금 전까지 인형을 휘두르던 사람과 동일 인물로는 보이지 않았다.

"언니, 학원 생활에서 곤란한 일이 생기면 뭐든 말씀해 주세요. 저…… 겉으로는 악역 영애로서 화려하게 언니를 방해하면서, 뒤에서는 서포트할 테니까요."

방해하면서 서포트를 한다니, 대체 무슨 작전인 걸까…….
모니카는 내심 의문으로 여기면서도 애매하게 수긍했다.

이자벨의 반응도 골치가 아프지만, 그 이상으로 심각한 건 같은 반 아이들이다.

자신 따위가 학생회 임원이 되었다는 걸 알면 과연 어떻게 될까.

춥지도 않은데 덜덜 떨면서 홍차를 홀짝이자, 이자벨이 모니카의 머리를 바라봤다.

"그러고 보니 언니, 그 머리 모양…… 예전에 뵈었을 때와는 다르네요."

"저기, 이건…… 같은 반 아이가, 해, 준 건데……."

"굉장히 귀엽네요. 잘 어울려요! ……애거서, 나도 저 머리 모양과 똑같이 해 줘!"

이자벨이 조르자, 애거서는 방긋 웃으며 "안 돼요."라고 이자벨을 타일렀다.

"아가씨. 악역 영애는 괴롭히는 영애와 사이좋게 머리 모양을 맞추거나 그러지 않아요."

"으윽…… 그럼그럼, 아무도 안 보는 휴일에 몰래!"

"네. 그때는 이 애거서가 실력을 발휘해서 똑같이 두 분에게 귀여운 머리 모양을 해드릴게요."

애거서가 대답하자 이자벨이 "약속이야!"라고 신이 난 목소리를 냈다.

그런 두 사람의 대화를 들으면서 모니카는 라나를 생각했다.

이자벨은 모니카의 학생회 임원 취임을 기뻐해 줬지만, 그건 이자벨이 모니카의 협력자이기 때문이다.

대부분의 인간은 모니카가 학생회 임원이 된 것을 알면 어울리지 않는다며 불쾌하게 여길 것이다.

세렌디아 학원 1학년
이자벨 노튼

모니카의 머리를 땋아준 라나도, 모니카가 학생회 임원이 된 걸 알면 기고만장하다면서…… 모니카를 싫어하지 않을까.

(……싫네.)

학생회 임원이 된 것은 임무를 수행함에 있어서는 기쁜 일이다.

그렇게 자신을 타일러보지만, 라나가 자신에게 차가운 시선을 보내는 모습을 상상해 본 모니카는 학생회 임원이 된 것이 조금도 기쁘지 않았다.

＊＊＊

모니카가 학생회 회계에 임명되는 소란이 있고 그 다음 날, 아니나 다를까 모니카는 방을 나선 순간부터 통학로에서건, 교실에서건 호기심 어린 시선에 노출됐다.

아무래도 모니카가 새로 학생회 임원이 되었다는 사실이 이미 알려진 모양이다.

자기 자리에 앉은 모니카는 의미도 없이 필기도구를 다시 늘어놓으면서 어제 일을 떠올렸다.

어제는 그야말로 모니카에게 폭풍 같은 하루였다.

엘리엇의 호출을 받아 화분 낙하 사건의 범인 찾기를 명받았고, 그 도중에 계단에서 굴러떨어지고, 음악실에서 아름다운 영애를 만나기도 했다.

그리고 무사히 화분 낙하 사건의 범인을 찾아내고 신나게 회계 기록을 재검토했는데 무슨 영문인지 학생회 회계에 임명

되고 말았다.

펠릭스의 호위를 맡은 몸으로서 회계가 된 건 뜻밖의 행운이다. 그러나 눈에 띄는 걸 싫어하는 모니카는 도저히 순순히 기뻐할 수 없었다.

어제까지 시골뜨기였던 사람을 바라보던 모멸의 시선이, 지금은 질투가 섞인 악의로 변해가는 게 느끼기 싫어도 느껴진다.

피부에 찌릿찌릿 꽂히는 악의와 적의. 짜증과 조소로 덧칠된 소곤거리는 소리.

(돌아가고 싶어…….)

자기 자리에서 바짝 움츠리면서 그런 생각을 하는데, 갑자기 뒤에서 누가 어깨를 두드렸다.

모니카는 움찔거리며 전신을 덜덜 떨었다.

돌아보기가 무섭다. 분명 호출이다. 건물 뒤로 불러서 물을 끼얹을 거다……. 그렇게 눈물이 날 것 같은 기분에 잠겨 있던 모니카의 땋은 머리를 누가 확 당겼다.

"얘, 잠깐. 오늘도 이 머리 모양이야?"

퉁명스러운 표정으로 모니카를 노려보는 건 라나다. 오늘도 화장을 완벽하게 하고, 단정한 머리 모양에 화사한 머리 장식을 했다.

한편, 모니카는 오늘 아침에 등교하는 것조차 우울해 견딜 수가 없었는지라, 새 머리 모양을 연습할 마음의 여유가 눈곱만큼도 없었다.

이럴 때일수록 몸단장이 소홀해지는 법이라 땋은 머리는 여느 때보다 부스스했다.
라나가 불쾌한 듯이 눈살을 찌푸린 걸 본 모니카는 곧바로 사과했다.
"죄, 죄송해요. 제대로…… 연습을 못 해서…… 그게……."
"그거, 당신이 어제 학생회에 불려간 것하고 관련 있어?"
"…………."
"당신이 학생회 임원이 됐다는 소문을 들었는데, 농담이지?"
학생회 임원이 된 것을 나타내는 임원장은, 지금은 떼어서 주머니에 넣어 놨다.
모니카가 무의식적으로 옷 위로 주머니를 누르자, 라나는 퉁명스럽게 입술을 삐죽였다.
"뭐야. 나하고는 말도 하기 싫은 거야?"
"아, 아니…… 아니에요… 그게………… 저, 저는……."
모니카가 고개를 숙이고 입을 우물거리자, 라나가 모니카를 빤히 바라봤다.
분명 자기 때문에 불쾌해진 거다.
모니카가 슬그머니 침울해하자, 라나가 나지막하게 중얼거렸다.
"…………어, 어제는, 저기……."
"네?"
"딱히 내가 밀친 건 아니지만, 캐럴라인을 도발한 건 나고…… 그러니까, 저기……! 다치지는, 않았어?"
모니카는 그러고 보니 하고 떠올렸다. 어제는 캐럴라인과 라나의 말다툼에 말려든 모니카가 계단에서 굴러떨어졌었다.
사실, 화분 사건 범인 찾기나 회계 기록 재검토 등등으로 완전히 잊어버렸었지만, 라나는 계속 신경이 쓰였던 모양이다.
"……고마, 워요. 저기, 다치지는, 않았어요. 건강, 해요."
라나는 흥 하고 콧소리를 냈다. 뺨이 조금 붉었다.
그걸 얼버무리려는 듯이 라나가 황갈색 머리를 쓸어 올리며 빗을 꺼냈다.
"어쩔 수 없으니까 오늘도 내가 땋아 줄게."
"……헤헤."
"뭘 헤실헤실 웃고 있어?! 제대로 익혀야지!"
"……아, 네."
뭔가 묘하게 행복한 기분으로 모니카가 고개를 끄덕이던 그때.
"아하, 어제 머리는 친구가 해 줬구나?"
부드럽고 달콤한 그 목소리는, 어제 진저리가 날 만큼 들은 목소리다.
라나가 깜짝 놀란 표정을 지었다. 라나만이 아니라, 교실에 있는 모두가 그 인물을 주목했다.
모니카가 당장에라도 죽을 것 같은 얼굴로 돌아보자, 이쪽을 보며 방긋 웃는 펠릭스와 눈이 마주쳤다.
아침 해를 맞으며 반짝반짝 빛나는 부드러운 금발에 신비하고 푸른 눈. 그 단정한 얼굴을 본 여학생들은 꺄아아아 하고 높은 비명을 질렀다.
조금이라도 사리 분별이 되는 사람은 비명을 지르진 않았지만, 푹 빠진 듯한 뜨거운 시선을 펠릭스에게 보냈다. 라나도 놀라긴 했지만, 그만 펠릭스의 미모에 넋을 잃었다.

"여어, 좋은 아침."

"조, 좋은…… 아침…… 입니, 닷."

"아침부터 갑자기 들이닥쳐서 미안해. 너에게도 학생회 임원의 일정을 알려주려고."

펠릭스의 말에 주변이 웅성댔다. 라나조차도 눈을 크게 뜨며 모니카를 응시했다.

(……지금 당장 이 자리에서 사라지고 싶어.)

펠릭스가 죽은 사람 같은 안색의 모니카에게 일정이 적힌 종이를 건네주고는, 모니카의 옷깃을 손끝으로 매만졌다.

"어라, 임원장은? 안 붙인 거야?"

"아, 그, 그게……."

모니카가 고개를 옆으로 돌리며 얼버무리려 하자, 펠릭스는 모니카의 턱을 잡아서 억지로 정면으로 향하게 했다.

"꺼내 볼래?"

모니카가 무서워하면서 임원장을 꺼내자, 펠릭스는 그걸 잡아 자기 손으로 모니카의 옷깃에 달아 줬다.

"멋대로 떼어 놓으면 안 되지. 너는 영예로운 학생회 임원의 일원이니까 그에 어울리는 모습이어야지."

아아, 학생회 임원 같은 건 되고 싶지 않다. 되고 싶지 않지만, 호위 임무를 위해서는 할 수밖에 없다.

하지만 그럼에도 주변의 시선이 따갑다.

(……무서워어.)

뭐니 뭐니 해도 펠릭스와의 거리가 가깝다. 너무 가깝다.

현실 도피를 위해 모니카는 펠릭스의 속눈썹 개수를 세기 시작했다.

하나, 둘, 셋, 넷…… 머리칼보다 조금 진한 색의 속눈썹은 놀랄 만큼 길다. 성냥개비가 몇 개 올라갈까. 두 개…… 아니, 어쩌면 세 개 정도는 올라갈지도 모른다.

모니카는 속눈썹 수를 세는 작업과 병행해서 성냥개비를 올리는 데 필요한 속눈썹의 숫자를 생각했다. 속눈썹 하나의 강도, 돋아난 밀도, 그리고 속눈썹의 각도도 중요하다.

그런 생각을 하면서 현실 도피를 하는데, 눈앞에서 긴 속눈썹이 올라가더니 푸른 눈이 장난스레 반짝이며 모니카를 비췄다.

"왜 그렇게 바라보지?"

"……서, 서서, 성냥개비를……."

"응?"

"성냥개비를 올리는 데에 최적인 속눈썹 각도를 생각하고 있었어요!"

숨을 삼키며 상황을 지켜보던 반 아이들이 굳었고, 라나는 "잠깐, 이 바보야……!"라고 말하면서 새파래졌다.

그러나 펠릭스는 어깨를 흔들며 키득키득 웃고는 모니카의 옷깃에서 손을 뗐다.

"친구에게 부탁해서 귀여운 머리를 하라고. 어제 머리 모양

귀여웠어. 리본도 잘 어울렸고.”

펠릭스는 모니카의 머리를 손가락으로 살짝 매만지고는 윙크했다.

“그럼, 방과 후에 학생회실에서 보자.”

그런 말을 남긴 채, 펠릭스는 교실을 떠났다.

모니카는 고개를 수그리면서 천천히 숨을 내쉬었다.

지쳤다. 아직 아침밖에 안 됐는데 엄청 지쳤다. 그냥 이대로 방에 돌아가서 침대에 파고들고 싶다……. 그런 생각을 하는데, 라나가 빗과 헤어핀 등등을 꺼내서 책상에 올려놨다.

라나의 눈은 반짝반짝 빛났다.

“저, 저기이……?”

모니카가 흠칫흠칫 떨면서 라나를 올려다보자, 라나는 거칠게 콧김을 뿜으며 빗을 들었다.

“내 실력을 전하께서 인정해 주셨어…… 어중간한 머리 모양으로 보낼 수는 없지……. 각오하라고. 완벽하게 도시적이고 최신 유행을 따라가는 귀여운 머리 모양으로 만들어 줄 테니까.”

학생회 임원이 되었어도 라나가 미워하지 않아서 솔직히 기뻤다. 하지만 빗을 들고 눈을 번쩍 빛내는 라나는 조금 무서웠다.

“어제 머리 모양으로 부탁해요오오오오.”

모니카가 비명을 지른 그때, 담임인 빅터 손리 선생이 교실로 들어왔다.

한순간, 안경 속 눈이 모니카를 노려본…… 느낌이 들었다.

타인의 악의에 민감한 모니카가 어깨를 움찔 떨자, 손리 선생은 곧바로 모니카에게서 눈을 돌리고 신경질적으로 교탁을 탁탁 두드렸다.

"전원 자리에 앉아라. 오늘은 전해 둘 말이 있다. 우리 반의 셀마 카쉬 양이 급병으로 고향에 돌아가게 되었다."

손리 선생의 말에 교실 안이 웅성거렸다.

최근에 셀마의 약혼자인 아론이 같은 이유로 자퇴한 건 모두가 생생하게 기억하고 있다.

소문을 좋아하는 소녀들은 "그러고 보니, 아론 건으로 굉장히 침울해했어.", "혹시 자살 미수, 라든가?", "싫다, 무서워." 등등 저마다 제멋대로 억측을 늘어놓았다.

손리 선생은 헛기침을 하고는 학생들을 스르륵 돌아보고는 말을 이었다.

"그러니 오늘은 셀마 카쉬를 대신할 보건위원을 선출하겠다."

손리 선생의 말을 들으면서 모니카는 몰래 고민했다.

(……역시 같은 반 아이들에게는 사정을 덮어 두는구나……. 하지만, 그럼, 어째서…….)

머리를 스친 건, 작은 의문이었다.

학원의 추문은 어둠 속에 묻혔고 학생회 임원을 제외한 학생들에게는 알려지지 않았다.

그럼 어떻게 셀마 카쉬는 아론 오브라이언이 부정으로 처벌받은 것을 알고 있었는가?

정신 착란 상태로 연행된 아론 오브라이언.

마찬가지로 착란 상태에서 아론의 무고를 호소하던 셀마 카쉬.
모니카는 그런 두 사람의 지리멸렬하던 언동이 왠지 신경 쓰였다.

* * *

방과 후, 학생회실 앞까지 도착한 모니카는 다시 자신의 차림새를 확인했다.
교복, 됐고. 장갑, 됐고. 머리도 라나가 제대로 다시 땋아 줬다.
모니카는 스읍~하아 하고 심호흡을 한 뒤, 노크를 하려고 손을 들었고…… 그 손을 다시 내렸다.
모니카는 이미 한참 전부터 계속 같은 동작을 반복했다. 심호흡도 이걸로 10번째다.
학생회실 문 앞에서 계속 심호흡을 하는 모습이 그저 수상한 사람으로만 보였다.
제2왕자의 곁에 있는 수상한 사람을 배제하는 것이 모니카의 임무지만, 슬프게도 지금 시점에서 제일 수상한 사람은 틀림없이 모니카다.
(이, 이번에야말로…….)
이번에야말로 노크하자……. 그런 강한 의지를 담아 모니카가 손을 든 그때.
"저기~ 괜찮으신가요?"
뒤에서 누가 말을 걸어오자, 모니카는 놀란 나머지 펄쩍 뛰어 이마를 문에 박았다. 아프다.

이마를 잡고 부들부들 떨자, 말을 건 인물이 미안한 듯이 고개를 숙였다.

"우왓, 갑자기 말 걸어서 죄송해요. 저기, 아까부터 계속 문 앞에서 심호흡을 하시기에 몸이 안 좋으신 줄 알고……."

모니카에게 말을 건 사람은, 밝은 갈색 머리 소년이었다.

약간 체구가 작고 앳돼 보였지만, 스카프 색을 보니 모니카와 같은 학년이었다. 옷깃에는 모니카와 같은 학생회 임원장을 달았다.

(……이 사람도, 학생회 임원인가?)

그러고 보니 어제, 자료실에 임원 몇 명이 있었던 것 같다. 하지만 그때, 모니카는 자료에 정신이 팔려서 그 이외의 것들은 거의 안중에도 없었다.

모니카가 우물쭈물하자, 소년은 귀족답게 기품 있는 인사를 했다.

"새로 회계가 된 모니카 노튼 씨죠? 저는 서무인 닐 크레이 메이우드예요, 잘 부탁해요. 학생회 임원 중에 2학년은 우리뿐이니까 친하게 지내요."

그렇게 말하며 수줍은 듯이 웃은 닐은, 얼핏 봐도 사람이 좋아 보였다.

아아, 다행이다. 모니카는 몰래 안도의 한숨을 내쉬었다.

학생회 임원들에게 미움받을까 내심 안절부절못했는데, 이렇게 좋은 사람도 있구나.

그럼 어떻게든 해나갈 수 있을지도…… 그렇게 가슴을 쓸어내린 그때.

“언제까지 문 앞에서 이야기할 테냐!”

뒤에서 노성이 들려와, 모니카는 흠칫 어깨를 떨었다.

돌아보자 은발 청년, 학생회 부회장 시릴 애슐리가 팔짱을 끼고 모니카를 노려보고 있었다.

시릴은 가느다란 턱을 척 들어서 모니카를 노려보고는 짜증난다는 듯 입을 열었다.

“모니카 노튼. 네가 문 앞에서 계속 기행을 벌이는 탓에 내가 안에 못 들어가고 있잖나!”

아무래도 시릴은 모니카가 문 앞에서 심호흡을 반복하는 모습을 본 모양이다.

“저기이, 부회장님…… 혹시 계속 보고 계셨나요?”

닐이 나지막하게 중얼거리자, 시릴이 번뜩 노려봤다. 심약해 보이는 닐은 입을 손으로 삭 가렸다.

시릴은 흥 하고 오만하게 코웃음을 치면서 다시 모니카를 노려봤다.

“네가 어떻게 전하의 마음에 들었는지는 모르겠지만, 나는 너를 학생회 임원으로 인정하지 않을 거다.”

낮게 내뱉은 시릴은 학생회실 문을 열었다.

닐이 “가요.”라며 모니카를 재촉했기에, 모니카도 조심조심 두 사람의 뒤를 따라갔다.

학생회실에는 이미 세 명의 인물이 착석해 있었다.

중앙 집무 책상에 앉은 학생회장 펠릭스.

그리고 떨어진 회의용 테이블 옆에 있는 처진 눈의 청년, 서기 엘리엇.

마찬가지로 회의용 테이블에서 서무 작업을 하고 있는 건, 금발의 아름다운 영애.

(저, 저 사람…….)

한 번 보면 잊을 수 없는 강렬한 미모. 음악실에서 피아노를 치던 영애다.

(저 사람도, 학생회 임원이었구나…….)

미모의 영애는 모니카에게는 눈길도 주지 않고 묵묵히 깃펜을 움직였다.

모니카가 말을 걸어야 하나 말아야 하나 고민하자, 펠릭스가 천천히 입을 열었다.

"이걸로 전원 모였네."

그 말을 듣자, 임원들이 자연스럽게 회의용 테이블로 이동했다. 그것도 가장 안쪽, 맨끝을 비우듯이.

펠릭스는 가장 안쪽 자리에 앉으면서 모니카에게 착석을 재촉했다.

"어제도 이야기했듯이 우리 학생회는 전임자 오브라이언 회계를 대신하여 모니카 노튼 양을 새로운 학생회 임원으로 맞이하게 되었어. 먼저 나부터 소개하지. 학생회장 펠릭스 아크 리디르야."

펠릭스가 소개한 이상, 펠릭스 밑에 있는 이들도 소개를 해야만 한다.

부회장 시릴이 씁쓸한 표정으로 입을 열었다.

"……학생회 부회장 시릴 애슐리다."

가시 돋친 시릴의 목소리에서는 모니카를 향한 적의가 팍팍 느껴졌다.

모니카가 어깨를 움츠리자, 이번에는 엘리엇이 가볍게 한 손을 들었다.

"어제도 자기소개하긴 했지만, 서기인 엘리엇 하워드다."

언뜻 우호적이고 편한 태도지만, 엘리엇의 처진 눈은 모니카를 냉정하게 관찰하고 있다.

엘리엇에 이어서 입을 연 것은, 어제 음악실에서 만난 미모의 영애.

"서기 브리짓 그레이엄."

덤덤히 자기 이름을 댄 브리짓은 모니카를 보려고도 하지 않았다.

간단하게 자기소개를 마친 브리짓은 입가를 부채로 가리고 그대로 입을 다물어 버렸다.

마지막으로 닐이 옆에 앉은 모니카에게 부끄러운 듯 자기소개했다.

"서무인 닐 크레이 메이우드예요……. 앗, 아까 소개하긴 했지만요. 아하하."

닐이 공허하게 웃었지만, 여전히 분위기는 딱딱한 채였다.

그런 분위기를 누그러뜨리려는 듯이 펠릭스가 말을 이었다.

“그럼 마지막으로 모니카 노튼 양. 자기소개를 부탁해.”

아아, 왜 최근 들어 거북한 자기소개를 할 기회가 이렇게 많은 걸까. 가능하다면 지금 당장에라도 도망치고 싶다.

(여기서 도망치면 루이스 씨한테 야단맞아, 루이스 씨한테 야단맞아, 루이스 씨 무서워, 루이스 씨 무서워…….)

모니카는 머릿속으로 같은 칠현인인 루이스 밀러의 모습을 떠올렸다.

‘어라? 동기님. 당신은 자기 이름조차 제대로 못 말하는 겁니까? 하하하. 마치 죽어가는 매미 울음소리 같군요. 글쎄요. 저는 대체 언제부터 매미의 동기가 된 겁니까? 당신이 그렇게 무능하면 동기인 저도 무능하다고 여기지 않겠습니까. 자, 알겠으면 당장 등을 펴고 인간이 되세요. 이런 매미 계집 같으니라고.’

상상했더니 조금 울고 싶어졌다.

모니카는 훌쩍 하고 코를 훔치고는 가느다란 목소리로 자기소개를 했다.

“……모, 모니카 노튼, 입니다…….”

말했다. 말했다. 조금 발음이 새긴 했지만, 모니카치고는 무척 멀쩡한 자기소개였다.

그러나 모니카의 자기소개를 “꼴사납네.”라며 잘라 버린 인물이 있었다. 서기 브리짓이다.

“자기소개도 제대로 못하는 학생회 임원이라니, 들어본 적 없어.”

모니카가 어깨를 움찔 떨자, 브리짓은 차갑게 흘겨보고는 그대로 시선을 펠릭스에게 옮겼다.

"전하. 저는 이 여자가 남들 앞에 설 자격이 없다고 생각해요. 학생회의 위신을 땅에 떨어뜨리기 전에 다시 한번 재고 부탁드립니다."

펠릭스는 변함없이 부드러운 미소를 지으면서—— 뭔가 재미있다는 듯이 실눈을 떴다.

"나의 인선이 마음에 안 드나?"

"네."

브리짓은 제2왕자인 펠릭스에게도 주눅 들지 않고, 아양 떨지 않고 단호하게 수긍했다.

"똑같은 생각을 하는 사람이 저 말고도 있지 않나요?"

그에 반응한 것은 부회장 시릴이다.

시릴은 의자에서 일어나 주먹을 움켜쥐며 역설했다.

"전하. 저도 그레이엄 서기와 동감입니다. 부디 재고해 주십시오! 전하에게 불경을 저지른 인간을 곁에 두시다니……."

강한 어조로 주장하는 시릴을 엘리엇이 재미있다는 듯 지켜보고, 닐은 허둥댔다.

그런 가운데, 펠릭스는 변함없이 부드럽게 웃고 있었다. 그러나 입가에는 미소를 지었지만 푸른 눈은 어딘가 차갑게 빛났다.

"노튼 양이 뭔가 불미스러운 일을 저지른다면, 그건 그 자리에 앉힌 내 책임이겠지. 그때는 내가 학생회장을 사임하겠다고 약속하겠어."

그 발언에 학생회 임원들이 모두 깜짝 놀랐지만, 누구보다도 놀란 사람은 틀림없이 모니카일 것이다.

(자자자자자자잠깐, 잠깐, 잠까아아아안……!)

솔직히 말해서 실수를 저지를 것 같은 예감만이 든다. 저지른다. 분명 자신은 뭔가 저지른다. 왜냐하면 모니카는 숫자를 다루는 것 말고는 다 평균 이하 수준인 글러먹은 인간이니까.

모니카가 떨고 있는 사이, 펠릭스는 가볍게 손뼉을 쳤다.

"자, 이 이야기는 여기까지면 되겠지? 그럼 시릴, 곧장 노튼 양에게 회계 업무를 가르치도록 해."

펠릭스가 지시하자, 시릴은 굉장히 불만스러운 표정으로 입을 열려고 했다. 그러나 시릴은 반론을 꾹 참고 마지못해 고개를 끄덕였다.

"……분부대로 하겠습니다."

시릴은 고개를 든 동시에 모니카를 노려봤다. 그 눈은 번쩍번쩍 빛났고 적의로 가득했다.

하필이면 이 사람에게 일을 배워야 한다니!

모니카는 덜덜 떨면서 펠릭스를 올려다봤다.

"저저저저, 저, 저기, 저기이…… 왜, 부회장님이 회계 업무를……."

"시릴은 부회장이 되기 전에 회계였으니까."

펠릭스는 거기서 말을 끊고는, 재미있다는 듯이 모니카의 얼굴을 들여다봤다.

"혹시 나한테 배우고 싶었어?"
"아뇨, 가능하면 나이가 가장 비슷한 분이, 좋겠다, 고……."
즉, 제일 온화하고 사람 좋아 보이는 닐이다.
"그래."
펠릭스는 다정하게 방긋 웃고는, 말했다.
"시릴에게 호되게 배우라고."
"……히이잉."

＊＊＊

"회계 업무는 월말과 월초가 제일 바쁘다. 반드시 해야 하는 일은 여기에 리스트로 올려놨으니 누락이 없도록 해라."
시릴 애슐리는 모니카에게 노골적으로 공격적인 태도였지만, 업무 설명은 세세했다.
단 하나 신경 쓰이는 건, 테이블 위에 커다란 잔이 하나 놓여 있다는 거다. 시릴은 설명하는 틈틈이 짧은 주문을 영창해서 얼음덩어리를 빈 잔에 하나, 둘씩 떨어뜨렸다.
역시 좀 신경이 쓰였던 모니카는 설명이 일단락되자 조심조심 발언했다.
"저, 저기이…… 그 얼음은…… 뭐에, 쓰는…… 건가요?"
"네가 실수를 하나 저지를 때마다 입에 쑤셔 넣기 위한 거다."
"히이이익."
시릴은 신경질적으로 옷깃의 브로치를 손으로 매만지면서,

얼음 하나를 다시 컵에 떨어뜨렸다.

문득 모니카는 깨달았다. 시릴 주변에서는 얼음 마력 특유의 냉기가 느껴진다. 하지만 시릴이 얼음덩어리를 만드는 동안에는 그 냉기가 잠잠해진다.

(……혹시, 얼음을 만드는 건, 그것 때문에?)

얼추 설명을 마친 시릴은 얼음으로 가득해진 잔을 빙글 돌리고 불쾌한 듯 콧소리를 냈다.

"흥. 너의 기억력이 안 좋았다면 이걸 입에 쑤셔 넣을 생각이었는데…… 아무래도 필요 없었던 모양이야."

이건 시릴 나름의 '합격점'이라는 의사 표시일까.

"한눈팔 여유가 있으면 자료를 훑어봐라."

"네, 넷. 죄송합니다……."

모니카가 황급히 자료를 훑어보니, 솔직히 업무 내용은 그렇게 복잡하지 않았다.

애초에 모니카는 이 학원에 오기 전부터 재무나 출납 기록, 상품 매상 추이, 인구 통계 등등 온갖 숫자에 관한 업무를 담당해 왔다. 그에 비하면 회계 업무 같은 건 그렇게 대단하진 않았다.

모니카는 자료를 읽으면서 힐끔힐끔 시릴을 바라봤다. 시릴은 모니카의 업무를 가르쳐 주고 나서는 과거 회계 기록들을 정리하고 있었다.

"저기, 그건…… 제가 재검토한, 회계 자료, 죠?"

모니카가 조심조심 묻자, 시릴이 흥 하고 코웃음 쳤다.

"그래. 오늘 밤, 손리 선생님이 숙직 일을 하면서 틈틈이 재검토하신다고 해서 정리하고 있었지."

"죄, 죄송합니다!"

모니카가 바로 사과의 말을 입에 담자, 시릴은 의아한 듯 눈살을 찌푸렸다.

"……왜 사과하지?"

"제, 제가, 과거 분량까지, 재검토한 탓에, 쓸데없이 일이, 늘어난, 거죠?"

어제 모니카는 오랜만에 숫자에 관련된 일을 해서 신이 난 바람에 과거 기록 전체를 재검토하고 말았다. 그래서 시릴이나 손리 선생의 일이 늘게 해 미안하게 생각하는데, 시릴이 모니카를 슬쩍 노려봤다.

"이건 쓸데없는 일이 아니야. 필요한 일이다. 그런데 어째서 너는 그렇게 오들오들 벌벌 떨지?"

"으엣, 그, 그게…… 그게에……."

"너는 전하의 신뢰를 얻어냈다고? 그럼 가슴을 펴도 돼. 그런데 왜 그렇게까지 비굴해지는 거지?"

그 말은 모니카에게 익숙했다.

——왜 그렇게 비굴한 거야?

——당신은 자기 재능을 자랑스러워해야 해요.

——네가 스스로를 비하하면, 너에게도 못 미치는 이들은 어떻게 하지?

모니카를 아는 사람은 비굴한 모습을 보고 입을 모아 그렇게 말한다.

오늘 눈앞에 있는 시릴 애슐리처럼, 이해하기 힘들다는 얼굴로.

"너는 전하에게 선택받았다고? 재능을 인정받았다고? 어째서 그걸 자랑하지 않지?"

비굴해지지 마라. 비하하지 마라. 스스로 자신감을 가져라. 너에게는 재능이 있다.

……무영창 마술을 익혔을 때, 몇 번이나 그런 말을 들었던가.

하지만 모니카는 도저히 고개를 끄덕일 수 없었다.

긍지를 가진 인간을 부정할 생각은 없다. 무언가에 긍지를 가지는 건 좋은 일이다. 자신의 재능을 믿는 건 근사한 일이다. 할 수만 있다면 모니카도 그러고 싶다.

하지만 모니카는 그러지 못한다.

"……죄송해요……. 저는, 도저히…… 자신을 자랑스럽게 생각할 수, 없어요."

모니카는 고개를 천천히 가로저으면서 나지막하게 말했다.

"……그러지, 못해요."

일찍이 미네르바를 다니던 무렵에 모니카에게는 딱 한 명, 친구라고 부를 소년이 있었다.

친구는 낯가림이 심한 모니카를 틈만 나면 돌봐줬다. 남들 앞에서 제대로 못 말하는 모니카를 위해 영창 연습을 도와주었다. 모니카는 그게 기뻤다.

……그러나 모니카가 무영창 마술을 익히고 천재라며 칭송

을 받은 무렵부터, 우정은 무너졌다.

'너는 나를 내심 얕잡아봤지?'

'아냐, 아니야.' 그런 말은 그 소녀에게 닿지 않았다.

그리고 그 친구와 화해하지 못한 채, 모니카는 미네르바를 졸업하여 칠현인이 되고 말았다.

……지금도 모니카의 마음에 응어리로 남아 있는 씁쓸한 추억이다.

모니카가 고개를 숙이고 있자, 시릴은 미간을 찌푸리고는 불쾌한 듯 입술을 찡그렸다.

"나는 '못 한다' 는 말이 싫다."

"……죄송해요."

모니카는 시릴의 비난을 들어도 고개를 숙이며 사과할 수밖에 없었다.

언젠가 누군가가 말했다. 재능이란 때로는 저주가 된다고.

모니카에게 재능은 저주다. 언제나 모니카가 원하던 것을 빼앗아간다.

——아버지도, 친구도.

"……아, 그리고. 이건 다른 건인데."

다음에는 무슨 말을 할까 겁먹은 모니카에게, 시릴은 아무것도 아니라는 말투로 말했다.

"얼마 전, 계단 층계참에서 네가 넘어졌던 때 말이다."

"……앗. 그, 건……."

캐럴라인과 라나가 말다툼을 벌이다 캐럴라인이 라나를 밀친 탓에 모니카가 말려들었던 그 사건은 모니카가 부주의해서 넘어진 걸로 정리됐겠지.

혹시 자신의 부주의를 꾸짖을까 싶어서 모니카가 움찔거리자, 시릴은 험악한 표정으로 말했다.

"그때, 근처에 있던 학생들을 탐문해서 상황을 파악했다. 가해자인 캐럴라인 시몬즈에게는 엄중한 주의를 주고 반성문 제출을 명했지."

"……………………네?"

모니카는 시릴의 말뜻을 이해하지 못하고 멍하니 눈을 동그랗게 떴다.

캐럴라인은 명가의 영애다. 그러니 벌을 받을 리가 없다며, 캐럴라인 본인이 자신만만하게 말했었다.

그래서 모니카는 라나가 악역이 될 바에는 자신의 부주의라고 하는 게 낫다며 주장을 포기하고, 그 자리를 수습하려 한 것이다.

"……탐문, 하셨던, 건가요?"

"사건의 상황을 정확하면서도 객관적으로 파악하는 건 당연한 일이야."

시릴은 무슨 당연한 걸 묻느냐는 듯한 태도였다.

"아무튼, 그럴 때는 사실 관계를 정확하게 보고해라! 네가 이상하게 얼버무리니까 확인에 시간이 걸리지 않았나! 허위 신고라니 언어도단이다!"

모니카는 입을 벌린 채 멍하니 시릴을 바라봤다.

왜냐하면 모니카는 자신이 어떤 소리를 해도 들어주지 않으리라 생각했으니까.

그래서 처음부터 아무런 기대도 하지 않고 포기한 채 입을 닫았다.

(……이런 사람도, 있구나.)

신선한 놀라움을 가슴에 품고 시릴을 올려다보자, 시릴은 가느다란 눈썹을 끝까지 치켜올리고는 모니카를 노려봤다.

"내 이야기를 듣고 있는 거냐. 모니카 노튼!"

"아, 네. 저…… 그게……."

모니카가 우물쭈물 손가락을 꼬면서 말을 흐리자, 누군가가 모니카의 어깨를 탁 두드렸다.

"여어, 순조로워?"

돌아보자 그곳에는 싱글벙글 웃는 펠릭스의 모습이 있었다.

곧바로 시릴이 빠릿빠릿하게 대답했다.

"일반 업무, 월말, 월초 업무는 모두 설명했습니다. 나머지는 행사에 관한 것뿐입니다."

"아아, 겨울방학 전에 체스 대회와 축제가 있으니까, 조만간 그것도 가르쳐 줘."

"네."

시릴이 고개를 끄덕이자, 펠릭스는 책상 위에 있는 잔을 보고는 살짝 들어 올렸다. 얼음끼리 부딪치면서 달그락달그락 소리를 냈다.

"……몸이 안 좋은 거야, 시릴?"

"아뇨. 문제없습니다, 전하."

"그래. 그럼 괜찮지만…… 무리는 하지 말라고."

지금 대화는 무슨 뜻일까?

(……애슐리 님은 몸이 안 좋으면 얼음을 만든다?)

평소에도 방출되는 냉기, 일부러 잔에 만드는 얼음, 신경질적으로 만지는 브로치…… 사실 모니카에게는 한 가지 짐작 가는 게 있었다.

(혹시, 이 사람…….)

모니카가 시릴의 브로치를 바라보자, 옆에서 뻗어 나온 손가락이 모니카의 뺨을 찔렀다.

옆을 보자, 펠릭스가 즐거운 듯 모니카의 뺨을 꾹꾹 누르고 있었다.

"시릴만 보지 말고 이쪽도 봐 줄래?"

"죄, 죄죄죄, 죄, 송……."

"이 자식! 전하께 그 무례한 태도는 뭐냐!"

"죄, 죄송, 합……."

모니카가 울상을 지으며 사과하자, 시릴이 주먹으로 책상을 내리쳤다.

"빠릿빠릿하게 말하지 못하겠나아!"

"죄, 죄, 죄송, 합……."

"누가 스타카토로 말하라고 했어!!"

"시릴, 이 아이를 너무 괴롭히진 말아 주겠어?"

펠릭스가 노성을 외친 시릴을 타이르자, 시릴은 단호한 표정으로 말했다.

"괴롭히는 게 아닙니다, 전하! 이건 훈육입니다!"

"훈육은 주인이 하는 일이잖아? 그럼, 내 일이지."

모니카는 아무렇지도 않게 인권을 빼앗긴 듯하다.

일단 모니카는 현실도피를 하기 위해서 펠릭스의 속눈썹 수를 세는 작업에 몰두하기로 했다.

9장 한밤중에 찾아온 방문자, 새통바가지 이야기를 하다

기숙사에서 저녁 식사를 끝낸 모니카는 다락방으로 돌아가서 침대에 앉았다.

"지쳤어…… 그래도, 옷은 갈아입어야……."

모니카는 느릿느릿 일어나더니 교복을 벗고 주름을 펴면서 행거에 걸었다. 그리고 사복인 후드가 달린 로브로 갈아입었다.

덤으로 편하게 머리도 풀까.

모니카는 리본에 손을 댔지만, 결국 풀지 않고 라나가 깔끔하게 묶어 준 머리를 손끝으로 살며시 만졌다.

모니카가 학생회 임원이 되자, 모니카를 보는 반 아이들의 시선이 변했다. 대부분이 '어째서 이런 애가 학생회가 된 거지.' 라며 모니카를 질투하거나 수상쩍게 보는 눈이다.

하지만 라나는 모니카를 싫어하지 않았다. 평소처럼 대해 주었다.

……그뿐이었지만, 모니카는 굉장히 기뻤다.

(푸는 거, 아깝네…….)

목욕 시간까지는 이대로 있어도 될 듯해서, 모니카는 머리를 풀지 않은 채 침대에 엎어졌다.

그때, 창문이 덜커덩 열리는 소리가 났다. 네로다.

네로는 창문으로 안에 들어오더니 꼼꼼하게 앞발로 창문을 닫았다.

"모니카, 수고했다."

네로는 침대에 엎어진 모니카의 등에 올라와서 견갑골 부근을 앞발로 밟았다.

마사지라기에는 조금 약하지만, 그래도 부드러운 발바닥 젤리가 등을 꾹꾹 눌러 주는 감각은 기분 좋다. 모니카는 멍하니 눈을 감고는, 후우 하고 숨을 내쉬었다.

"첫 학생회는 어땠어?"

"……오늘은 애슐리 님께…… 호되게 배워서……."

"애슐리? 아, 알았다. 언제나 왕자 옆에서 버럭버럭 고함을 지르는 썰렁한 형씨잖아. 언제나 얼음 마력이 새어 나와서 썰렁한 녀석. 이 몸은 호위 대상인 왕자와 그 주변 녀석들은 제대로 기억한다고!"

"……얼굴을 제대로 기억했으면 이름도 알아야지?"

"이 몸은 인간의 이름을 기억하는 건 서툴단 말이지. 그건 그렇고 오늘은 썰렁이한테 얼마나 호되게 배웠는데? 루이루이룬파파보다도 엄했냐?"

아무래도 네로는 시릴도, 루이스의 이름도 제대로 기억할 생각이 없는 모양이다.

모니카는 쓴웃음을 지으면서 네로의 질문에 대답했다.

"으~음…… 애슐리 님의 엄격함은…… 루이스 씨와 비교하면 100분의 1 정도, 려나.”

“네 동기는 악마냐.”

시릴의 말투는 엄하고 들으면 피곤하기는 하지만, 막상 일을 알려줄 때는 세심했다.

해야 할 일 목록을 만들어 줬고, 모르는 점을 물어보면 제대로 가르쳐 줬다.

그에 비하면 루이스는……. 그렇게 루이스에게 시달리던 악몽 같은 나날을 떠올리며 축 늘어져 있자, 창문 쪽에서 톡톡 하는 소리가 들렸다.

모니카가 고개를 돌려서 창문을 보자, 다락방 창문에 새 한 마리가 있는 게 보였다.

노란색과 황록색 날개를 가진 작지만 예쁜 새다. 귀족이 관상용으로 기르는 새가 도망친 걸까?

작은 새는 부리로 다시 창문을 톡톡 건드렸다. 네로가 창가로 다가갔는데도 겁먹은 낌새조차 없다.

혹시나 해서 모니카가 창문을 열자, 작은 새는 다락방으로 들어왔다. 그리고 실내를 한 바퀴 빙그르르 돌더니 바닥에 착지했다.

이윽고 작은 새는 작은 빛 입자에 감싸여서 메이드복을 입은 여자의 모습으로 변했다.

“당신은…… 루이스 씨의…….”

메이드는 스커트 자락을 잡아서 인사하고는 억양이 없는 목소리로 소개했다.

“ ‘결계의 마술사’ 루이스 밀러의 계약 정령, 린즈벨피드입니다. 아무쪼록 린이라 불러주시지요.”

아까까지 악마니 뭐니 하며 루이스 이야기를 한 직후였기에, 모니카는 무의식적으로 등을 쭉 폈다.

루이스의 계약 정령인 린이 모니카에게 찾아왔다는 건, 임무 수행 상황을 보고하라는 것이리라.

“저, 저기, 임무 보고……때문인, 가요?”

“그것도 있습니다만, 먼저…… 루이스 님으로부터 화급한 전령이 있습니다.”

화급한── 다시 말해, 몹시 서둘러 전해야만 하는 중요한 전언이라는 뜻이다.

대체 무슨 일일까? 모니카와 네로는 숨을 삼켰다.

린은 무표정하게 입을 열었다.

“『저, 루이스 밀러는 이번에……』.”

“이, 이번에……?”

모니카가 복창하자, 린은 한마디를 덧붙였다.

“『아버지가 됩니다』.”

말문이 막힌 모니카 옆에서 네로가 외쳤다.

“필요 없어어어어! 그 정보 필요 없어어어어! 그냥 사적인 일이잖아?!”

네로가 앞발로 바닥을 두드리며 고함쳤지만, 린은 딱히 동요하지 않고 고개를 끄덕였다.

“네. 부인의 임신 탓에 루이스 님이 조금 새퉁바가지가 되어 버리셔서요.”

“……새, 새퉁바가지?”

그다지 귀에 익지 않은 단어를 들은 모니카가 복창하자, 린은 “네, 새퉁바가지입니다.”라며 진지한 태도로 되풀이했다.

“서부 지방 특유의 표현으로, ‘새퉁바가지’란 ‘엄청나게 촐싹대는 사람’을 의미한다더군요. 다시 말해, 너무 들뜬 나머지 바보 같아진 인간을 상대로 쓰는 말입니다.”

“그, 그런가요…….”

“책에서 보고 나서 한 번쯤 써 보고 싶다고 생각했던 단어입니다. 이번에 쓸 수 있어서 대단히 감개무량하네요.”

감개무량하다고 입에 담은 린은 변함없이 무표정이었다.

어디까지가 진심인지 알기 어려운 정령이다.

“저기…… 그…… 루이스 씨와 부인분께, 축하한다고, 전해 주세요.”

“여기서는 화내야지, 모니카! 그 못된 마술사, 너에게 귀찮은 임무를 떠맡기고는 자기는 들떠 있잖아! 너는 좀 더 화내도 돼!”

네로는 앞발을 들면서 버럭버럭 주장했지만, 모니카는 순수하게 축복하고 싶었다.

루이스는 제쳐두더라도, 루이스의 아내 로자리 부인에게는 집에 머물면서 대단히 신세를 졌으니까.

린은 “전달하겠습니다.”라고 고개를 끄덕이고는 품에서 종이 한 장을 꺼냈다.

“그럼, 본론이 끝났으니…….”

"이봐, 지금 그게 본론이어도 되는 거냐?!"

네로의 지적을 묵살한 린은 꺼낸 종이를 책상에 펼쳤다.

종이에는 루이스의 필적으로 이렇게 적혀 있었다.

"침묵의 마녀' 님에게. 당신의 구두 보고가 형편없다는 건 잘 알고 있습니다. 중요한 내용은 모두 이 종이에 기록해서 린에게 넘겨주도록 하세요."

역시 동기다. 모니카가 구두로 보고하면 중요 사항의 절반도 못 전한다는 걸 잘 알고 있다.

"저는 이번 임무에서 전서구입니다. 루이스 님께 할 보고나 전언 등이 있다면 여기에 적어서 저에게 주시면 됩니다. 바로 전달하겠습니다."

"……저, 저기, 보고 내용이 딱히 없다면요?"

"누락되는 게 없도록 제가 이 다락방에 머물 겁니다."

"바, 바로 적을게요."

모니카는 황급히 램프를 책상으로 옮겨서 의자에 앉았다.

다행히 보고할 내용은 그런대로 있다. 화분 낙하 사건을 해결하거나 학생회 임원으로 선발된 것은 호위 임무에서는 커다란 진전이다. 이건 가슴을 펴고 보고해도 되겠지.

그 다음에는, 그 다음에는…… 그렇게 보고 내용을 생각하는데, 네로가 수염을 실룩실룩 떨면서 창밖을 바라봤다.

"이봐, 모니카. 남자 기숙사 뒤편이 뭔가 썰렁한데."

"……뭐?"

네로가 무슨 말을 하는지 모르겠어서 모니카가 당혹스러워하자, 린이 끼어들었다.

"남자 기숙사 뒤편에 얼음 마력 반응이 있습니다. 의도하고 마술을 쓴 게 아니라, 폭주한 마력이 새어 나오는 상태 같네요."

모니카는 불길한 예감이 들어 등골이 오싹해졌다.

얼음 마력이라는 말을 듣고 가장 먼저 떠오른 것은 학생회 부회장 시릴 애슐리다.

"……저기, 린 씨. 얼음 마력 반응은 남자 기숙사 안이 아니라 밖에서 느껴지나요?"

"네. 밖입니다. 기숙사 부지 바깥을 향해 천천히 이동하고 있습니다."

만약 이게 시릴의 마력이 맞다면, 왜 성실한 시릴이 이런 시간에 기숙사를 나갔을까?

아무튼 제2왕자의 호위인 이상 남자 기숙사 인근의 이상 사태를 간과할 수는 없다.

"저, 저, 상황을 보고 올게요……."

"근데 말이다아. 모니카. 어떻게 여자 기숙사를 빠져나갈 거야? 너, 비행 마술 못 쓰잖냐."

"으으으."

네로의 말 그대로였다.

비행 마술은 마력 조작 기술만이 아니라 균형 감각도 필요하기에, 터무니없이 운동 신경이 안 좋은 모니카에게는 서툰 분야다.

숙련자는 자유자재로 하늘을 날지만, 모니카는 조금 높이 뛰어오르는 게 고작이다.

모니카가 창문 아래를 보며 곤란해하자, 린이 조심스레 진언했다.

"그렇다면 제게 맡겨주시죠. 저는 바람의 정령이니 비행계 마법은 특기 분야입니다."

그러고 보니, 모니카를 산속 오두막에서 왕도까지 데려다준 것도 린이었다.

정말 믿음직하다! 모니카가 존경의 시선으로 린을 올려다보자, 린은 창틀에 다리를 걸치며 말했다.

"그리고 착지법 말입니다만. 제가 최근에 허리케인 착지법이라는 걸 고안했는데…… 원심력을 전신으로 강하게 체감할 수 있는, 매우 추천하는 착지법입니다."

"그, 그건, 저기…… 농담, 이시죠?"

조심조심 묻자, 린은 말없이 모니카를 바라봤다. 그 연두색 눈에는 조금의 흔들림도 없었다.

무서울 정도로 맑은 눈을 보게 된 모니카는, 네로를 가슴에 안고 비명을 질렀다.

"안전한 착지법으로 해 주세요오오오오오!"

＊＊＊

펠릭스가 남자 기숙사의 자기 방에서 홍차를 마시고 있을 때, 하얀 도마뱀으로 변한 정령 윌디아누가 펠릭스의 주머니에서 고개를 내밀고는 "전하."라며 말을 걸었다.

펠릭스는 컵을 접시에 돌려놓고는 윌디아누를 손끝에 올렸다.

"……시릴이야?"

"네. 기숙사 밖에서 강한 얼음 마력이 느껴집니다."

"정확한 위치는 알아?"

"……죄송합니다. 대략적인 방향 정도밖에는 모릅니다."

윌디아누가 미안한 듯이 말했지만, 이것만큼은 어쩔 수 없다.

물의 정령인 윌디아누가 가진 특기는 눈의 현혹이나 환각 부류이고, 감지 능력은 그리 뛰어나지 않다.

"그럼 어떻게 할까. 내버려 둘 수도 없고…… 잠시 상태를 보고 올까."

펠릭스는 일어나서 의자 등받이에 걸쳐둔 겉옷을 입었다.

* * *

(……머리가, 아파.)

남자 기숙사 부지를 불안한 발걸음으로 걸어가는 남자의 모습이 있었다.

세렌디아 학원 교복을 입은 날씬한 몸에, 불빛에 비친 긴 은발. 학생회 부회장 시릴 애슐리다.

시릴은 하얀 뺨에 병적으로 땀을 맺힌 채, 괴로운 듯이 얼굴을 찡그리면서 남자 기숙사를 나와 근처 숲속으로 들어갔다.

"……으, 크윽, 아."

욱신. 머리에 묵직한 통증이 느껴지는 동시에 체내의 마력이 폭주한다.

시릴은 즉시 영창해서 근처 나무에 손을 짚었다. 곧바로 만진 나무가 얼음에 감싸였다.

시릴 애슐리는 마력 과잉 흡수 체질이다.

인간은 마력을 담는 그릇을 가졌고, 마술 등을 사용해서 마력이 줄어들면 체외의 마력을 소량씩 흡수해서 회복한다.

그때, 인간의 몸은 그릇을 넘어서는 마력을 담아둘 수 없다. 그릇이 가득 채워지면 그 이상은 몸이 마력을 거부하며 흡수하지 않는다.

그러나 시릴의 몸은 그릇이 가득 채워졌는데도 몸이 '마력부족' 이라 판단해서 멋대로 마력을 계속 흡수해 버린다. 그게 마력 과잉 흡수 체질이다.

그리고 잉여 마력은 인간의 몸을 침식하며 마력 중독을 일으킨다. 그래서 시릴은 그릇에 담기지 않은 마력을 정기적으로 체외에 배출할 필요가 있었다.

시릴은 낮게 신음하면서 리본 타이를 묶는 브로치를 움켜쥐었다. 이 브로치는 체내의 쓸데없는 마력을 강제로 배출하는 마도구다.

이것만 있으면 시릴은 문제없이 일상생활을 보낼 수 있을 텐데, 어제부터 상태가 안 좋다.

마술을 쓰면 체내 마력량이 줄어들어서 일시적으로 편해지지만, 시릴의 몸은 곧바로 마력을 흡수해 버린다.

그 속도가 명백하게 평소보다 빠르다. 너무 빠르다. 아무리 마술을 쓰고 또 써도 체내 마력이 비워지지 않는다. 오히려 늘어나고만 있다.

시릴은 무릎을 꿇고 몸을 웅크리면서 지푸라기라도 잡는 심정으로 마도구 브로치를 움켜쥐었다.

이 브로치는 하이온 후작이 시릴에게 준, 시릴의 보물이다.

시릴은 원래 후작가 사람이 아니다.

하이온 후작에게는 딸밖에 없었기에 먼 친척 중에서 가장 우수한 시릴을 양자로 고른 것이다.

하이온 후작가의 핏줄이라고는 하나, 시릴의 집은 작위도 없는 밑바닥 중의 밑바닥. 그럼에도 시릴이 선택된 건, 그만큼 시릴이 우수했다는 뜻이다.

저잣거리의 학교에서 썩고 있던 시릴은, 자신이 우수한 인간이기에 누군가에게 선택받았다는 것이 자랑스러웠다.

그런 자랑스러움과 기쁨을 가슴에 품고 애슐리 가의 양자가 된 시릴이 마주친 것은, 자신의 의붓 여동생이 되는 애슐리 가의 딸.

하이온 후작가는 '식자(識者)의 가계' 라고 불리는 가문이다. 의붓여동생은 '식자' 의 이름에 어울리는 막대한 지식의 소유자로, 시릴 따위는 발끝에도 미치지 못할 만큼 우수했다.

——그럼 자신은 무엇을 위해 양자가 되었는가?

자신의 존재의의를 잃어버린 시릴은 필사적으로 온갖 분야를 공부했다.

그러나, 의붓 여동생과의 차이는 아무리 지나도 좁혀지지 않았다.

오히려 배우면 배울수록 자신과 의붓 여동생의 차이를 깨닫게 되었다.

시릴은 그럼 자신만의 무기를 갈고 닦을 뿐이라며 마술을 배웠지만, 무모한 훈련이 오히려 마력 과잉 흡수 체질을 유발했다.

발버둥 치면 발버둥 칠수록 자신의 이상에서 멀어져간다. 그런 감각에 절망한 시릴에게 양아버지 하이온 후작이 준 것이 마도구 브로치였다.

이것이 있으면 마력 과잉 흡수 체질을 억누를 수 있다. 그 말과 함께 브로치를 받았을 때, 하이온 후작이 여기에 있어도 된다고 인정해 준 것 같아서 시릴은 기뻤다.

시릴은 후작이 거는 기대에 부응하고 싶었다. 그리고 무엇보다…….

(나는 ……이 기대해 줬으면 좋겠어.)

그렇기에 이런 곳에서 바닥을 기고 있을 때가 아니었다.

그러나 자신의 의지와는 달리 몸이 멋대로 마력을 흡수해 버린다. 시릴은 빠르게 주문을 영창해서 얼음 마술을 날렸다.

눈앞의 지면이 얼어붙고 몸이 조금 편해지자마자 다시 몸이 마력을 흡수했다.

몸 상태가 나빠지면 마력 흡수 속도가 흐트러질 때야 종종 있었지만, 그래도 이 정도 속도는 이상하다.

(어째서냐, 어째서냐, 어째서……?!)

아아, 빨리 영창해서 다음 마술을 써야 해. 그래서 입을 열려고 했지만, 다시 머리가 욱신거렸다.

맥박이 엉망이 되었고 호흡이 흐트러졌다. 이래서는 영창할 수 없다. 마술을 쓸 수 없다.

"……아……………… 크윽……."

시릴은 지면을 쥐어뜯고 식은땀을 흘리며 경련했다.

이윽고 눈앞이 깜깜해지며 의식이 멀어지던 그때…….

고양이 우는 소리가 들려왔다.

* * *

린의 바람 마법으로 기숙사의 자기 방을 빠져나온 모니카, 네로, 린 일행은 마력의 흔적을 쫓아서 숲으로 이동해, 나무 뒤편에서 시릴의 모습을 지켜보고 있었다.

시릴은 괴로운 듯이 몸부림을 치면서 얼음 마술을 남발했다. 아무리 봐도 상태가 이상하다.

린이 무표정으로 고개를 갸웃했다.

"요즘 학생은 이런 시간에도 비밀 마술 특훈을 하는 건가요. 성실하네요."

"아뇨, 저기…… 아마, 지금 애슐리 님은 마력 과잉 흡수증으로 인한, 마력 중독이라고, 생각해요."

린과 네로는 "마력 중독?"이라며 목소리를 모았다. 아무래도 두 사람은 이 병을 모르는 모양이다.

"이, 인간의 몸은, 정령이나 용과 비교하면 마력 내성이 낮아서, 마력을 대량 흡수하면 몸 상태가 나빠져요……. 그 상태를 마력 중독이라고 해서…… 최악의 경우에, 죽음에 이르러요."

모니카가 아직 마술사 양성 기관 미네르바에 다닐 무렵, 같은 증상인 사람을 몇 명 본 적이 있다.

이 마력 과잉 흡수증은 심한 정도에 따라 5단계로 구분하는데, 아마 시릴은 가장 심한 단계일 것이다.

"애슐리 님처럼 마력을 흡수하기 쉬운 체질인 사람은 평소에도 자주 마술을 써서 마력을 줄이거나, 잉여 마력을 흡수해 주는 마도구를 몸에 지니고 다니는데……."

시릴이 항상 마력을 냉기로 변환해서 방출하거나, 잔에 얼음을 만드는 것도 아마 그걸 위해서다. 시릴은 그렇게 체내의 잉여 마력을 방출하고 있었다.

옷깃에 있는 브로치를 굉장히 신경 쓰던 건, 그 브로치가 마력을 흡수하는 마도구이기 때문이리라.

모니카의 설명을 들은 린이 검지와 엄지로 고리를 만들고는, 그 고리를 통해서 시릴을 바라봤다.

"마력의 흐름을 확인했습니다. 옷깃의 브로치가 방출한 마력을 모아서 저분의 체내에 마력을 되돌리고 있는 것처럼 보이네요."

"역시……! 마도구가, 오작동을 일으키는 거야……!"

마도구가 본래 기능과 반대로 작동하고 있다. 한시라도 빨리 저 브로치를 떼어 내야 한다.

그러나 모니카가 접근한다면, 어째서 이런 곳에 모니카가 있는지 시릴이 따질 것이다.

지금 모니카는 일단 로브에 달린 후드를 써서 얼굴을 가렸지만, 브로치를 건드릴 만큼 다가간다면 아무리 그래도 속일 수 없다.

모니카가 주저하자, 네로가 "야옹!" 하고 용감하게 울었다.

"그렇다면 이 몸한테 맡겨라!"

네로는 나무 뒤에서 뛰쳐나와 시릴에게 달려들어서 옷깃의 브로치를 물었다.

"앗, 고양이……?! 그만둬…… 이건 만지지 마라아!"

시릴은 팔을 휘둘러 저항했지만, 네로는 그걸 간단히 피하고 브로치를 떼어 냈다. 그리고 시릴에게서 거리를 벌렸다.

"돌려줘……! 돌려줘어어어!!"

시릴은 핏발 선 눈으로 히스테릭하게 외치고는 빠르게 주문을 영창했다.

갑자기 네로의 앞이 얼음벽에 가로막혔다.

(케엑……?!)

네로는 황급히 방향을 바꿔서 숲으로 도망치려 했다…….

하지만 얼음벽은 힘차게 넓어지며 네로의 도주로를 막았다.

정신이 들자 네로와 시릴의 주변은 얼음벽으로 둘러싸이고 말았다.

(큰일이다……. 이 몸, 추위에는 엄청 약한데에에에!)

"돌려줘…… 그걸, 돌려줘……."

시릴은 핏발 선 눈으로 네로에게 다가갔다.

거친 호흡 사이사이에 공허한 중얼거림이 들려왔다.
"……그건…… 아버님이…… 주, 신………… 인정을, 받지, 않으면…… 인정……."
시릴의 눈은 제정신을 잃고 집착을 불태우고 있다.
네로는 그 모습을 동정할 수밖에 없었다.
(……어째서 인간이라는 것들은 이놈이고 저놈이고 바보인 건지.)
분명, 이 인간은 이 인간대로 브로치에 집착하는 사정이 있으리라. 그러나 네로와는 상관없는 일이다.
시릴이 빠르게 주문을 영창했다. 주변에 10개가 넘는 얼음 화살이 떠올랐다.
하나하나가 팔뚝만 한 두께를 가진 그것은 이미 화살이라기보다는 말뚝에 가까웠다.
어찌 됐든 직격하면 멀쩡할 수 없다.
"나는 인정받은 거다. 아버님에게…… 전하에게…… 그런데 어째서……."
열기에 시달리는 듯한 시릴의 눈이, 공허하게 네로를 바라봤다.
하지만 지금 시릴이 보는 건 네로가 아니다.
마력에 전신을 침식당한 시릴은, 네로가 모르는 누군가의 환상을 보고 있다.
"…어째서……."
단정한 얼굴이 괴로운 듯, 그리고 어딘가 울고 싶어 하듯 일그러졌다.

"……어째서…… 당신은, 인정해 주시지 않는 겁니까……
어머님."

그때, 얼음벽이 소리 없이 무너졌다.

얼음벽도, 시릴의 주변에 떠오른 얼음 화살도, 모든 것이 불꽃에 감싸여 타올랐다.

시릴이 만든 얼음은 고작 몇 초도 지나지 않아 녹아 없어졌고, 얼음을 녹인 불꽃은 마치 의지를 가진 듯이 한 곳에 모여 이윽고 불꽃의 왕뱀이 되었다.

그리고 무너진 얼음벽 너머, 하얀 달을 등지고 선 것은 후드를 깊이 눌러쓴 작은 체구의 마녀.

무영창 마술 사용자이자 칠현인 중 한 명, '침묵의 마녀' 모니카 에버렛.

* * *

시릴의 아버지는 하이온 후작가의 피를 이었지만, 작위는 없었고 결코 유복하지도 않았다.

그러나 아버지는 후작가의 피를 이은 것을 자랑스러워하며 제대로 일도 하지 않았고, 어머니에게도 거만하게 굴었다.

그게 싫어서 시릴은 언제나 어머니 편을 들었다. 어머니가 기뻐하는 걸 보고 싶어서 자기 나름대로 생각해서 노력도 했다.

하지만 어머니는 시릴의 얼굴을—— 아버지를 닮은 귀족적인 얼굴을 보면 언제나 슬픈 듯이 눈썹을 내리며 시릴에게서 시선을 돌렸다.

이윽고 아버지가 술독에 빠져 살다 죽은 무렵, 하이온 후작가 사람이 시릴을 양자로 들이고 싶다고 제안했다.

시릴은 펄쩍 뛰며 기뻐했다.

이걸로 어머니를 편하게 해 줄 수 있다! 어머니가 기뻐해 줄 거다!

순수하게 기뻐하던 시릴을 본 어머니는 한숨을 섞으며 말했다.

"아아. 너는 역시 귀족 집 아이구나."

——아니에요, 어머님. 저는 당신의 아들입니다.

시릴은 그 한마디를 도저히 말할 수 없었다.

시릴의 눈앞에 있는 건 후드를 깊이 눌러쓴 인물이다. 작은 체구에 도저히 성인처럼 보이지 않는다.

그러나 그 인물이 오른손을 살짝 들자 시릴의 얼음벽을 녹인 불꽃의 왕뱀이 후드를 쓴 인물 주변을 빙그르르 돌았다.

시릴의 브로치를 빼앗은 검은 고양이가 야옹 울고는 후드를 쓴 인물에게 달려갔다.

후드를 쓴 인물은 검은 고양이를 안아 들고는, 검은 고양이가 입에 문 브로치를 손가락으로 잡았다.

"……그 고양이는, 네놈의 고양이냐."

시릴이 낮은 목소리로 으르렁댔지만, 후드를 쓴 인물은 돌아보지도 않고 브로치를 바라봤다.

그 태도가 시릴을 더더욱 화나게 했다.

"그 브로치를, 돌려줘!"

격양한 시릴이 주문을 영창했다. 영창한 건 얼음 사슬을 생성하는 술식.

시릴이 손가락을 딱 튕기자, 얼음 사슬이 후드를 쓴 인물에게 날아가 사지를 결박했고…… 다음 순간, 얼음 사슬이 산산조각으로 부서졌다.

"……뭐?"

후드를 쓴 인물은 아무것도 하지 않았다. 영창조차 하지 않았다.

그런데 얼음 사슬은 허망하게 부서졌고, 하늘하늘 반짝이며 잔해를 땅에 흩뿌렸다.

술식을 실수했나 싶었던 시릴은 다시 주문을 영창했다. 그러나 결과는 변하지 않았다. 얼음 사슬은 나타난 동시에 부서졌다.

"어째서냐, 어째서냐. 네놈이…… 네놈이 뭔가 한 거냐?"

후드를 쓴 인물은 역시 아무런 말도 하지 않고 브로치를 가만히 응시했다. 시릴은 안중에도 없다는 듯이.

……그 태도가 더더욱 기분 나빴다.

"대답해라!"

시릴은 얼음 화살을 만들어서 후드를 쓴 인물을 향해 날렸다.

그러나 화살은 후드를 쓴 인물에게 닿기 직전에 불꽃에 감싸여서 녹아 사라졌다.

시릴은 혹시 근처에 동료가 있는 건가 싶었다. 그게 아니라면 설명이 안 된다.

왜냐하면 후드를 쓴 인물은 영창 같은 건 하지 않았으니까. 영창 없이 시릴의 마술을 없애다니, 가능할 리가 없다.

"젠장…… 젠장……!!"

시릴은 수많은 얼음 화살을 만들어서 그걸 자기 주변에 마구잡이로 날렸다. 이 후드를 쓴 인물을 지키는 동료가 주변에 있다면 끄집어내려고 한 것이다.

그러나 후드를 쓴 인물이 한 손을 살짝 들자, 그것만으로도 얼음 화살이 불꽃에 휩싸여 허망하게 녹아 사라졌다.

(뭐냐…… 뭐냐, 그건…….)

마구잡이로 날린 화살을 방패로 막는 건 그리 어렵지 않다. 그러나 날린 화살을 전부 화살로 쏴 맞추기란 신기의 영역이다.

지금, 시릴의 눈앞에서 펼쳐진 것은 그런 마술이었다.

게다가 얼음을 녹인 불꽃은 주변 나무에 옮겨붙지 않고 사라졌다. 즉, 그만큼 정교한 마술이라는 뜻이다.

불꽃 하나하나가 무시무시하게 정확한 계산으로 만들어졌다.

게다가, 이 숫자를? 고작 몇 초 만에?

(뭐냐, 뭐냐. 무슨 일이 일어나고 있지? 내가 뭘 본 거지?)

마술을 모르는 사람이라면 겉으로 보기에 화려한 불꽃의 왕뱀에 시선을 빼앗기리라.

그러나 조금이라도 마술을 익힌 사람이라면 알아챌 것이다. 얼음 화살을 격추한 작은 불꽃이 얼마나 이상한지를.

마술전(魔術戰)에서 방어의 기본은 방패. 즉, 방어 결계다.
그러나 눈앞의 인물은 방패도 쓰지 않고, 압도적인 기술 차이를 시릴에게 과시했다.
"뭐냐…… 대체 너는 뭐냔 말이다아아……!"
시릴은 세세한 제어를 포기하고 있는 마력을 모조리 냉기로 변환해서 후드를 쓴 인물에게 날렸다.
"얼어라! 얼어! 말 못 하는 얼음상이 되어 버려라!"
히스테릭하게 아우성치면서 날린 냉기는 시릴을 중심으로 모든 것들을 얼렸다. 지면도, 나무도, 그리고 시릴 자신도.
시릴은 손발에 동상을 입는 것도 아랑곳하지 않고 계속 냉기를 날렸다.
그리고 거기서 깨달았다.
최대 출력의 냉기가 서서히 밀리고 있다―― 아니, 방향을 돌리고 있다. 상공으로.
후드를 쓴 인물은 바람 마술로 시릴의 냉기를 흘려 내고 있었다.
그와 동시에 시릴의 손발에 맺힌 얼음이 조금씩 벗겨졌다. 시릴의 몸을 냉기에서 보호하는 결계를 친 것이다.
자기 몸조차 돌보지 않고 마술을 쓰던 시릴은, 당연히 결계 같은 건 치지 않았다.
(이 녀석이……?)
후드를 쓴 인물이 바람 마술로 냉기를 흘려 내면서 방어 결계로 시릴의 몸을 보호하고 있다면, 고도의 마술을 두 개 동시에 사용했다는 뜻이 된다.

분명 이 후드를 쓴 인물 근처에 동료가 숨어서 몰래 마술을 쓴 것이다. 그게 틀림없다.

(……하지만, 만약, 그게 아니라면?)

이 후드를 쓴 인물이, 이 정도 마술을 혼자서 구사한 거라면…… 괴물이나 마찬가지다.

시릴은 새파래져서 온몸을 덜덜 떨었다.

마술을 썼을 때의 고양감과 도취감이 잦아들고, 온몸에서 핏기가 가셨다.

"……아……."

눈앞이 흐릿해지고, 온몸에서 힘이 빠졌다. 마력이 바닥을 드러낸 것이다.

" '못 한다' 여서는 안 돼…… 나는………… 나, 는……."

시릴은 이를 악물며 의식을 유지하려 했다. 그러나 의지와는 반대로 몸이 무거워지고, 눈앞이 깜깜해졌다.

"기대에, 부응, 해야만……."

의식을 잃기 직전 시릴이 본 것은…… 후드를 쓴 인물이 절망적으로 느려 터진 달리기로 시릴에게 다가와 작은 손을 뻗는 광경이었다.

* * *

"괘, 괘괘, 괜찮……나요……?"

모니카는 시릴에게 달려와서 무릎 위에 시릴의 머리를 올리고 상태를 확인했다.

시릴은 의식을 잃었다. 맥박도 조금 약해졌지만, 생명에 지장은 없어 보인다. 이 상태라면 잠시 쉬면 회복할 것이다.

"……다행이다아."

마력 중독 초기에 마술을 쓰면서 강한 흥분을 느끼는 증상이 있다.

더욱 악화되면 환각, 두근거림, 현기증 등의 증상이 일어나고, 마지막으로는 온몸이 마력에 침식당하며 죽음에 이른다. 그렇기에 마력 중독인 인간에게는, 초기 증상을 보일 때에 마력이 텅 빌 때까지 마술을 쓰게 하는 게 가장 빠른 치료 방법이다.

"잘하셨습니다."

뒤에 숨어서 지켜보던 린이 모습을 드러내더니 모니카가 든 브로치를 봤다.

"역시, 그 마도구에 문제가 있습니까?"

"네…… 마도구의 술식에 문제가 생겼어요……. 아마, 보호 술식이 안 걸렸을 거예요."

마도구는 매우 섬세하다. 마력을 이끄는 도구(魔導具)라는 이름이 의미하는 대로, 올바른 술식으로 마력을 이끌어 주지 않으면 오작동을 일으킬 수 있다.

그래서 마도구는 효과를 부여하는 마술식과는 별도로, 그 마술식을 보호하기 위한 보호 술식을 겹치는 게 일반적이다.

그러나 시릴의 브로치에는 그 보호 술식이 없었다.

"보호 술식을 걸지 않은 마도구는 장착자가 강한 마법 공격을 받으면 오작동을 일으키기 쉬워요."

모니카의 말을 들은 네로가 "불량품이잖아!" 라고 짜증 난다는 듯 꼬리를 흔들었다.

"나 참. 그런 얼빠진 짓을 한 녀석은 어디 사는 누구야."

"그게…… 브로치 뒤에 이름이 새겨져 있네……."

브로치를 뒤집어서 그곳에 새겨진 이름을 본 모니카는 뺨을 실룩거렸다.

"…… '보옥의 마술사' 에마누엘 다윈……."

"뭐야, 뭐야? 아는 녀석이냐?"

모니카가 대답하기 곤란해하자, 린이 덤덤히 대답했다.

" '침묵의 마녀' 님과 같은 칠현인 중 한 명으로 기억합니다. 루이스 님과는 사이가 안 좋고, 제2왕자파에, 루이스 님 말로는 '돈의 노예인 소악당'."

네로는 미묘한 침묵 끝에 입을 열었다.

"……칠현인 중에는 멀쩡한 녀석이 없는 거냐?"

귀가 따가운 발언이었다.

모니카는 "어우……." 하고 가슴을 누르면서, 브로치에 새로운 마술식을 덮어씌웠다.

이렇게 물질에 마력을 부여하는 마술을 부여 마술이라 한다.

모니카는 부여 마술 부류를 전문적으로 배우지는 않았지만, 이 브로치는 그렇게 복잡한 구성이 아니라서 수정에 고생하지는 않았다.

예를 들어, 루이스가 펠릭스를 위해 만든 브로치.

그건 항상 소유자의 위치를 추적하면서 소유자가 공격을 받았을 때 위기를 감지해 방어 결계를 펼치는 매우 고도의 마도구였다.

한편, 이 브로치는 마력을 흡수해서 방출하기만 하는 물건이다.

(체내 잔존 마력량에 따라 마력 흡수량을 조절할 수 있는, 자동 조절 술식도 짜 넣을까.)

이런 마술식을 보면 그만 개선하고 싶어지는 게 모니카의 나쁜 버릇이다.

하지만 갑자기 브로치의 기능이 변하면 시릴도 곤혹스럽겠지.

모니카는 마술식의 문제를 수정하고 자동 조절 술식을 짜 넣는 것으로 그친 뒤, 이후에는 그 술식을 보호하는 보호 술식을 이중으로 걸었다. 이러면 간단히 고장 나지는 않을 것이다.

모니카가 시릴의 옷깃에 브로치를 다시 달아 주자, 네로가 놀리듯이 모니카를 올려다봤다.

"네가 그렇게까지 해 줄 필요가 있냐? 마도구는 수정하는 것만으로도 금화 두 닢은 거뜬하잖아?"

"……그, 건."

모니카는 자신의 말을 정리하기 위해 일단 말을 끊었다.

모니카는 시릴이 아주 조금 부러웠다.

누군가에게 인정받는 것을 자랑스럽게 생각하는 시릴을, 그걸 위해 노력을 아끼지 않는 자세를.

“마력 과잉 흡수 체질은 불편한 점도 많지만, 잘 조절할 수만 있다면 마술사로서 유리해.”

마력 흡수 속도가 빠르다는 건, 그만큼 마력 회복도 빠르다는 뜻이다.

회복이 빠르다면 그만큼 장기전에서 다른 마술사보다 유리하게 싸울 수 있다.

사실 마술사 중에는 마력 회복 속도를 올리려고 일부러 과도한 수행을 해서 자신을 몰아세우고 그 체질이 되려는 사람도 있다.

즉, 시릴의 이 체질은 ‘재능’ 이라 부를 수도 있다.

“……그 재능을…… 저주라고 생각하지 말았으면 좋겠어.”

모니카는 자신의 재능을 도저히 자랑스러워할 수 없다. 저주라고 생각하지 않을 수 없다.

그렇기에 시릴은 자신처럼 되지 않았으면 했다. 가슴을 펴고, 스스로를 자랑스러워하기를 바랐다.

자기 자신을 자랑스러워할 수 없는 모니카의 몫까지.

“그런데 말이다아. 이 녀석, 어쩌지? 여기서 자게 놔둬?”

네로가 앞발로 시릴의 뺨을 꾹꾹 눌렀다.

확실히 아직 겨울은 아니어도, 이런 숲속에서 몸이 안 좋은 사람을 자게 두는 것도 마음에 걸린다.

모니카가 어떻게 할지 고민하자, 린이 거수했다.

“제가 돌풍으로 이 인간의 몸을 날려서 남자 기숙사에 던져 넣을까요.”

“가능하면 조금 살살…….”

"그럼, 회오리를 일으켜서 남자 기숙사까지 날려 버리……."

"더 심해졌잖아요오오오오."

그렇지만 린의 비행 마술로 몰래 남자 기숙사에 옮긴다고 해도, 시릴의 방을 모른다.

어떻게 해야 좋을지 몰라 모니카가 머리를 부여잡자, 네로가 못 말린다는 듯 한숨을 내쉬며 뛰어올랐다.

빙그르르 한 번 돌며 착지하자, 다음 순간 그 모습은 검은 고양이가 아니라 흑발에 금빛 눈을 가진 청년으로 변했다.

"그럼, 이 몸이 이 녀석을 남자 기숙사 문 근처까지 업고 가주마. 그리고 기숙사 정문 앞에다 굴려 놓으면 문지기가 알아채겠지."

"으으, 굴려 놓는 것밖에 방법이 없는 거야……?"

"안쪽까지 숨어들어 갔다가 이 몸이 들키면 본말전도잖냐."

그렇게 말한 네로는 시릴을 대충 들어서 어깨에 짊어졌다.

"저기, 네로, 적어도 업어서……."

모니카의 말도 듣지 않은 채, 네로는 가볍게 지면을 박차고 달렸다.

이윽고 네로의 뒷모습은 밤의 숲에 녹아들어 보이지 않았다.

10장 완벽한 식

시릴을 어깨에 짊어진 네로는 불빛 하나 없는 밤의 숲을 질주했다. 네로는 인간의 모습을 하고 있더라도 밤눈이 좋다.

덤으로 말하면 인간보다 훨씬 힘이 세서, 시릴을 어깨에 짊어지고도 여유롭게 전력 질주할 수 있다.

(……그러고 보니, 이 썰렁 형씨. 어떻게 기숙사에서 빠져나온 거지?)

남자 기숙사도, 여자 기숙사도 각각 높은 담장에 둘러싸여 있다. 문에는 문지기가 있고, 밤을 새워 감시하고 있으니까 간단히 드나들 수는 없을 거다.

비행 마술을 써서 뛰어오르거나 날 수 있다면 이야기는 다르지만, 비행 마술은 말처럼 간단하지 않다.

고도로 정교한 마력 조작 기술과 신체 능력이 모두 필요하기에, 쓸 수 있는 건 상급 마술사 정도다.

그렇기에 신체 능력이 낮은 모니카는 비행 마술을 못 쓴다.

(이 몸이 보기에, 이 썰렁 형씨는 얼음 마술은 특출나도 그 이외는 딱히 특기가 아닌 것 같은데 말이지이.)

인간은 태어날 때부터 특기 속성이 정해진다. 일반적인 마술사라면 특기 속성 마술밖에 못 쓰는 일도 흔하다.
속성을 불문하고 고난이도 마술을 간단히 쓰는 모니카는 여러모로 상상을 초월하는 존재다.
종종 잊어버리지만, 일단 이 나라 마술사의 정점에 선 칠현인인 거다.
(아마 이 썰렁 형씨는 바람 마술을 못 쓸 텐데에. 뭐, 이 나이에 이만한 얼음 마술을 쓸 수 있으니 충분히 굉장하긴 하지만.)
비행 마술을 못 쓰는 시릴이 어떻게 남자 기숙사에서 빠져나왔는가?
그 해답은 남자 기숙사 뒤쪽에 도착했을 때 바로 알 수 있었다.
기숙사를 둘러싸는 벽 일부에 균열이 가 있었다. 아무래도 시릴은 여기서 빠져나온 모양이다.
"의외로 명문교의 관리도 엉성하구먼."
"그 균열은 역대 학생들이 기숙사를 빠져나가서 숨을 돌리기 위해 썼다고 하더라고."
네로의 뒤에서 목소리가 들렸다.
시릴을 짊어진 네로가 돌아보자, 그곳에는 낯익은 남학생이 서 있었다.
매끈한 장신, 매혹적이고 단정한 얼굴, 달빛 아래에서 부드럽게 빛나는 금빛 머리—— 리디르 왕국 제2왕자 펠릭스 아크리디르.
펠릭스는 교복 차림으로 조금 커다란 판을 들고 있었다.
네로가 그 판으로 시선을 돌리자 펠릭스는 균열을 덮기 위해

판을 벽에 세웠다.
"평소에는 판을 세워서 그 균열을 감추지만, 시릴은 그럴 여유도 없었던 모양이야."
과연. 이 균열은 왕자님도 이용하는 샛길이라는 건가.
납득한 네로는 어깨에 짊어진 시릴을 내려놨다.
"이 몸은 지나가던 여행자다. 이 썰렁 형씨가 마력 중독으로 폭주해서 숲속에 쓰러진 걸 발견해서 데려다 주러 왔다고. 이 몸, 다정하지? 감사해라."
"아, 굳이 여기까지 데려다줘서 고마워."
"이 썰렁 형씨가 뭐라고 말하건, 마력 중독으로 환각을 본 거라고 말해 두라고. 알겠냐? 이 녀석이 본 건 전부 환각이야."
"……흐으응?"
펠릭스는 시릴을 힐끔 보더니 바로 시선을 네로에게 돌렸다.
그 표정은 부드럽고 다정하다——. 그러나 푸른 눈은 방심하지 않고 네로의 동향을 엿보고 있었다.
"친절한 여행자 씨. 이름을 물어봐도 될까?"
"이름을 댈 만한 사람은 아니지만, 이 몸은 친절하니까 대 주마. 바솔로뮤 알렉산더다."
네로가 허풍을 늘어놓자, 펠릭스는 입가에 손을 대고 키득키득 웃었다.
"모험 소설 주인공과 똑같은 이름이네."
"너, 더스틴 귄터를 아는 거냐?"
네로의 마음속에서 펠릭스의 호감도가 조금 올랐다. 더스틴 건터를 좋아하는 사람 중에 나쁜 녀석은 없다고 네로는 굳게 믿으니까.

네로가 들뜬 목소리를 내자, 펠릭스는 어깨를 으쓱했다.

"이 나라에 있는 오락은 얼추 즐겨 봤거든. 소설도, 유희도, 연극도."

그렇게 말하는 펠릭스는 웃고 있었지만, 왠지 공허한 웃음이었다.

네로는 무심코 인상을 찌푸렸다.

(……기분 나쁜 인간이야.)

왕족으로 태어나 온갖 것을 타고났으면서 마치 아무것도 없는 인간 같은—— 공허한 눈을 했다.

펠릭스는 시릴을 가볍게 업고는 마치 막 떠올랐다는 듯이 네로를 봤다.

"그런데 알고 있어? 여행자 씨. 이 인근 숲은 학원 부지라서, 학원 관계자 말고는 출입 금지야."

"흐응, 그러냐."

네로는 인간끼리의 약속을 강요하는 게 싫다.

(그야 이 몸은 인간이 아니니까.)

인간의 룰은 자기가 알 바 아니다. 네로는 턱짓으로 시릴을 가리켰다.

"그 썰렁 형씨를 도와줬잖냐. 조금은 눈감아 달라고."

"아아, 물론 시릴을 구해준 너를 심문하는 짓은 하지 않지."

"호~~~오?"

네로는 수상쩍은 듯 인상을 찌푸리면서 손을 자기 로브 안에 꽂아 넣었다.

그리고 옷 안에서 꾸물꾸물 손을 움직여 무언가를 잡았다.

"……일부러 심문하지 않아도, 이 녀석이 이 몸의 정체를 조사해 준다는 거냐?"

그렇게 말한 네로는 로브 안에 꽂아 넣은 손을 밖으로 꺼냈다.

네로 손에 꼬리를 잡힌 하얀 도마뱀이 휙휙 흔들리고 있었다.

네로가 도마뱀을 얼굴 높이까지 들고는 "먹어버린다~." 하고 위협하자, 도마뱀은 작은 사지를 버둥거리며 날뛰었다.

네로는 날카로운 이빨을 드러내고 흉악한 얼굴로 웃었다.

"보아하니 물의 정령인가? 이 몸의 옷에 들어와서 몰래 정찰할 작정이었겠지만, 유감이구나. 이 몸, 마력 반응에는 민감하거든."

정령은 마력 덩어리 같은 것이다. 그래서 상위 정령일수록 네로는 금방 알 수 있다.

이 하얀 도마뱀은 물의 상위 정령이다. 아마 이 왕자의 계약 정령이겠지.

펠릭스는 하얀 도마뱀을 내밀었는데도 여전히 부드러운 미소를 지었다. 그게 더더욱 기분 나빴다.

네로는 '뭐, 뭐라고?!' 라든가 '너는 대체 뭐냐?!' 라는 반응을 기대했었으니까. 그런데 이 왕자님은 털끝만큼도 동요하지 않았다.

네로는 시시하다는 듯이 도마뱀을 지면에 내던지고는 펠릭

스에게서 등을 돌렸다.

"잘 있어라."

네로는 살짝 고개를 틀어서 펠릭스를 봤다. 펠릭스는 아무 말도 하지 않고 부드러운 미소만 지은 채 네로의 뒷모습을 배웅했다.

(이봐, 반짝반짝 왕자. 아무리 심심하다고 해도, 이 몸이 마음에 들어 하는 녀석은 손대지 말라고?)

이 이상 떠들면 정체를 들킬 수도 있다. 그래서 네로는 목소리는 내지 않고 중얼거렸다.

날카로운 이빨을 드러내고 흉악하게 웃으면서.

(만약 모니카를 상처입히면 널 머리부터 으적으적 먹어 주마.)

지면에 내던져진 윌디아누는 펠릭스의 곁으로 다가오더니 미안한 듯 작은 머리를 지면에 딱 붙였다.

"제 능력이 모자라 죄송합니다. 지금 당장 저자를 쫓아……."

"아니, 괜찮아. 네가 먹히면 곤란하니까."

펠릭스는 농담 삼아 가볍게 말했지만, 윌디아누는 진지하게 자신의 능력 부족을 부끄러워하는 모양이었다.

그러나 펠릭스는 이미 저 흑발의 남자를 쫓을 생각이 없었다.

저 남자가 누구인지는 모르지만, 쫓아가서 어떻게 될 상대가 아니라는 건 본능적으로 알 수 있었다.

저건 인간이 아닌 존재다. 그것도 아마 정령이 아닌, 다른 무언가다.

그러나 그게 누구든 간에, 펠릭스에게 해를 끼칠 생각이 없다면 지금은 방치해도 상관없겠지.

"윌. 주머니 안으로 돌아와. 네 모습을 시릴에게 들키면 조금 좋지 않으니까."

"알겠습니다."

윌디아누는 펠릭스의 다리를 스르륵 기어올라서 주머니에 들어갔다. 그걸 확인한 펠릭스는 시릴을 다시 업고 걸었다.

그러자 펠릭스의 등에서 시릴이 살짝 신음했다. 아무래도 의식을 되찾은 모양이다.

"……으, ……니, ㄴ……."

펠릭스는 쉰 목소리로 중얼거린 시릴에게 평소와 다름없는 말투로 말을 걸었다.

"여어, 일어났어?"

"…………전, 하……?"

시릴은 눈을 몇 번 깜빡이더니 멍한 눈으로 펠릭스를 봤다.

"너는 마력 중독을 일으켜서 숲속에 쓰러져 있었어. 친절한 여행자가 너를 여기까지 데려다 줬지."

"……폐를 끼쳐 죄송합니다."

"뭘, 괜찮아."

평소의 시릴이라면 바로 스스로 걷겠다고 말했으리라. 그렇게 말하지 않는 건, 그만큼 마력을 소모했다는 뜻이다.

펠릭스가 시릴의 방 안까지 시릴을 데려다 주자, 시릴은 침대에 누워 펠릭스를 올려다봤다.

"……저를 구한 여행자라는 건, 작은 체구에, 후드를 쓴 인물이었습니까?"

펠릭스는 고개를 가로저었다.

"아니, 키가 큰 흑발의 남자야."

"……그렇, 습니까."

시릴은 그렇게 중얼거리며 눈을 감았다. 마치 무언가를 반추하듯이.

문득 신경이 쓰인 펠릭스가 물었다.

"너는 숲속에서 무슨 환각을 본 거야?"

시릴은 잠시 당혹스러운 듯 침묵했다.

닫힌 눈꺼풀 뒤에서 자신이 본 환각을 떠올리던 것이리라.

이윽고 시릴은 눈을 감은 채, 천천히 입을 열었다.

"……무시무시하게 조용하고 무시무시하게 강한…… 괴물입니다……. 저는 그 모습을, 평생 잊지 못하겠죠."

* * *

네로에게 시릴을 맡긴 모니카는 그 길로 숲을 나와서 여자 기숙사 옆을 지나 세렌디아 학원 건물로 향했다.

그런 모니카의 행동을 본 린은 무표정하게 고개를 살짝 옆으로 기울였다. 목이 꺾인 인형 같은 꺼림칙한 움직임은 의문이 있다는 표현이다.

"어째서 기숙사로 돌아가지 않으시는 거죠?"

"……잠깐, 확인하고 싶은 게, 있어서요."

린이 "확인하고 싶은 것." 이라고 복창했다.

모니카는 학원 뒤로 돌아가 뒷문 앞에서 발을 멈췄다.

"……애슐리 님의 브로치가 고장 난 건, 강한 마력을 맞았기, 때문이에요."

그 결과, 보호 술식이 걸리지 않은 마도구 브로치가 오작동을 일으키고 말았다.

그럼 시릴이 맞은 강한 마력이란 무엇인가? 시릴이 어떤 마술 공격을 받았다고 생각하는 게 타당하다.

"아까 애슐리 님, 굉장히 혼란스러워했어요. 그건 마력 중독 증상이라기보다는, 오히려…… 정신 간섭 마술에 걸린 사람의 증상하고, 비슷해서……."

정신 간섭 마술은 준금술로 지정된 위험한 마술이다.

간단한 세뇌를 하거나, 인간의 기억에 간섭해서 때로는 불리한 사실을 잊게도 하지만, 부작용으로 정신이 불안정해지거나, 감정 기복이 격해지기도 한다.

린은 이제야 모니카가 말하고자 하는 바를 이해한 모양이었다.

"즉, 조금 전 그분이 최근에 정신 간섭 마술 공격을 받았다, 마도구 브로치는 그때 고장 나고 말았다, 그겁니까?"

"……네."

그렇다면 지금까지 학원에서 일어난 사건도 어느 정도 전모가 보인다.

화분 사건을 일으킨 셀마 카쉬의 동기는 아론이 처벌받은 것에 대한 원한이다.

그러나 아론이 처벌받은 사실은, 다른 학생에게는 숨겨서 병에 걸려 요양을 위해 자퇴한다는 형태로 매듭지어졌을 것이다.

그럼, 어째서 셀마는 아론이 처벌받은 사실을 알고 있었는가?

누군가가 가르쳐 줬다고 생각하는 게 타당하다.

그리고 진범은 정신 간섭 마술로 셀마가 폭주하도록 꾸몄다. 공범의 혐의가 전부 셀마에게 향하도록.

(생각해 보면 아론 오브라이언 씨의 착란도 정신 간섭 마술 부작용과 아주 비슷했어.)

자신에게는 공범이 있다고 말하면서도 그 이름이 생각나지 않는다고 외치던 아론.

모든 건 자신의 잘못이라고 주장하며 지리멸렬한 언동을 보인 셀마.

그리고 마력을 폭주시키며 격한 혼란에 빠져 있던 시릴.

이 세 사람이 기억 조작계 정신 간섭 마술 공격을 받았다면?

그런 게 가능함과 동시에 동기가 있는 인물이란?

"……린 씨. 잠깐 숨어, 주세요."

"알겠습니다."

린은 메이드복 스커트를 가볍게 휘날리며 근처 나뭇가지에 소리 없이 착지했다.

바람의 정령다운 가벼움에 모니카가 감탄하는데, 학교 건물 근처에 사람 그림자가 보였다. 모니카는 후드를 벗고 그 그림자에 다가갔다.

건물에서 나온 인물은 모니카를 보더니 의아한 표정을 지었다.

"자네는…… 최근 편입한 모니카 노튼? 어째서 이런 시간에 외출한 거지?"

신경질적으로 둥근 안경을 고쳐 쓰며 말한 것은, 모니카의 반 담임이자 학생회 고문인 교사, 빅터 손리.

손리는 두꺼운 종이 다발을 소중한 듯 품에 안고 있었다.

모니카가 그 종이 다발을 가만히 바라보자, 손리가 눈살을 찌푸렸다.

"기숙사 통금 시간은 이미 지났을 텐데? 이 시간에 무허가 외출은 근신 처분이……."

"그거."

손리의 말을 가로막은 모니카는 그가 품에 안은 종이 다발을 가리켰다.

"가져가서, 어쩌실 거죠?"

손리는 순간 당혹스러운 듯 입을 우물거렸다. 안경 속 눈이 약간 갈팡질팡했다.

"다른 것으로 바꿔치기할 생각이라면, 헛수고예요. 저, 훑어본 자료의 숫자는 전부 기억하고 있으니까요."

"바꿔치기한다고? ……너는 무슨 소리를 하는 거냐."

손리는 뺨을 실룩거렸고 목소리는 부자연스럽게 상기되어 있었다.

지금까지 언제나 오들오들 떨기만 하던 모니카의 앳된 얼굴에서 표정이 사라졌다. 학생회실에서 숫자와 마주하던 때처럼.

녹색으로 빛나는 눈이 손리가 안은 자료를 빤히 응시했다.

"학생회 회계 기록은 한참 전부터 엉망진창이었어요."

매년 수지가 안 맞는 회계 기록은 최종적으로 앞뒤를 억지로 맞추는 형태로 조잡하게 관리되었다. 그때마다 회계 담당자나 고문이 얼버무리는 게 전통이 되었던 것이리라.

그러나 회계 기록을 본 모니카는 알아챘다.

"5년 전부터, 얼버무리는 방식이 세련되게 변했어요. 게다가 액수가 조금씩 커졌죠."

그리고 1년 전, 아론 오브라이언이 회계가 되자 그 금액이 더더욱 커졌다.

"5년 전은 당신이 처음 학생회 고문을 맡은 해……예요."

"그게 어쨌다는……."

"아론 오브라이언 씨의 횡령 공범은 당신이에요. 손리 선생님."

팔랑팔랑 하는 소리가 났다. 손리의 품에서 자료가 떨어지는 소리다.

모니카가 떨어진 자료에 시선을 빼앗기자, 손리는 곧장 모니카에게 다가오더니 오른손을 잡아 구속했다.

손리는 모니카가 가증스럽다는 듯이 노려보고는 낮은 목소리로 내뱉었다.

"나 참. 덜떨어진 학생 주제에 묘한 곳만 날카롭군."

"……놓, 아, 주세요!"

모니카가 손을 뿌리치려고 저항하면 할수록, 손리의 관자놀이가 짜증으로 움찔움찔 떨렸다.

모니카를 내려다보는 손리의 눈에는 마치 걸쭉하게 졸여진 듯한 악의가 넘실댔다.

“마술 연구에는 돈이 필요하단 말이지. 이 연구가 얼마나 우수한지…… 뭐, 자네처럼 평범하고 어리석은 녀석은 평생이 걸려도 이해 못 하겠지.”

손리는 모니카의 손목을 부러뜨릴 것처럼 강하게 붙잡고는, 반대쪽 손으로 모니카의 얼굴을 덮듯이 움켜쥐었다.

모니카의 귓가에 닿은 것은 낮은 목소리의 영창. 이 술식은…….

(——정신 간섭 술식!)

손리의 영창이 끝나자, 그 손에서 하얀 빛이 새어 나왔다.

“자, 그 눈에 새기도록. 나의 완벽한 술식을!”

모니카의 시야가 하얗게 물들었다.

빛 입자는 하나하나가 작은 마법 문자로 되어 있었다. 이 빛줄기 자체가 하나의 마술식인 것이다. 모니카는 눈을 돌리지 않고 그 마술식을 바라봤다.

“자네는 아무것도 못 봤다, 회계 기록의 숫자도 잊는다…… 알겠나?”

손리의 암시는 상대의 머리에 박히는 쐐기다.

암시를 거스르고 그 쐐기를 억지로 뽑으려 하면 격통을 일으킨다.

그러나 그 쐐기는 모니카에게 박히기 전에 사라졌다.

"……뭣, 이?"

손리의 마술식이 산산이 무너지고 빛의 입자가 광채를 잃었다.

모니카는 눈을 부릅뜬 손리를 조용히 올려다봤다. 어리고 앳된 얼굴에 떠오른 것은 선명한 불쾌감.

모니카는 무언가에 화를 내는 일이 거의 없다.

아무리 자신을 바보 취급하더라도, 굼뜨고 아둔하고 평범한 사람 축에도 못 드는 계집애라고 부르더라도 그 말이 옳다며 고개를 수그릴 수밖에 없다.

……하지만 숫자와 마술만큼은.

완벽하게 아름다운 수식과 마술식을 더럽히는 행위만큼은 절대로 용서할 수 없었다.

손리의 마술식은 마구 뜯어고친 회계 기록과 같다. 모니카가 사랑하는 완벽하고 아름다운 식과는 거리가 멀었다.

"……이런 거, 전혀, 완벽하지 않아."

그 말을 듣자, 손리가 눈에 핏발을 세우며 모니카를 노려봤다.

평소의 모니카라면 공포에 질려 우두커니 서서 눈물 젖은 눈을 하고 웅크렸겠지. 그러나 손리의 흉한 마술식이 모니카가 마술사로서 가진 긍지에 불을 붙였다.

"정신 간섭 마술은 섬세한 마력 조작 기술과 복잡하면서도 치밀한 마술식의 이해가 필요해요. 이런 구멍투성이 마술식…… 전혀 완벽하지, 않아요."

"무슨 소리냐! 나의 마술식은 완벽해……!"

"……저 따위에게, 막히는 정도의 마술이, 말인가요?"

"닥쳐라!"

손리는 다시 영창을 입에 담았다.

조금 전 술식은 기억 일부를 봉인하는 것이었지만, 지금 손리가 입에 담은 것은 상대의 정신을 완전히 망가뜨리는 흉악한 술식이다.

손리는 하얀 광채에 휩싸인 오른손을 들었다.

"나의 훌륭함을 이해하지 못하는 어리석은 놈은 말 못 하는 인형이 되어 버려라!"

손리의 오른손이 모니카의 머리를 건드린 순간, 모니카는 자신의 마력으로 손리의 마술식에 간섭했다.

타인의 마술식에 간섭하는 행위는 간섭하는 쪽의 실력이 더 좋아야만 가능한, 매우 비상식적인 행위다. 모니카는 그것을 너무나도 간단하게 해냈다.

모니카는 먼저 손리가 짜낸 마술식을 읽어서 복잡하게 얽힌 실타래를 스르륵 풀어내듯이 마술식을 분해했다.

여기까지는 조금 전 손리의 마술을 무효화했을 때와 같다. 하얀 빛이 확 흩어지면서 빛 입자가 주변에 흩어졌다.

여기서 모니카는 한 번 분해한 마술식을 해제하지 않고 그대로 재구축했다.

그것도 더욱 복잡하고, 섬세하고, 아름답고—— 완벽하게.

주변에 흩어진 빛 입자가 의지를 가진 것처럼 모니카 주변을 소용돌이치더니 이윽고 모습을 바꿨다.

(뭐냐 이건? 무슨 일이 일어나는 거지?)

빅터 손리는 경악한 나머지 숨을 삼켰다.

의미 없는 형태였던 빛 입자가 언제부턴가 하얗게 빛나는 나비로 모습을 바꾸고.

반짝이는 인분(鱗粉)을 흩날리면서 어둠 속을 날고 있다.

그것은 무척이나 환상적이고 등골이 얼어붙을 만큼 아름다운 광경이다.

그러나 조금이라도 마술 소양이 있는 사람이라면 말문이 막힐 수밖에 없다.

(저 나비, 하나하나가, 마술식……이라고? 게다가 이렇게 고도의…….)

오랜 마술서에는 정신 간섭 술식의 완성형은 나비 형태라고 쓰여 있다.

그리고 지금, 손리의 눈앞에서 춤추는 건 마술식만으로 이루어진 아름다운 나비.

손리가 범죄에 손을 대면서까지 모든 열정을 쏟아 부어 연구해도 손이 닿지 않던 술식의 완성형. 그걸 영창도 없이 간단히 짜낸 것은 손리가 얕잡아보던 조그만 소녀.

학원에 어울리지 않는 수수한 옷차림의 그 계집애는, 놀랍게도 손리의 횡령을 간파하고 끝내는 손리의 마술을 부정했다.

마술사로서 압도적인 역량 차이를 과시하는 형태로.

"말도 안 돼. 말도 안 돼, 이런…… 어째서, 너 따위가…… 이런 완벽한 식을…… 영창도 없이……."

말하다가 깨달았다.

인간은 영창 없이는 마력을 다룰 수 없다.

그러나 이 나라에는 단 한 명, 그 불가능을 가능하게 만든 사람이 있다.

2년 전, 약관 15세에 마술사의 정점인 칠현인으로 뽑힌 천재 소녀.

그 천재는 손리가 20년 이상을 들여 개발한 마술식보다도 더욱 고도의 마술식을 발표하여 마술사 관계자들을 떨게 만들고 손리의 자존심을 너덜너덜하게 찢어 버렸다.

"너는…… 너는, 설마 '침묵의' ……."

손리의 말을 가로막듯이 하얀 나비가 손리의 몸에 찰싹 달라붙었다.

떼어내려고 나비에 손톱을 박자, 이번에는 손끝이 나비에 뒤덮였다.

"그만둬, 그만둬……! 그만둬어어어……!!"

비명을 지르는 입도, 휘두르는 손발도, 모두 하얀 나비에 뒤덮이고 말았다.

마침내 움직이지 못하게 된 손리는 가까스로 안 덮이고 남은 오른눈으로 자신을 이런 꼴로 만든 마녀의 모습을 눈에 새겼다.

앳된 얼굴과 비쩍 마른 몸의 작은 소녀.

무표정하게 손리를 바라보는 갈색이 섞인 녹색 눈은, 하얀 나비의 광채를 반사하며 보석처럼 반짝였다.

소녀의 모습을 한 괴물—— '침묵의 마녀' 는 조용한 목소리로 무자비하게 말했다.

"효과 유지 시간은 정확히 24시간. 당신은—— ……의, 꿈을 꿔요."

＊＊＊

빅터 손리는 초원에 서 있었다.

손리는 이 초원을 안다. 고향의 초원이다.

아아, 하지만 어째서 자신이 이런 아무것도 없는 시골에 있는 걸까. 자신은 이런 곳에서 썩을 인간이 아닐 텐데.

(돈이다. 돈이 부족해. 마술 연구에는 아무튼 돈이 필요해. 돈이 있으면 더 훌륭한 연구를 할 수 있어. 그러면 분명 '침묵의 마녀' 에게 묻혀 버린 나의 위광을 되찾을 수 있겠지…….)

그걸 위해 어리석은 아론 오브라이언을 부추겨서 세렌디아 학원의 막대한 돈을 손에 넣었다. 그런데 그 날카로운 왕자가 아론의 횡령을 눈치채고 말았다.

크록포드 공작의 꼭두각시에 지나지 않는, 장식이나 다름없는 왕자 주제에!

(그럼 다음은 부회장 시릴 애슐리다. 그 녀석은 내가 횡령을 저지른 걸 눈치챘지. 기억만 지우다니 어설펐어. 차라리 세뇌

했으면 좋았을 텐데. 아니, 오히려 학생회장인 제2왕자를 세뇌하는 건 어떨까? 그럼 학원의 돈을 마음껏 쓸 수 있고! 나는 평생 편하게 살 수 있겠지. 아아, 어째서 이런 간단한 방법을 깨닫지 못했던 걸까. 그래. 제2왕자를 나의 꼭두각시로 만들면 된다! 그리고…… 아아, 그래. 어서 연구를 재개해야 해!)

의기양양하게 걸음을 내디딘 손리는 눈앞에 무언가가 있다는 걸 깨달았다.

저건…….

"꿀."

돼지다.

(어째서 이런 곳에 돼지가?)

별생각 없이 발을 멈추고 눈을 비비자, 어느새 돼지가 두 마리로 늘어났다. 어디서 나온 건지 몰라서 고개를 갸웃하자, 돼지가 점점 늘어났다.

두 마리가 세 마리로, 세 마리가 다섯 마리로, 다섯 마리가 여덟 마리로, 여덟 마리가 열세 마리로…….

어느새 손리 주변은 돼지로 가득 메워졌다.

오른쪽을 봐도, 왼쪽을 봐도, 앞을 봐도, 뒤를 봐도, 보이는 모든 곳에 돼지, 돼지, 돼지, 돼지…….

이윽고 멀리서 마차 바퀴 소리가 들리자, 돼지들은 소리가 난 방향으로 일제히 달리기 시작했다. 그러는 사이에도 돼지는 점점 증식했다.

"앗, 이봐, 그만둬. 멈춰……! 그만둬, 누구 없나…… 누구

없냐고오오오오오오!!"

손리의 눈에 비치는 세계는 이윽고 지평선 너머까지 돼지로 메워졌다.

날카로운 비명을 내지른 손리의 몸은 돼지 무리에 묻혀서 이윽고 보이지 않게 되었다.

* * *

모니카는 흰자위를 드러내며 거품을 문 손리 앞에 쪼그려 앉아서 머리를 감싸 쥐었다.

"어, 어쩌지이이이. 너무 지나쳤어어어어……."

손리가 너무나도 불완전한 마술식을 과시해 버리자, 모니카도 그만 울컥하고 말았다.

리디르 왕국에서 정신 간섭 마술은 중범죄자 조사, 혹은 국가의 유사시에만 마술사 조합 혹은 칠현인의 허가를 받아야만 사용을 허락한다.

"……어어, 손리 선생님은 간접적으로 왕족에게 위해를 가했으니까 중범죄자라고 해도 되는 걸까? 일단 칠현인은 특례가 있으니까, 이 경우에 위법은 아니겠지만…… 호, 혹시라도 위법이면 어쩌지…… 루이스 씨한테 혼날 거야아아아…… 어라. 이거 혹시, 처처처형 안건……?!"

뒤에서 대기하던 린이 반쯤 울먹이며 중얼거리는 모니카의 어깨를 두드렸다.

"아마, 루이스 님이라면 이렇게 말씀하시겠죠."

그리고 린은 자기 가슴에 손을 대며 한마디 한다.

" '안 들키면 됩니다. 안 들키면.' "

루이스 밀러의 아름답지만 사악한 웃음이 눈에 선했다.

모니카가 옷소매로 눈물을 닦는 와중에, 린은 흰자위를 드러낸 손리를 가볍게 어깨에 짊어졌다.

"이 인간은 루이스 님께 보내겠습니다. 아마 루이스 님이 고문…… 심문하여 적절하게 처리하시겠죠."

"자, 잘 부탁합니다……."

빅터 손리가 횡령 사건의 공범인 건 둘째치더라도, 준금술인 정신 간섭 마술을 허가 없이 사용했으니 마술사 조합의 처벌은 피할 수 없다.

갑작스럽게 교사가 사라지면 학원 측은 혼란스러워할지도 모르지만, 그건 분명 루이스가 어떻게든 해 주겠지. 아마도.

모니카가 가슴을 쓸어내리자, 린의 어깨에 올라간 손리가 "돼지가…… 돼지가아……."라며 잠꼬대를 했다.

린이 고개를 갸웃하며 모니카에게 물었다.

"이분은 대체 어떤 꿈을 꾸는 거죠?"

"저기, 그건……."

모니카는 손가락을 꾸물꾸물 꼬면서 조금 수줍은 듯이 말했다.

"굉장히 아름다운, 수열의 꿈이에요."

에필로그 기억 속의 작은 손

기숙사 자기 방으로 돌아온 모니카가 루이스에게 제출할 보고서를 다 작성한 무렵에는 완전히 날이 밝았다.

산속 오두막에 살던 시절에는 밤샘 같은 건 일상다반사였지만, 최근에는 규칙적인 생활을 해 왔기에 머리가 무거웠다.

휘청거리는 발걸음으로 교실로 가서 오늘도 라나에게 머리 모양을 지적받고, 손리 선생님의 갑작스러운 실종에 웅성거리는 반 아이들을 곁눈질하며 수업을 받았다.

그렇게 잠기운과 싸우면서 수업을 마친 모니카는 하품을 참고 무거운 다리를 끌며 학생회실로 향했다.

학생회실에는 아무도 없었다. 아무래도 오늘은 모니카가 제일 먼저 온 모양이다.

모니카는 시릴에게 배운 대로 학생회실을 간단히 청소하고 비품 보충을 마치고는 장부를 열었다.

하지만 평소 같았으면 숫자를 보고 의식이 또렷해져야 하는데 지금은 숫자가 전혀 머리에 안 들어왔다.

(……아아, 그렇구나. 어제 마술을 많이 써서…… 당분이 부족한 거야.)

먹는 것에 집착하지 않는 모니카는 항상 최소한의 식사만 한다.
아침에는 저녁에 먹고 남은 빵 하나와 커피. 점심은 가져온 나무 열매와 물. 평소에는 그걸로도 버틸 수 있지만, 마술을 많이 사용한 날엔 그걸로는 부족하다.
마술 발동은 아무튼 많은 에너지를 사용한다. 그렇기에 마술사 중에는 단것을 좋아하는 사람이 많다고 한다.
루이스도 주머니 속에 로자리 부인이 직접 구운 과자를 자주 넣어두고, 모니카가 힘이 없을 때에는 과자를 입에 던져 주기도 했다.
(……나, 뭔가 먹을 것, 가지고 있던가…….)
모니카는 주머니를 뒤졌지만, 들어 있던 나무 열매는 낮에 전부 먹어 버려서 텅 비었다.
조금만 더, 학생회 업무가 끝날 때까지 참자…… 그렇게 자신을 타일렀지만, 모니카는 잠기운을 이기지 못하고 책상에 엎어졌다.

모니카가 장부 위에 엎어져서 숨소리를 내며 잠들었을 무렵, 학생회실 문이 열렸다.
문을 연 것은 학생회 부회장 시릴 애슐리다.
두 번째로 학생회실에 도착한 시릴은 책상에 엎어진 모니카를 눈치채고는 눈썹을 홱 치켜들었다.
그리고 모니카에게 고함치려고 입을 열었다가…… 다물었다.
"………….."

시릴은 무의식적으로 발소리를 죽이고 책상으로 다가가 모니카의 모습을 내려다봤다.

——빈약한, 소녀다.

비쩍 마른 조그만 몸은 도저히 열일곱 살 소녀로 보이지 않는다.

안색은 새파랗고 긴 앞머리 안쪽에 있는 눈은 언제나 오들거리며 아래를 본다.

귀족다운 기품도 아름다움도 없는, 어디에나 있을법한 시시한 소녀다.

시릴은 깃펜을 쥔 모니카의 오른손을 가만히 내려다봤다.

대부분의 여학생은 자기가 쓸 용도로 주문한 특제 장갑을 끼고, 가장자리에 자수를 넣거나 레이스와 리본으로 장식하지만, 모니카의 장갑은 장식이 없는 흰 장갑이다.

장갑은 사이즈가 맞지 않는 건지 공간이 조금 남았다. 그만큼 작은 손은 마치 어린애 같다.

그때, 어젯밤의 광경이 시릴의 뇌리를 스쳤다.

마술로 시릴을 압도한 작은 괴물.

쓰러진 시릴에게 뻗은 그 손은, 어린애처럼 작은 손이면서 어울리지 않을 정도로 또렷한 굳은살이 있었다. 그건 며칠, 몇 시간이고 펜을 잡는 사람의 손이다.

시릴은 모니카의 손에서 살짝 깃펜을 빼 펜꽂이에 돌려놨다.

펜을 뺄 때 모니카의 오른손에서 힘이 빠져서 손끝이 책상 위로 쭉 뻗었다.

시릴은 그 손이 얼마나 작은지 확인하려는 듯이 자기 오른손으로 모니카의 오른손을 덮으며 장갑 가장자리에 손을 댔는데…….

"어라, 시릴. 벌써 왔어?"

뒤에서 펠릭스의 목소리가 들린 순간, 시릴은 힘차게 책상에서 물러났다.

"전하, 이건 아닙니다. 이 계집애가 신성한 학생회실에서 졸고 있어서 두들겨 깨우려고요! 에에잇, 이제 그만 일어나지 못하겠나, 이 계집애야!"

시릴은 부자연스럽게 든 오른손으로 모니카의 머리를 찰싹찰싹 두드렸다.

책상에 엎드렸던 모니카는 음냐음냐 중얼거리며 상반신을 일으키더니, 아직도 흐리멍덩하게 졸린 눈으로 시릴을 올려다봤다.

"……애슐리 니임?"

"흐, 흥. 그 얼빠진 얼굴은 뭐냐! 전하의 어전이다! 등을 쭉 펴지 못하겠나!"

시릴이 모니카의 어깨를 잡아서 흔들자, 모니카는 시릴의 얼굴을 가만히 올려다보더니…… 헤벌쭉 웃었다.

"……차갑지 않아…… 다행이다아."

시릴이 짙은 푸른색 눈을 크게 뜨더니 모니카를 흔들던 손을 멈췄다. 시릴의 손은 무의식적으로 옷깃의 브로치로 향했다.

시릴의 입이 빼끔빼끔 움직이면서 뭔가 말하려던 그때……

옆에서 펠릭스가 손을 뻗어 모니카의 입에 쿠키를 하나 갖다 댔다.

모니카는 몽롱한 채로 쿠키를 와작와작와작와작 씹었다.

펠릭스는 옆에서 서서히 작아지는 쿠키 조각을 모니카의 입에 넣어 주고는, 다시 새로운 쿠키를 꺼내서 모니카의 입가에 가져갔다.

포옥 하고 입술을 누르는 쿠키를 알아챈 모니카는 역시 몽롱한 채로 두 번째 쿠키를 씹어 먹기 시작했다.

"재미있네. 졸면서도 입은 움직이고 있어."

"저저기, 저, 전히……?"

"시릴도 해 보겠어?"

마치 애완동물과 놀아 주라고 유도하는 듯한 말투여서, 시릴은 "사양하겠습니다."라며 고개를 가로저었다.

펠릭스가 세 번째 쿠키를 들었을 때, 모니카가 머리를 움찔 떨더니 눈이 조금 뜨였다.

이제 막 일어났는지, 모니카는 눈을 비비면서 웅얼대는 목소리로 흠냐흠냐 뭐라 중얼거렸다.

시릴은 알 리가 없겠지만, 모니카는 이때 꿈속에서도 보고서를 쓰고 있었다.

모니카에게 보고서 작성은 매우 고된 작업 중 하나다.

모니카는 숫자나 기록을 설명하는 건 힘들지 않지만, 일어난 일을 순서대로 문장으로 써서 설명하는 건 그리 특기가 아니다.

(으으, 뭐부터 쓰기 시작해야 할지, 모르겠어…….)

모니카가 머리를 부여잡고 있는데, 어딘가에서 나타난 루이스가 방긋 웃었다.

"자, 그럼 동기님. 뭘 써야 하는지…… 알고 계시겠죠?"

아아, 제대로 된 보고서를 쓰지 않으면 루이스에게 혼난다. 하지만 대체 뭐부터 쓰기 시작해야 할까?

(아, 맞다. 이것만큼은 루이스 씨에게 전해야…….)

중요한 걸 떠올린 모니카가 눈앞에 있는 인물에게 그걸 말했다.

"……부인분의 임신, 축하합니다."

"누구 이야기냐아아아아아아아?!"

시릴이 외치자, 펠릭스가 진지한 표정으로 말했다.

"시릴, 상대는 누구야? 제대로 책임져야 한다?"

"아앗, 전하?! 아닙니다. 오해입니다. 이 계집애가 잠에 취해서 헛소리를……!"

얼굴이 붉으락푸르락하느라 바쁜 시릴은 펠릭스가 놀리는 것도 눈치 못 채고 필사적으로 변명을 늘어놓았다.

그러는 사이에도 모니카는 꾸벅꾸벅 졸면서 밀러 가에 아이가 탄생하면 축하 선물은 뭐가 좋을지 생각하고 있었다.

* * *

모니카가 손리를 루이스에게 넘기고 일주일이 지난 어느 날, 신문에 손리의 이름이 실렸다.

‘세렌디아 학원 교사, 준금술 사용죄로 체포?!’

신문은 왕도에 있는 대형 신문사가 발행한 것으로, 세렌디아 학원에서도 약간 화제가 되었다.

특히 모니카의 반은 손리 선생이 담임이었기에 반 아이들의 동요도 컸다.

“설마 손리 선생님이 그런 일을 저질렀다니, 무섭네……. 모니카, 오른쪽 땋은 머리가 풀렸어.”

“으엣?! 앗, 와, 와왓……!”

라나의 감시를 받으면서 머리를 땋던 모니카는 흐트러진 머리를 황급히 손으로 감쌌다.

그러나 분투가 허무하게도 땋은 머리는 모니카의 손에서 스르륵 풀렸다. 다시 해야 한다.

머리를 두 갈래로 나눠서 적당히 땋기만 하는 거라면 간단하지만, 머리에 바짝 붙여서 땋는 것은 방식이 무척 다르다.

“……으으, 역시 어려워…….”

라나는 땋은 머리를 살짝 푸는 게 귀엽다고 말하지만, 모니카가 하면 자연스레 엉망으로 풀려 버린다. 일부러 푸는 것과 자연스럽게 풀어 버리는 건 전혀 다르다.

모니카는 시무룩하게 고개를 숙이고 다른 쪽 땋은 머리를 다시 고쳤다.

“그러고 보니, 신문에 적혀 있었는데…… 손리 선생님을 체포한 거, 칠현인님이래.”

“으윽?!”

모니카의 손에서 머리 다발이 풀렸다.

라나는 모니카가 얼굴을 실룩거리는 걸 깨닫지 못한 채, 턱을 괴고 후우 숨을 내쉬었다.

"칠현인인 '결계의 마술사' 루이스 밀러 님이야. 들은 적 없어? 나는 왕도 파티에서 딱 한 번 본 적이 있는데 굉장히 세련되고 근사한 분이었어."

"아, 저기, 그그그렇, 구나아……."

마술사라는 건 의외로 사교계에 나설 기회가 많다. 하물며 마술사의 정점에 선 칠현인은 왕의 상담자라고도 불리는 존재다. 사교계에 나가면 당연히 주목의 대상이다.

단, 모니카는 그런 파티에는 한 번도 나간 적이 없지만.

"역시, 칠현인 중에서 제일 유명한 건 '결계의 마술사' 님과 '별을 읽는 마녀' 님이겠지. 나머지는 '가시나무의 마녀' 님과 '포탄의 마술사' 님과……."

"저, 저기!!"

갑자기 모니카가 큰소리를 내자, 라나가 의아한 표정을 지었다.

모니카가 얼굴을 새빨갛게 물들이면서, 막 땋은 머리를 라나에게 보여 줬다.

"이, 이 땋은 머리, 비율이며 각도며 신경 써서 최선을 다해 묶었는데…… 어, 때?"

모니카가 라나를 올려다보자, 라나는 "잘했어."라고 말하며 방긋 웃었다.

* * *

손리 선생의 체포로 모니카의 반 이상으로 영향을 받은 건 다름 아닌 학생회였다.

손리 선생은 학생회 고문이었으니까 당연하다면 당연하다.

덤으로 학생회 예산 횡령에도 관련되었다고 판명 났기에, 요 일주일 동안 학생회에 다양한 교직원이 드나들면서 소란스럽기 그지없었다.

"시, 실례합니다……."

방과 후, 학생회실을 찾아온 모니카는 조심조심 문을 열었다.

실내에 교사들의 모습은 없었고 안쪽 집무 책상에 펠릭스가 앉아있을 뿐이었다.

"오늘은, 선생님들이, 안 오셨네, 요."

모니카가 어색하게 말하자 펠릭스는 부드럽게 끄덕였다.

"아아, 얼추 일단락됐어. 너도 요새 힘들었지?"

"아, 아뇨. 대단한 일은, 안 했, 으니까요."

교사들이 다급하게 드나드는 통에 도무지 침착할 수 없었는데, 이 왕자님과 단둘이 있을 때 역시 침착할 수 없다.

모니카는 가급적 펠릭스와 시선을 마주치지 않으려 하면서, 오늘 쓸 자료를 준비하기 시작했다.

그런 모니카의 뒤에서 펠릭스가 말을 걸었다.

"어라, 노튼 양. 땋은 머리가 풀리고 있는데."

"으엣?!"

모니카가 황급히 머리를 감싸자, 오른쪽 땋은 머리가 주르륵 풀리는 게 느껴졌다.

"이, 이럴 수가……! 이번에야말로 완벽한 줄 알았는데……."

수식도 마술식도 완벽하게 다루는 모니카지만, 머리 땋기는 아직 연구가 부족한 모양이다.

각도는 완벽했는데, 땋기 시작한 위치가 문제였던 걸까. 아니면 조금 더 힘을 줘서 땋았어야 했을까…….

모니카가 우~우 신음하면서 머리를 풀고 다시 땋았지만, 빗이 없어서 잘되지 않았다.

"노튼 양. 도와줄까?"

"아, 아뇨! 전하의 손을 번거롭게 할, 수는, 없으니, 까요."

만약 펠릭스가 도와준 게 시릴에게 들킨다면 또 불경하다며 혼날 거다.

모니카가 단호하게 거절하자, 펠릭스가 "흐으음?" 하고 중얼거리더니 의미심장하게 실눈을 떴다.

"슬슬 시릴이나 브리짓 양이 올 시간이네. 그 두 사람은 몸가짐에는 엄하니까…… 들키면 큰일일 거야."

"……으으."

"파우더 룸으로 뛰어들래? 아아, 하지만 그 머리로 복도를 걷다가 누군가가 보면 부끄럽겠지?"

"……우우."

조바심을 내면 낼수록, 머리카락이 손가락 사이로 흘러내린다.

펠릭스가 승리를 확신한 표정으로 웃으며 모니카에게 손짓했다.

"이리 와. 두 사람에게는 비밀로 해 줄 테니까."

모니카가 흠칫흠칫하며 펠릭스에게 다가가자, 펠릭스는 자기 의자에 모니카를 앉히고 그 뒤에 서서 머리를 땋기 시작했다.

먼저 손으로 모니카의 머리를 정돈해 주고, 옆머리를 재빨리 땋고, 남은 머리와 함께 정리해서 리본으로 묶었다. 그 손짓은 막힘이 없었다.

"다 됐다."

펠릭스는 고작 2분도 걸리지 않아서 모니카의 머리를 땋았다.

모니카는 조심조심 머리를 만졌다. 땋은 머리는 손끝으로 만져도 간단히 풀어지지 않았다.

"……굉장해. 전하는, 재주가, 많으시네요."

"왕자님은, 뭐든지 완벽하게 해야만 하거든."

과연, 왕자님은 머리 땋기도 완벽하게 해내야만 하는 모양이다.

마술이나 수학을 파고드는 것보다 힘들어 보인다는 엉뚱한 생각을 하던 모니카는 문득 자신이 아직 펠릭스에게 감사를 표하지 않았다는 걸 떠올렸다.

"저기, 그게, 가, 감사, 합니다!"

"아냐, 천만의 말씀."

펠릭스가 모니카를 스쳐지나 자리로 돌아갔을 무렵, 다른 학생회 임원들이 차례차례 다가왔다.

모니카가 황급히 자기 자리에 착석하자, 엘리엇이 질색한 표정으로 말했다.

"아아, 나 참. 연일 손리 선생님의 뒤처리를 해야 해서 싫다니까. 게다가 들었어? 그 사람. 학생회 예산을 횡령한 것만이 아니라 준금술에까지 손을 댔다더라."

엘리엇이 투덜대자, 조그만 닐이 맞장구를 쳤다.

"아무래도 횡령한 돈으로 마술 연구를 했나 보더라고요. 마술 연구는 돈이 드니까요."

"그렇게 돈이 궁했던 걸까…… 손리 선생님 친가는 어디야?"

엘리엇이 고개를 갸웃하자, 미모의 영애 브리짓이 "루벤."이라며 짧게 말했다.

그 지명을 들은 엘리엇이 납득했다는 표정을 지었다.

"아아, 과연. 그 부근은 원래 유복하지 않고, 올해는 용 재해도 잦았으니까…… 뭐, 아무튼, 분수에 맞지 않은 것에 손을 대려고 하니까 그렇게 되는 거야. 자업자득이지."

엘리엇이 처진 눈을 가늘게 뜨며 살짝 웃자, 시릴이 서류에 손을 대며 입을 열었다.

"아론 오브라이언 전 회계의 부정에 이어서, 학생회 고문인 손리 선생님의 체포로 학생회의 신용이 크게 흔들리고 있어. 앞으로는 한층 마음을 다지고 일을 해 나갈 필요가 있겠지."

시릴의 말과 함께 실내의 분위기가 긴장됐다.

"그래. 시릴의 말대로야. 그럼 그렇게 됐으니까, 노튼 양."

뭐가 "그렇게 됐으니까."일까? 모니카는 의문스럽게 여기면서 등을 폈다.

"네, 넷!"

"클럽에 인사 순회를 하러 가 주겠어?"

"인사, 순회……?"

"응. 아직 새 회계가 소개를 안 했으니까. 클럽과의 신뢰 관계를 쌓는 건 굉장히 중요해."

그렇게 말한 펠릭스가 모니카에게 리스트를 내밀었다. 리스트에는 세렌디아 학원의 주요 클럽 이름이 줄줄이 쓰여 있었다.

다른 학생회 임원과는 달리, 어중간한 시기에 임원이 된 모니카는 당연하게도 얼굴이 알려지지 않았다.

특히 예산을 다루는 회계는 클럽장과 접할 기회도 많아지기에 얼굴을 알릴 필요가 있다.

그러나 처음 만난 사람에게 인사나 자기소개를 하는 건, 모니카가 가장 거북해하는 일이다. 그걸 20개 가까이 되는 클럽 수만큼 반복해야 하는 거다.

모니카가 얼굴을 떨며 굳자, 펠릭스는 모니카의 손에 리스트를 쥐여줬다.

덤으로 모니카를 격려하듯이, 그 작은 손을 양손으로 감싸고는 부드럽게 미소 지었다.

"괜찮아. 오늘 너는 굉장히 귀여우니까. 자신감을 가지고 인사하고 와."

말과 행동은 모니카에게 용기를 주려는 것처럼 보이지만, 모니카에게는 '왜냐하면 이 내가 직접 머리를 땋아 줬으니까.' 라는 환청이 들렸다.

물론, 완벽한 이 왕자님이 모니카에게 그런 거들먹거리는 말을 하지는 않겠지만.

모니카가 리스트를 들고 굳어 있는데 갑자기 손에서 리스트가 스르륵 빠져나갔다.

리스트를 빼서 지면을 응시한 건 시릴이다.

"이 클럽을 다 돌려면 당장 시작하는 게 좋아. 나도 동행하지."

시릴의 말에 놀란 건 모니카만이 아니었다.

엘리엇이 처진 눈을 크게 뜨고 뜻밖이라는 얼굴로 시릴을 봤다.

"대단히 친절하네. 무슨 변덕이야?"

"지난 일주일간, 모니카 노튼이 업무를 하는 모습을 지켜보고 새 회계로 소개하기에 충분하다고 판단했을 뿐이야."

시릴의 말을 듣자 모니카가 멍해졌다.

지난 일주일간, 시릴은 모니카와 얼굴을 마주할 때마다 "전하를 향한 경의가 부족해!", "일일이 말을 흐리지 마라!"며 모니카를 꾸짖었다.

분명 시릴은 모니카가 회계에 안 어울린다고 생각하니까 늘 화를 내는 거다. 그렇게 생각해 왔다.

놀라서 우두커니 선 모니카를 시릴이 빤히 노려봤다.

"그러니 바로 인사 순회를 돌러 가자. 설마 '못 한다' 라고 말하지는 않겠지?"

모니카의 뇌리에 되살아난 것은, 일주일 전 밤의 일이다.

시릴이 의식을 잃기 전에 입에 담았던 말.

——‘못 한다’ 여서는 안 돼.

——기대에, 부응, 해야만…….

이 사람은 누군가의 기대에 부응하기 위해서, 의식을 잃기 직전까지 노력하려 했다. 그렇게 온몸이 마력에 침식당한 상태에서도.

……그 모습을 보고 모니카는 솔직히 ‘굉장하다아.’ 라고 생각했다.

그리고 그런 굉장한 사람이 모니카를 회계로 인정해 준다고 말한 것이다.

모니카는 손가락을 꼬면서 필사적으로 말을 쥐어 짜냈다.

“저기…… 그게…… 히, 히히, 힘내겠, 습니다!”

결국 말이 헛나왔다.

새빨개져서 움츠린 모니카를 본 시릴이 조금 눈을 크게 떴다.

그리고 그는 흥 하고 오만하게 코웃음을 치고는 힘차게 걸어갔다.

“그럼 됐다. 가자, 노튼 회계!”

노튼 회계. 처음으로 직함으로 불려서 모니카는 입꼬리를 움찔거리면서도 최대한 큰 목소리로 대답했다.

“……네!”

【시크릿 에피소드】

침묵의 마녀의 보고서

Report of the Silent Witch

『루이스 씨에게

부인분의 임신 축하드립니다.
아이가 태어났을 때, 축하 선물은 수학 입문서로 괜찮을까요?
루이스 씨가 좋아하는 수학책이 있다면 가르쳐 주세요.

임무 관련해서는 우여곡절 끝에 학생회 회계가 되었습니다.
전하와 같은 학생회 임원이니 호위하기 더 쉬워지지 않았나 싶습니다.

마지막으로 빅터 손리 선생님이 일으킨 일련의 사건에 관해서입니다.
손리 선생님은 학생회 전 회계 아론 오브라이언 씨와 손을 잡고 학원의 예산을 횡령했습니다.
그러다가 횡령이 들킬 것 같으니, 아론 씨의 기억에서 자신이 협력자라는 사실을 지우고 모든 죄를 덮어씌우려 한 모양입니다.
하지만 정신 간섭 마술이 완벽하지 않았기에 아론 씨는 공범이 있다고 주위에 주장하고 말았습니다.
이대로 가면 자신이 공범이라는 걸 들킬지도 모른다고 생각한 손리 선생님은 아론 씨의 약혼자인 셀마 카쉬 양에게 정신 간섭 마술을 사용해 셀마 양이 폭주하도록 꾸몄습니다.
그리고 손리 선생님은 학생회 부회장 시릴 애슐리 님에게도 정신 간섭 마술을 사용하고, 고친 자료를 반출하려 했습니다.
그때 제가 현행범으로 붙잡았습니다. 조금 지나쳤습니다. 죄송합니다.
보고는 이상입니다.

학원 생활은 힘듭니다. 그래도 조금 더 힘내보겠습니다.

〈침묵의 마녀〉 모니카 에버렛』

모니카가 빅터 손리의 신병을 루이스에게 넘기고 일주일간.
'결계의 마술사' 루이스 밀러는 손리의 신병을 마술사 조합에 넘기고, 여죄 조사를 하거나, 신문사에 정보를 유출하는 등 바쁜 나날을 보냈다.
그것들이 겨우 일단락된 무렵, 다시금 모니카의 보고서를 읽은 루이스는 몇 번을 읽어도 힘 빠지는 내용에 한숨을 내쉬었다.
보고서에 고친 흔적이 몇 군데나 있는 걸 보면, 모니카도 자기 나름대로 꽤나 말을 고른 것이리라…… 그러나.
"몇 번을 읽어도 칭찬할 구석이 처음 한 줄뿐이잖습니까."
"처음 한 줄."
루이스 뒤에서 대기하던 린이 복창하자, 루이스는 흥 하고 콧소리를 냈다.

"제일 먼저 축하를 전한 건 칭찬하도록 하죠. 그런데 이 계집, 논문은 논리정연하게 쓰면서 이 엉망진창인 보고서는 뭡니까……!"

구두 보고보다 훨씬 낫기는 하지만, 그래도 이게 칠현인의 보고서라니. 참으로 한탄스럽기 그지없었다.

"이 단기간에 학생회 임원 취임이라니, 나조차도 예상하지 못했던 쾌거 아닙니까. 그런 부분을 구체적으로 적었으면 좋았을 것을…… 어째서 '우여곡절' 이라는 한마디로 끝내 버리는 건지…… 칭찬을 못 받는 것도 정도가 있네요."

학생회 임원이 되었다는 건, 학생회장인 제2왕자의 신뢰를 얻어 냈다는 뜻이다.

게다가 모니카는 제2왕자 주변에 있던 수상한 인물을 배제하는 것도 성공했다. 솔직히 루이스가 상상했던 것 이상의 성과다.

(……만약을 위해 나의 제자를 잠입시키긴 했지만, 설마 이런 단기간에 이 정도 성과를 올리다니…….)

루이스는 마지막으로 한 번 더 보고서를 읽고는, 그것을 촛대에 올려 불을 붙였다.

보고서가 완전히 잿더미가 된 걸 확인한 루이스는 다른 서류를 훑어봤다.

서류는 빅터 손리의 향후 처우에 관한 것이었다. 마술사 자격은 영구 박탈. 그리고 국외 추방이 합당하리라.

마술사로서의 자존심이 산산조각 난 손리는 조사에 성실히 응했다고 한다.

다만, 틈만 나면 '돼지가…… 돼지가…….' 라는 수수께끼의 헛소리를 되풀이했다나 뭐라나.

"그나저나 그 계집, 빅터 손리에게 무슨 꿈을 꾸게 한 걸까요?"

"아무래도 미스터 샘이라는 인물의 돼지 노래인 것 같더군요."

린의 말을 들은 루이스가 의아한 듯 눈살을 찌푸렸다.

"그건 팔려 가는 돼지의 노래잖습니까. 그 계집, 순진한 얼굴로 참 잘도 그런 악랄한 노래를……."

모니카 에버렛의 사고회로는 도무지 이해할 수가 없었다.

루이스가 어이없다는 얼굴로 의자 등받이에 기대자, 린이 "드시죠."라면서 홍차 컵을 루이스 앞에 놓았다.

루이스는 독서대 서랍을 열어서 비장의 딸기 잼을 꺼냈다. 그리고 병뚜껑을 열어서 잼을 홍차 컵에 치덕치덕 흘려 넣고는, 티스푼으로 기품 있게 휘저었다.

아내는 단것과 알코올은 적당히 섭취하라고 하지만, 역시 두뇌 노동을 한 뒤에는 달콤한 것이 제일이다.

이미 홍차의 풍미는 거의 남지 않은 홍차를 만족스럽게 홀짝이자, 린이 끼어들었다.

"그런데 저, 루이스 님께 여쭙고 싶은 게 있습니다."

"뭔가요. 시시한 질문이라면 자빠뜨릴 겁니다."

루이스는 홍차를 홀짝이면서 단안경 속의 눈을 빙그르르 돌려서 린을 노려봤다. 그러나 뻔뻔한── 아니, 애초에 인간과 같은 신경이 없는 정령이 마이페이스로 말을 이었다.

“어째서 제2왕자의 호위를 ‘침묵의 마녀’ 님께 의뢰하신 겁니까?”

“당신의 견해를 말해 보세요, 린즈벨피드.”

표정이 다채롭지 못한 루이스의 계약 정령은 책에서 읽은 인간의 동작을 흉내 내서 인간다운 행동을 하려는 버릇이 있다.

지금도 린은 표정 파츠는 전혀 움직이지 않은 채, 턱에 손가락을 대며 고민하는 흉내를 내더니 이윽고 뭔가 떠올린 듯이 한쪽 손바닥에 주먹을 올렸다.

“루이스 님은 제2왕자 호위 임무를 맡았을 때, 밤을 새워 방어 결계 마도구를 만들었지요. 그걸 제2왕자에게 선물했지만, 바로 망가지는 바람에 대단히 화를 내셨죠.”

“그런 일도 있었죠.”

“그렇게 분노에 휩싸인 루이스 님은 심약한 ‘침묵의 마녀’ 님에게 화풀이를 해서 울분을 토해내고자 했다……. 그게 제 견해입니다.”

주인을 주인으로 생각하지 않는 폭탄 발언이다.

애초에 루이스를 주인님이라고 부르지 않는 걸 보면, 이 정령은 루이스를 공경할 생각이 전혀 없다.

루이스는 컵을 접시에 돌려놓고는 린을 빤히 노려봤다.

“당신은 나를 뭐라고 생각하는 겁니까?”

“약한 사람 괴롭히기를 좋아하는 성격 파탄자라고, 각 방면에서 듣고 있습니다.”

폭탄 발언에 이어 또 다른 폭탄 발언을 듣자 루이스는 아름다운 얼굴을 찡그리더니 호들갑스럽게 슬픈 시늉을 했다.

"오오, 정말 한탄스럽군요. 다들 저를 오해하는 겁니다."

린이 "오해."라고 복창하자, 루이스는 천천히 입꼬리를 들며 웃었다.

단안경 속에서 회색기가 도는 보라색 눈이 호전적으로 번뜩였다.

"약한 사람을 괴롭히는 것보다는, 강한 사람을 괴롭히는 게 당연히 더 즐겁잖습니까."

발상이 뒤숭숭한 데다 성격 파탄자인 부분을 부정하지 않는 대단한 망언이었다.

흉악한 루이스의 미소를 앞에 두고서도 무표정한 린은 고개를 살짝 갸웃했다.

" '침묵의 마녀' 님을 끈질기게 괴롭히는 루이스 님은 약한 사람 괴롭히기를 진심으로 즐기는 것처럼 보였습니다만."

"그게 약자라고? 당신은 무슨 소리를 하는 겁니까?"

" '침묵의 마녀' 님은 자기를 추가 합격한 칠현인이라고 말씀하시던데요."

추가 합격. 그 한마디를 들은 루이스는 얄궂다는 듯 입꼬리를 일그러뜨렸다.

지금으로부터 2년 전, 당시 칠현인이었던 '치수(治水)의 마술사'는 은퇴가 결정되어 대신해서 취임할 칠현인을 뽑기 위한 선발 시험이 열렸다.

합격 인원은 원래 한 명뿐이었다. 그러나 당시 고령이던 다른 칠현인이 급병으로 은퇴하게 되어 합격 인원이 두 명이 되었다.

그렇게 해서 뽑힌 두 명이 '결계의 마술사' 루이스 밀러와 '침묵의 마녀' 모니카 에버렛이다.

시험 내용은 면접과 공격 마법만을 사용한 실전 시합.

이 면접에서 모니카는 긴장한 나머지 과호흡을 일으켜서 흰자위를 드러내며 졸도하는 기행을 일으켰다. 그래서 모니카는 자기가 추가 합격이라고 생각하는 것이리라.

그러나 루이스와 모니카 중 누가 우수했는지, 선발 시험에 참가한 칠현인은 아무도 언급하지 않았다.

"……그 계집은 자신이 추가 합격자라고 믿는 모양이더군요. 과연, 진실은 무엇일까요."

확실히 모니카는 면접을 화려하게 망쳤다.

그럼에도 칠현인으로 뽑힌 것에는 그에 상응하는 이유가 있다.

루이스는 눈을 감고 2년 전 실전 시험 광경을 떠올렸다.

루이스는 전 마법병단 단장이다. 용 토벌 실적도 그럭저럭 있고 실전에서는 거의 패배를 몰랐다. 전투 경험이 적은 계집애 따위는 별것 아닌 상대라고 깔보고 있었다.

그런데 그 계집은!

모니카는 힝힝, 킁킁 소리를 내며 눈물 콧물은 다 흘려 가면서도, 말도 안 되는 강력한 공격 마술을 차례차례 날리더니 끝내 루이스를 상대로 완승했다.

무투파로 알려진 루이스가 당시 15세였던 조그만 소녀에게 속수무책으로 당했다.

마술은 위력이 세고 범위가 넓을수록, 추적 등의 특수 효과가 있을수록 영창이 길어진다.

그러나 '침묵의 마녀' 는 고위력이면서 광범위한, 게다가 특수 효과가 잔뜩 들어간 마술을 무영창으로 날려 대는 거다.

루이스 밀러는 자신이 천재라고 자부한다.

그러나 자신이 천재라면, 모니카는…….

" '결계의 마술사' 루이스 밀러가 단언하죠. 그 계집은 괴물입니다."

사람과 눈도 마주치려 하지 않고 언제나 고개를 숙이며 움찔움찔 덜덜 떨고만 있는 조그만 소녀를 루이스는 괴물이라고 강하게 단언했다.

루이스는 실기 시험에서 그렇게나 힘 차이를 과시해 놓고서는 자기는 추가 합격이라고 주장하는 모니카의 비굴함이 마음에 안 들었다.

그래서 조금이라도 모니카에게 자신감을 불어넣기 위해 워건의 흑룡 퇴치를 맡겼는데, 흑룡을 퇴치하고 나서 도망치듯이 산속 오두막에 틀어박히고 말았다.

(그 계집이 비굴해질수록, 패배한 나의 처지가 꼴사나워지지 않습니까.)

루이스는 다시 홍차를 한 모금 홀짝이고는 실눈을 떴다.

"이 임무, 실패하면 최악의 경우 처형……이라고 동기님에게는 말했지만 아마 그럴 가능성은 낮겠죠."

"어째서입니까?"

"폐하는 제게 "제2왕자를 은밀하게 호위하라."라고 명하셨지만요. 저는 폐하의 말씀을 액면 그대로 받아들이지 않거든요……. '제2왕자를 비밀리에 감시하라——.' 저는 이게 폐하의 본심이라고 생각합니다."

제2왕자는 우수한 인간이다. 학문과 검술이 뛰어나며, 아직 재학 중인 몸이면서도 뛰어난 외교력으로 국내외 귀족들의 신용과 신뢰를 얻었다.

무엇보다 어머니에게 물려받은 아름다운 용모와 부드러운 미소는 보는 이들 모두를 사로잡는다는 평판이다.

모든 것을 요령 좋게 해나가고 인심을 장악하는 능력도 뛰어나다.

그리고 국내에서 가장 권력이 강한 대귀족 크록포드 공작이 조부여서 그 뒷배를 가진 왕자, 그것이 펠릭스 아크 리디르다.

(……하지만, 본심을 알 수 없지.)

붙임성 좋은 부드러운 웃음 뒤에 뭔가 섬뜩한 것이 꿈틀거리는 듯한——루이스는 펠릭스에게서 그런 꺼림칙함을 느꼈다.

그러나 루이스가 그 위화감의 정체를 알아보려 하면, 펠릭스는 부드러운 웃음으로 능구렁이처럼 피해 버린다.

"제2왕자는 꽤 방심할 수 없는 인물입니다. 정공법으로는 뒤를 캘 수 없어요."

그렇기에 루이스는 모니카를 협력자로 골랐다.

괴물 같은 재능과 그에 어울리지 않는 내향적인 성격을 가진, 모든 게 뒤죽박죽인 그 소녀를.

"말했잖아요? 나는 강한 사람을 괴롭히고 싶다고요."

"즉, 강한 사람인 제2왕자와 '침묵의 마녀' 님을 동시에 괴롭히겠다는 겁니까."

루이스는 정답이라고 말하지 않고, 그저 우아하게 싱긋 웃었다.

그리고 루이스는 이야기는 이걸로 끝이라는 듯이 린에게서 등을 돌리고 내용물이 절반쯤 줄어든 찻잔에 새로 잼을 투입했다. 이미 홍차는 거의 잼이나 다름없었다.

린은 그런 루이스를 무표정하게 바라보더니 강하게 고개를 끄덕였다.

"납득했습니다. 루이스 님의 평가를 '강한 사람 괴롭히기를 좋아하는 성격 파탄자'로 정정하겠습니다."

"성격 파탄자라는 부분도 정정하세요. 글러먹은 메이드."

* * *

루이스 밀러가 잼이 든 홍차를 맛있게 마실 무렵, 제2왕자 펠릭스 아크 리디르 역시 기숙사의 자기 방에서 윌디아누가 타준 홍차를 마시고 있었다.

물론, 펠릭스는 잼을 한 병 통째로 넣는 비상식적인 짓은 하지 않는다.

각설탕을 하나 녹인 홍차를 마시던 펠릭스가 나긋하게 중얼거렸다.

"손리 선생의 뒤처리도 겨우 일단락된 참이야. 클럽장들의 인사 순회도 문제없이 끝난 모양이고."

극도로 낯가림이 심한 모니카도 무사히 오늘 안에 인사 순회를 마치고 시릴과 함께 학생회실로 돌아왔다. 역시 시릴에게 모니카를 돌보는 일을 맡긴 건 정답이었다며 펠릭스는 살짝 웃었다.

시릴은 그래 봬도 배려심이 좋고, 남을 잘 돌봐준다. 무엇보다, 신분보다 실력으로 사람을 공평하게 평가하는 구석이 있다.

펠릭스를 향한 충성심이 너무 누터워서 가끔 폭수하는 게 단점이긴 하지만.

"엘리엇과 브리짓 양은 아직 노튼 양을 인정하지 않는 것 같지만…… 뭐, 새 학생회는 문제없이 굴러가겠지."

일단 이걸로 한 건 해결이다.

펠릭스가 홍차를 모두 마시자, 시종으로 변한 윌디아누가 조심스레 입을 열었다.

"조금 의외입니다. 이번 일로 크록포드 공작이 당신을 질책하지 않을까 싶었는데요……."

"뭐, 확실히 학원 내부의 불상사는 나의 관리 부족이라 말해도 어쩔 수 없긴 하지만."

크록포드 공작은 펠릭스 어머니의 조부이며, 이 나라에서도 손꼽히는 권력자다. 그리고 세렌디아 학원의 실질적 지배자이기도 하다.

제2왕자인 펠릭스라도 크록포드 공작에게 거역할 수는 없다.
그래서 몇몇 인간은 펠릭스를 이렇게 부른다.
꼭두각시 왕자, 크록포드 공작의 개……라고.
"이번만큼은 공작도 내게 애먼 화풀이는 못 하겠지. 왜냐하면 손리 선생을 채용하고, 오브라이언 전 회계를 학생회 임원으로 삼으라고 명한 건, 다름 아닌 공작 본인이니까."
아마 크록포드 공작은 손리 선생을 체포한 '결계의 마술사'를 원망하고 있을 것이다.
"그나저나 유감이네. 손리 선생은 아론 오브라이언과 마찬가지로 직접 손을 쓰고 싶었는데."
"그 인간도 횡령에 관련되었다는 걸 알고 계셨습니까."
"그래. 슬슬 꼬리를 드러낼 무렵이라고 생각했는데 사냥감을 빼앗긴 모양이야. '결계의 마술사'는 내 주변에서 냄새를 맡고 돌아다니고 있으니까. 그 과정에서 손리의 범행을 눈치챈 거겠지."
차가운 목소리로 중얼거린 펠릭스는 주머니에서 작은 브로치를 꺼냈다.
커다란 사파이어로 장식된 호화로운 브로치는 중앙의 사파이어가 깨져서 브로치 판에서 떨어지려 했다.
펠릭스는 금이 간 사파이어를 잡아서 빛에 비췄다.
푸른 보석의 안쪽을 자세히 살피면 마술식이 새겨져 있는 게 보인다. 이 브로치는 마술식을 부여한, 이른바 마도구라 불리는 물건이다.

'결계의 마술사' 루이스 밀러는 이것을 펠릭스의 몸을 지키기 위한 호신 도구라고 말하며 국왕 폐하를 통해서 보내왔다.

하긴, 확실히 이 마도구는 펠릭스가 모종의 공격을 받을 때 방어 결계를 치는 기능이 부여되어 있다.

그러나 부여된 효과는 그것만이 아니다.

"이 브로치를 착용하고 있는 한, 나의 위치는 '결계의 마술사' 루이스 밀러에게 보고된다. 그런 술식이 들어가 있지?"

"……네."

그래서 펠릭스는 브로치를 받자마자 바로 윌디아누에게 명해서 파괴했다.

표면적으로 펠릭스는 마술에는 문외한이라는 걸로 되어 있다. 그래서 루이스도 감시용 추적 술식을 눈치챘다고는 생각하지 못했다.

"'결계의 마술사' 루이스 밀러가 나를 감시하고 있다…… 이건 제1왕자파거나, 아니면 폐하가 보낸 걸까?"

아무튼 한동안은 신중하게 움직이는 게 좋겠지.

펠릭스는 소파 등받이에 몸을 맡기며 천천히 숨을 내쉬었다.

"아아, 기왕 칠현인이 감시하러 온 거면, '결계의 마술사' 보다는 그 사람이 좋은데."

"……그 사람?"

윌디아누가 의아한 표정을 짓자, 펠릭스는 황홀한 미소를 지으며 입을 열었다.

"워건의 흑룡을 격퇴하고, 익룡 무리를 순식간에 격추한 이

나라의 영웅. 세계에서 유일한 무영창 마술 사용자인, 천년에 한 명 나올까 말까 한 천재 마술사…….”

목소리는 점차 열기를 띠었고, 단정하고 하얀 옆얼굴이 살짝 주홍빛으로 물들었다.

펠릭스는 마치 사랑하는 사람을 부르듯이 몽롱하게 그 이름을 입에 담았다.

“‘침묵의 마녀’ 레이디 에버렛.”

지금까지의 등장인물

Characters of the Silent Witch

Characters Secrets of the Silent Witch

모니카 에버렛

칠현인 중에 한 명인 〈침묵의 마녀〉.
세계에서 유일한 무영창 마술 사용자. 제2왕자의 호위를 위해 모니카 노튼으로 가장해서 세렌디아 학원에 잠입했다. 낯가림이 극도로 심하다.

루이스 밀러

칠현인 중에 한 명인 〈결계의 마술사〉.
모니카의 동기로 신혼이다. 선이 가는 얼굴을 한 미남이지만, 용 단독 토벌수로는 역대 2위를 자랑하는 초절정 무투파. 예비 팔불출 아빠.

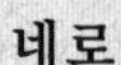

네로

모니카의 사역마인 검은 고양이. 독서가. 모험 소설을 좋아하지만, 최근에는 로맨스 소설에도 손을 대는 중. 마력을 감지하거나, 인간으로 변하거나, 섹시 포즈를 취하는 등 여러모로 재주가 많다.

린즈벨피드

루이스와 계약한 바람의 상위 정령.
딱히 루이스를 흠모하지도, 공경하지도 않는다. 인간을 이해하기 위해 다양한 책을 읽고 있지만, 어휘와 상식 모두 어딘가 한쪽으로 치우쳐 있다.

펠릭스 아크 리디르

리디르 왕국 제2왕자. 세렌디아 학원 학생회장.
성적이 우수하고 외교에서도 성과를 거두고 있다. 뭐든 할 수 있는 만능인. 얼굴과 몸의 비율이 황금비를 이룬다(모니카의 해설).

엘리엇 하워드

더즈비 백작 영식.
학생회 서기.
신분과 계급에 집착하는 삐딱한 성격.
특기는 체스.
본작에 나오는 처진 눈의 대명사.

시릴 애슐리

하이온 후작 영식(양자). 학생회 부회장. 얼음 마술이 특기. 마력 과잉 흡수 체질. 펠릭스를 흠모한다. 여성에게도 예의가 바르지만, 펠릭스에게 불경한 태도를 보이는 자는 예외.

브리짓 그레이엄

셰일베리 후작 영애.
학생회 서기.
외교관 집안 출신으로 어학이 뛰어나다. 펠릭스의 약혼자로 가장 어울린다고 하는 미모의 영애. 고양이보다는 개파.

Characters Secrets of the Silent Witch

닐 크레이 메이우드

메이우드 남작 영식.
학생회 서무.
온화하고 사람이 좋지만, 조금 귀가 얇은 것이 옥에 티.
키가 크길 기대하고 맞춘 교복은 아직도 사이즈가 안 맞는다.

이자벨 노튼

케르벡 백작 영애.
〈침묵의 마녀〉의 엄청난 팬. 모니카의 임무 협력자. 어엿한 악역 영애를 연기하기 위해 끊임없는 노력을 거듭한다. 그 우렁찬 악역 영애식 웃음의 완성도는 타의 추종을 불허한다.

라나 콜레트

콜레트 남작 영애.
모니카의 반 친구.
유행에 민감하고 세련된 걸 좋아한다. 아버지가 부호. 장래에는 자신도 아버지처럼 상회를 세우려고 한다.

후기

'사일런트 위치' 를 구매해 주셔서 정말 감사합니다.

본작은 웹 연재로는 모두 16장 구성이며, 1장부터 16장까지 통틀어서 하나로 이어지는 것을 상정하여 집필했습니다.

이번에 서적화를 하면서 인터넷 연재의 1~3장에 해당하는 부분을 수록했습니다.

하지만 웹 연재분을 그대로 수록하면 한 권의 책으로서의 재미가 떨어지고 완결성도 없어집니다.

그래서 '책' 이라는 형태로 즐기실 수 있도록 고민을 거듭하며 가필 수정했습니다.

이 이야기를 처음 접하신 분도, 이미 웹 연재분을 읽으신 분도 서적판 '사일런트 위치' 를 즐겨 주시면 기쁘겠습니다.

가필 작업은 글자 수와의 싸움이었습니다.

막연히 글을 쓰는 게 너무나 즐거워서…… 이것도 쓰고 싶고, 저것도 쓰고 싶어, 더 쓰고 싶어, 조금 더 쓰고 싶어…….
그렇게 남은 글자 수와 실랑이하며 욕심을 부렸습니다. 정말 즐거웠어요.

마음만 먹으면 모니카의 산속 오두막 일상생활 장면만으로도 얼마든지 이야기를 쓸 수 있습니다(그리고 아무리 지나도 학원에 도착하지 않았다).

뭣하면 이자벨 양이 말하는 언니 이야기로도 페이지를 상당 부분 메울 수 있겠죠(그리고 아무리 지나도 학원에 도착하지 않았다).

애처가인 루이스 밀러 씨가 부인과의 열애를 모니카에게 자랑하는 장면만으로도, 깜빡 잘못했다간 책 절반을 메꿀지도 모릅니다(그리고 아무리 지나도 이하 생략).

……학원에 도착하기까지의 에피소드를 얼마나 균형 있게 배치하느냐가 제일 큰 과제였습니다.

그리고 가필 수정을 하면서 전체적인 내용이 웹 연재 때보다 모니카에게 관대하게 바뀌었습니다.

담당 편집자님이 모니카에게 다정하시기 때문입니다. 담당 편집자님은 모니카에게 "귀엽다."라고 말해 주시는 따뜻한 분입니다.

만약 모니카가 웹 연재 때보다도 큰일을 겪는다고 느끼시는 부분이 있다면, 그건 '작가가 강행했구나' 하고 생각해 주세요.

담당 편집자님은 모니카에게 다정하신 분입니다. 다정하지 않은 건 보통 저입니다.

마지막으로 후지미 난나 선생님. 섬세하면서도 따뜻하고,

아름다운 일러스트를 그려 주셔서 감사합니다. 집필 중에 몇 번이고 다시 보면서 크흐흐흐 하고 히죽히죽 웃었습니다.

그리고 서적화에 최선을 다해 주신 KADOKAWA 관계자 여러분, 아무것도 모르는 제게 세심한 조언을 해 주신 담당 편집자님 정말로 감사합니다.

그리고 이 이야기를 읽어 주시는 독자 여러분, 저의 창작 활동에 조금이라도 관련되신 모든 분들께 다시금 감사의 말씀을 드립니다.

수많은 분의 조력을 받아, 이렇게 책이라는 형태로 이 작품을 세상에 내놓게 되었습니다.

정말로, 정말로 감사합니다.

또한, 대단히 감사하게도 본작의 속간 출간이 결정되었습니다. 열심히 쓸 테니 2권도 기대해 주시면 감사하겠습니다.

이소라 마츠리

사일런트 위치 -침묵의 마녀의 비밀- I

2022년 04월 15일 제1판 인쇄
2022년 04월 20일 제1판 발행

지음 이소라 마츠리
일러스트 후지미 난나

번역 이경인

발행 영상출판미디어(주)
등록번호 제 2002-000003호
주소 21315 인천광역시 부평구 부평대로 283 A동 702호
전화 032-505-2973(代) | FAX 032-505-2982

ISBN 979-11-380-1205-8
ISBN 979-11-380-1204-1 (세트)

구매 시 파손된 도서는 구매처에서 교환하실 수 있습니다.
기타 불편사항, 문의사항이 있으신 독자님께서는 노블엔진 홈페이지
[http://novelengine.com] 에서 Q&A 게시판을 이용해 주시기 바랍니다.